21

世纪文学之星

丛书 2019年卷

中 短 篇 小 说 集

兰若寺

牛利利⊙著

作家出版社

作者简介：

　　牛利利，1989 年生，甘肃兰州人。毕业于兰州大学，哲学硕士。2012 年开始发表文学作品，曾在《上海文学》《青年文学》《清明》《西湖》等杂志发表中短篇小说多篇。作品曾获甘肃省第七届"黄河文学奖"。现为哲学教师。

目　录

总　序

袁　鹰

中国现代文学发轫于本世纪初叶，同我们多灾多难的民族共命运，在内忧外患，雷电风霜，刀兵血火中写下完全不同于过去的崭新篇章。现代文学继承了具有五千年文明的民族悠长丰厚的文学遗产，顺乎20世纪的历史潮流和时代需要，以全新的生命，全新的内涵和全新的文体（无论是小说、散文、诗歌、剧本以至评论）建立起全新的文学。将近一百年来，经由几代作家挥洒心血，胼手胝足，前赴后继，披荆斩棘，以艰难的实践辛勤浇灌、耕耘、开拓、奉献，文学的万里苍穹中繁星熠熠，云蒸霞蔚，名家辈出，佳作如潮，构成前所未有的世纪辉煌，并且跻身于世界文学之林。80年代以来，以改革开放为主要标志的历史新时期，推动文学又一次春潮汹涌，骏马奔腾。一大批中青年作家以自己色彩斑斓的新作，为 20 世纪的中国文学画廊最后增添了浓笔重彩的画卷。当此即将告别本世纪跨入新世纪之时，回首百年，不免五味杂陈，万感交集，却也从内心涌起一阵阵欣喜和自豪。我们的文学事业在历经风雨坎坷之后，终于进入呈露无限生机、无穷希望的天地，尽管它的前途未必全是铺满鲜花的康庄大道。

绿茵茵的新苗破土而出，带着满身朝露的新人崭露头角，自然是我们希冀而且高兴的景象。然而，我们也看到，由于种种未曾预料而且主要并非来自作者本身的因由，还有为数不少的年轻作者不一定都有顺利地脱颖而出的机缘。其中一个重要的原因，乃是为出书艰难所阻滞。出版渠道不顺，文化市场不善，使他们失去许多机遇。尽管他们发表过引人注目的作品，有的还获了奖，显示了自己的文学才能和创作潜力，却仍然无缘出第一本书。也许这是市场经济发展和体制转换期中不可避免的暂时缺陷，却也不能不对文学事业的健康发展产生一定程度的消极影响，因而也不能不使许多关怀文学的有志之士为之扼腕叹息，焦虑不安。固然，出第一本书时间的迟早，对一位青年作家的成长不会也不应该成为关键的或决定性的一步，大器晚成的现象也屡见不鲜，但是我们为什么不在力所能及的范围内尽力及早地跨过这一步呢？

于是，遂有这套"21 世纪文学之星丛书"的设想和举措。

中华文学基金会有志于发展文学事业、为青年作者服务，已有多时。如今幸有热心人士赞助，得以圆了这个梦。瞻望 21世纪，漫漫长途，上下求索，路还得一步一步地走。"21 世纪文学之星丛书"，也许可以看作是文学上的"希望工程"。但它与教育方面的"希望工程"有所不同，它不是扶贫济困，也并非照顾"老少边穷"地区，而是着眼于为取得优异成绩的青年文学作者搭桥铺路，有助于他们顺利前行，在未来的岁月中写出更多的好作品，我们想起本世纪 20 年代和 30 年代期间，鲁迅先生先后编印《未名丛刊》和"奴隶丛书"，扶携一些青年小说家和翻译家登上文坛；巴金先生主持的《文学丛刊》，更是不间断地连续出了一百余本，其中相当一部分是当时青年作家的处女作，而他们在其后数十年中都成为文学大军中的中坚人物；茅盾、叶圣陶等先生，都曾为青年作者的出现和成长花费心血，不遗余力。前辈们关怀培育文坛新人为促进现代文学的繁荣所作出的业绩，是永远不能抹煞的。当年得到过他们雨露恩泽的后辈作家，直到鬓发苍苍，还深深铭记着难忘的隆情厚谊。六十年后，我们今天依然以他们为光辉的楷模，努力遵循他们的脚印往前走去。

开始为丛书定名的时候，我们再三斟酌过。我们明确地认识到这项文学事业的"希望工程"是属于未来世纪的。它也许还显稚嫩，却是前程无限。但是不是称之为"文学之星"，且是"21 世纪文学之星"？不免有些踌躇。近些年来，明星太多太滥，影星、歌星、舞星、球星、棋星……无一不可称星。星光闪烁，五彩缤纷，变幻莫测，目不暇接。星空中自然不乏真星，任凭风翻云卷，光芒依旧；但也有为时不久，便黯然失色，一闪即逝，或许原本就不是星，硬是被捧起来、炒出来的。在人们心目中，明星渐渐跌价，以至成为嘲讽调侃的对象。我们这项严肃认真的事业是否还要挤进繁杂的星空去占一席之地？或者，这一批青年作家，他们真能成为名副其实的星吗？

当我们陆续读完一大批由各地作协及其他方面推荐的新人作品，反复阅读、酝酿、评议、争论，最后从中慎重遴选出丛书入选作品之后，忐忑的心终于为欣喜慰藉之情所取代，油然浮起轻快愉悦之感。"他们真能成为名副其实的星吗？"能的！我们可以肯定地、并不夸张地回答：这些作者，尽管有的目前还处在走向成熟的阶段，但他们完全可以接受文学之星的称号而无愧色。他们有的来自市井，有的来自乡村，有的来自边陲山野，有的来自城市底层。他们的笔下，荡漾着多姿多彩、云谲波诡的现实浪潮，涌动着新时期芸芸众生的喜怒哀伤，也流淌着作者自己的心灵悸动、幻梦、烦恼和憧憬。他们都不曾出过书，但是他们的生活底蕴、文学才华和写作功力，可以媲美当年"奴隶丛书"的年轻小说家和《文学丛刊》的不少青年作者，更未必在当今某些已经出书成名甚至出了不止一本两本的作者以下。

是的，他们是文学之星。这一批青年作家，同当代不少杰出的青年作家一样，都可能成为21世纪文学的启明星，升起在世纪之初。启明星，也就是金星，黎明之前在东方天空出现时，人们称它为启明星，黄昏时候在西方天空出现时，人们称它为长庚星。两者都是好名字。世人对遥远的天体赋予美好的传说，寄托绮思遐想，但对现实中的星，却是完全可以预期洞见的。本丛书将一年一套地出下去，十年二十年三十年五十年之后，一批又一批、一代又一代作家如长江潮涌，奔流不息。其中出现赶上并且超过前人的文学巨星，不也是必然的吗？

岁月悠悠，银河灿灿。仰望星空，心绪难平！

1994 年初秋

序

当潮水漫过河堤

吴秉杰

牛利利的这部书稿的推荐意见表上写着:"牛利利是近年比较活跃的青年作家,具有很好的小说潜质。"我们在开会审议与评价他时也说——并且常喜欢说的一句话就是,他有创作潜质。什么"潜质"呢?如果它尚未表现出来,我们又如何评价它的优劣?如果它已经充分地展示了,又何必称它为潜质?牛利利的这本小说集获得了与会者有关"潜质"的较多的肯定,我想指的便是它有某种特征、才气,已见端倪,尚未丰富、发展、成大器的意思。

我们仅仅看一下此集子中的小说的名字就可以留下某种印象了:《未曾命名的世界》《所有事物都将在黑夜起飞》《你必须黎明出发》《重逢》《兰若寺》《迷宫里的直播》

《修改练习》《夜色苍茫》，能感觉到它的意象性，精神性，动词与不确定性，只有开始而隐匿结果的追求，他的小说显然是有特点的。有特点才会引起"潜质"的讨论。平庸的作品不需要讨论。表达清楚、通畅，结果鲜明、集中的创作你只要说喜欢或不喜欢，有无共鸣及吸引力就可以了。实际上，牛利利的小说发表以后也已在某些报纸、杂志上有所分析与讨论了。譬如说它"富有诗意""气质冷冽"，如同一片"象征的森林"；又说它"不轻视任何一种痛苦，但又不将任何痛苦神秘化、高尚化，总是试图超越这些痛苦"；还有"哲学的思考""青草一般的气息"，也有"夸父逐日般的神性"。这些评说略有夸张与美言的成分，但大体上还是可以认同的。不过有一句话同样重要，他的作品总体上是"完成了对一些迷茫青年的精神侧写"。这又反映了他的小说在内容上的共性、局限性，以及追求突破的努力。

牛利利的创作无疑地具有先锋性，这是显而易见的。在我看来，"先锋"就是某种"潜质"，可以发展、丰富、壮大的创作。先锋表面的形态往往都呈现不确定性，似真似假，亦真亦幻，突破表象，意思是它不太重视表象的因果性、逻辑关联，而是追求拥有某种片面的深入或说深刻性。它把结果悬置，也就是把某种抽象概括的权利交给了读者，以留下一片更为广大的意义空间。《迷宫里的直播》写到了新闻之无聊重复，"水危机"以及一次寻找水源的冒险；《修改练习》中，有一篇写不完的小说，都看似是一些无关联的象征物。牛利利的小说中人物名字也不重要，孔雪笠、我与我的几位年轻时代的伙伴在不同的作品中反复出现，无论是"黑夜起飞"，还是"黎明出发"，故事内容不同，背景则是稳定不变的。这就是说，不仅有空间的搬移，也有人物的重复和符号性。在牛利利的小说中，写得最为空灵剔透的是《兰若寺》——纯属诗性和意象的创作；被人评论最多的则是《未曾命名的世界》——恰恰是有人物形象塑造与较为完整的故事的作品。这两种先锋的追求，不同的分野，是不是也能给我们带来某种启发呢？

读这些有"特点"的小说，我是很有兴味的。让不同年龄、身份的读者都能读得下去，我想这点对于先锋创作而言尤为重要。小说本是一种故事性叙事，"先锋"只是包含于其中的一种追求，不用刻意强求某种意象、象征、隐喻，那倒反而会束缚了自己的手脚。牛利利出生于甘肃，读了四年理工科大学，又经历了一段时间的工作与待业后，然后转入了兰州大学外国哲学专业学习，获哲学硕士学位，现在青海省委党校工作，他的学习工作经历也有些不一般。不过我认为若是完全放弃了故事性叙事，把"哲学"与小说联系起来是否也很困难？牛利利虽然身处边陲省份，其小说在先锋性与我以往所读到的如上海、江苏、北京等一些发达地区的先锋作品也并无二致，可能所取素材有所不同，可精神追求上是一致的。不妨看看现在这些作家——苏童、余华、格非等现在写些什么，和怎么写的，或许对自己会有帮助。

文学作品——也包括先锋创作，都可以有广义的理解和狭义的理解，当然只限于好的小说。牛利利的作品狭义的理解可以说是"完成了对一些迷茫青年的精神侧写"，扩大而言，也可以说它含蓄地表达了某种时代的氛围。因为青年本来便是最能代表时代特征的。当潮水漫过河堤，"先锋"便是这浪上的涌。但它还是需要奔腾向前，进一步地发展、壮大，以实现自己的艺术价值。

希望牛利利今后的创作之路能走得宽广、顺利，写得更多，更好。

是为序。

未曾命名的世界

一

二〇〇八年夏末，我离开钢厂，进入一家民营重工企业，做销售工作。人人都说钢厂效益不错，且是国营，就问我离开的原因，我就从国际形势讲起，又说到国家的产能结构调整，洋洋洒洒，直说得口干舌燥。大家都说我眼光高远、有魄力。其实，我因为感情问题，不愿再见到某些人，才主动辞职。到了新单位，工作却十分清闲，每日喝茶看报聊天，像做了公务员。销售行业干得多，拿到的也多。我头几个月都只是拿一千六百块钱的底薪，生活十分清贫，晚上吃碗泡面都不敢买火腿肠，生怕月底无钱交房租。出租房里没有电视也没有网线，每夜我就读书写作消遣时光。只要不想到以后的发展，我觉得生活如果一直这样下去，倒也安逸舒适。

到了十一月，销售部又来了个新人。他背着大书包，高高瘦瘦的，戴着眼镜，打扮像学生。但看年纪，和我差不多，估计也奔三了。他站在门口，给大家打招呼："大家好，我叫孔雪笠，请各位前辈多多关照！"说完给大家鞠了深躬。坐我斜对面的老陈说："这个新人还蛮客气。"孔雪笠尴尬地笑了笑。

我站起来，给孔雪笠招了招手，让他过来。我说："我旁边有个空位，你以后坐我旁边吧。"孔雪笠忙说，谢谢前辈。我说："我也是新人，就比你早三个月，不是前辈。"孔雪笠坐我旁边，我递给他抹布，让他擦擦桌子。他说："不必了，还挺干净的。"说着就把书包放在桌上，掏出厚厚一摞书和一个杯子。我帮他整理书籍，全是文史哲类，且都不俗。他仰起头，冲我一笑。我心中忽然涌出一种奇异的感觉。他的左眼清澈明亮，犹如夜星，右眼却冷漠麻木。他的两只眼睛竟然泛着两种相反的光芒，细看之下，颇觉诡异。

孔雪笠坐下来，又从书包侧面掏出一本厚书看了起来。我瞄了眼他看的书，居然是康德的《纯粹理性批判》，心里不禁暗暗称奇。本来来了新人，大家都很好奇，想问问他的基本情况，没想到孔雪笠坐下读书，头再也没抬过。大家都习惯了上班时有一句没一句地聊天，结果受了孔雪笠的影响，一早上大家也都安安静静的。到了下午，孔雪笠刚要看书，老陈走过去，坐在他的桌上，问："小孔，哪儿人？"

孔雪笠说："陕西人。"

对面的老钱说："跑这么远来上班。我听说你们那儿都吃不上米饭，只有过年才吃，且一人一碗，没菜，上面洒些白糖。"

孔雪笠说："平时吃得上，陕西有的地方也种水稻，不过是一年一季稻，比不上这儿，一年两季稻。"

老陈又说："我们这儿大米是蛮多，你们北方人可以敞开了肚皮吃嘛。饭馆里米饭是不要钱的，想吃多少吃多少，这个你们北方是想象不到的吧。"

孔雪笠点点头。大家又七嘴八舌地问了些孔雪笠的基本情况，问到他的毕业学校时，老钱张大了嘴巴说："哎呀，你真是蠢包嘞。名牌大学毕业做啥子销售嘛，什么工作找不到嘛。"

孔雪笠只是嘿嘿地笑。孔雪笠说："我发现我们销售部一个女的都没有，全是男的，倒像是我读大学那会儿。"

老钱说："男的搞销售那叫销售，女的做销售，那就叫公关了。"大家都哈哈笑了起来，孔雪笠一脸茫然，问："公关是做什么的？"大家于是笑得更欢了。

老钱接着说："行政部在公司有个名号叫'丐帮'，因为他们总是伸手要钱咯。研发部叫作'少林寺'，因为里面都是高手，且全是男的。公关部是'怡红院'，我们销售部就是'五毒教'咯。"

我也是第一次听到这样的说法，不禁好奇起来，说："为什么是五毒教？"

老钱说："你们这些新人啊，都不知道什么是销售，就跑来吃这碗饭。我们销售是卖东西的，一台设备几百万，你怎么让人家掏钱包啊？还不是陪人家高兴，人家怎么要求我们怎么来。哈哈，小黄小孔，你们以后有机会办两件差，就知道有钱人多么会玩儿了。过上两年，你们五毒俱全，保准亲爹亲妈都不认识咯。"

孔雪笠点了点头，低声说："原来是这样。"我坐在孔雪笠的左边，侧过头看到的总是他澄澈的左眼。

我们正说着话，王经理走了进来。老陈赶紧从桌子上跳下来，大家也都从座位上站了起来，我拉了拉孔雪笠的袖子，孔雪笠也站了起来。王经理点了点头，操着一口湘西口音的普通话，指着孔雪笠说："这是小孔，是上过名牌大学的，很不错的咯，也愿意来我们销售部。老钱你是老员工，多带带他嘛。

那个，老钱老陈来我办公室一下，过两天我灰（飞）上海参加重工机械展，今天先开废（会），研究下咯。"

老陈、老钱一走，办公室瞬间安静了不少。孔雪笠又开始低头看书，我就在电脑上浏览新闻。过了会儿，我去洗手间。我们销售部占了整个二楼，洗手间在楼道尽头，二楼一个，下了楼梯，一楼还单独为我们分了一个。整个一楼是封闭的，只有洗手间可以用。这倒不是公司多看重销售部，而是因为一楼和三楼都是研发部的人，"五毒教"的人员学历低，又鱼龙混杂，公司怕我们窃取机密。我去了一楼上厕所，等我出来时，看到孔雪笠正好从二楼的洗手间出来。我赶紧向孔雪笠招了招手，他走过来，问："前辈，怎么了？"

我说："孔雪笠，你记得以后上洗手间，就去一楼，二楼你是不能用的。"

"洗手间也没有坏，怎么不能用？"

我压低声音说："我们统一是用一楼的洗手间，二楼只能经理一个人用。"

孔雪笠睁大了眼睛，声音也提高了不少："为什么呀？"

我说："我怎么知道，你以后记得就行。"

孔雪笠沉默了会儿，忽然笑着说："哦，我知道了，领导习惯二楼，你们习惯了一楼。领导喜欢在你们头上拉屎撒尿的感觉。"

我气得一拍孔雪笠的胳膊，说："你真是个学生兵！"我刚从高职毕业的那会儿找不到工作，就去青海玉树当了三年兵。当时连长骂我们这些刚入伍什么都不懂的年轻人，就会骂"新兵蛋子"，比骂"新兵蛋子"还厉害的话就是"学生兵"。学生兵啥都不懂还有点自以为是，是兵里面最次的。

孔雪笠忽然苦笑。我俩刚转过拐角，正好就遇到了王经理。王经理笑着拍了拍孔雪笠的肩膀说："小孔好好干，你有学历，如果肯踏实，那前景一定很好。面试你的岳主任说你蛮好。"

孔雪笠说："谢谢王经理。"

孔雪笠每日只是低头读书，和同事们也不再交流了。大家都断定孔雪笠是典型的高分低能，是中国应试教育的失败案例，在我们"五毒教"混不长久的。我有几次发现孔雪笠在用二楼的洗手间。我心想，我已经提醒过他了，他还当作耳旁风，也就懒得去理他了。有天老钱进来，一脸坏笑，小声说："我刚上厕所碰到孔雪笠，他在用二楼的洗手间，他刚一出来就碰到了经理，经理的脸色难看的呀！"他正说着，孔雪笠进来了，脸上仍是笑，坐到桌前就开始读书，读着读着便仰起头看着窗外，表情仿佛梦游，然后轻轻地叹一口气，抿一口茶，接着读书了。大家更加断定他在销售部蹦跶不了几天了。

有个周五的晚上，我喝了白米粥，正躺在床上读书，忽然孔雪笠来了短信。短信上说，他刚来此地，不知有什么好玩的地方。我便短信告他，今晚可去江边，九点后有浏阳烟花展。他又问我，是否愿意同去江边看烟花。我说，早已看腻，就不去了。我放下手机，又看了几页书，孔雪笠的短信又来了，上面只写着：昼短苦夜长，何不秉烛游？我不禁笑了，问他在哪儿。

孔雪笠住得不远，他直接到了我租住的房间来找我。一进门，他看到了我房间中到处堆积的书，眼睛就没有再离开过那堆书，左眼更是放出明亮的光，只是那右眼依旧冷漠。他感叹道："哎呀，没想到这次来公司能遇到爱读书的人。你是深藏不露，在公司只觉得你气质不像其他人，却从未见你看书。"

我说："在办公室看书，影响不好，时间长了大家会说。"

孔雪笠眼睛睁得大大的，说："反正没事，不读书不是浪费时间吗？"

我说："工作就是这样的，做什么都得和大家一致。大家努力，你起码得有个努力的样子，大家荒废时光，你也不能太积极。"

孔雪笠说："真是奇怪的逻辑。"

"中国人就是这个样子。"我知道孔雪笠是个书呆子，也就不再说什么了。孔雪笠似乎不相信我读了这么些书，便十分孩子气地取了几本来考我。我苦笑着问他，还去不去江边赏烟花。他却不依不饶，非让我讲讲博尔赫斯和施莱尔·马赫。我随口敷衍，他却继续追问。原来他也读过博尔赫斯，见解还颇有趣。他说，博尔赫斯的小说犹如遍体琉璃的天上世界，纤尘不染，纯是智性的愉悦。这不由让我刮目相看。他阔论一番之后，不无感慨地说："我并不觉得博尔赫斯是最顶尖的小说家，他有硬伤。"

我好奇地问："什么硬伤？"

他说："总觉博尔赫斯离生活太远，没有烟火气息。"

博尔赫斯是我心头挚爱，听他这么一说，我本想反驳，可又怕他再演讲一番，就没有搭话。

出了房门，他说自己还未吃饭，问我愿不愿意陪他吃晚饭。我做事本来习惯直奔目的地，最烦时时刻刻都想着旁逸斜出的人，可此时一碗白米粥已经消化殆尽，便跟着他去了一家米粉店。我们各点了米粉，他又点了菜：一盘灯影牛肉，一盘青椒皮蛋。我只低头吃粉，他不断让菜。我想如果吃了菜，到时候 AA 制，不免又得掏一半的菜钱。没想到，孔雪笠直接将菜夹到我碗里。孔雪笠边吃边说："这儿的米粉全国驰名，不过还不及老家的臊子面。以后你有机会去陕西，一定要吃岐山臊子面。"我只是点头，说，一定一定，心里却在担心口袋中的钱不够。吃完了饭，孔雪笠非要请客。我有些诧异，身上现金不够，于是半推半就，就让他付了钱。我一看时间，八点半了，就赶紧和孔雪笠出了门，向着江边跑去。我之前当过兵，跑个几公里没一点儿问题，可是孔雪笠跑了一会儿，就气喘吁吁了。

我说："再坚持一下就到了。"

孔雪笠坐在地上，喘着粗气，擦着头上的汗，说："不行了，再跑就死了。"

我只好也停下来，陪他坐在路边。这时，一辆豪华跑车停了下来，车窗降下，一个年轻人问天心阁晚上是不是开放参观。我说，早关门了。那年轻人笑了笑，从车里扔出一支香烟来，然后绝尘而去。孔雪笠问："什么烟，没见过啊。"我说："我也没见过，上面像是俄语。"

我掏出打火机点上了，慢慢抽了口。孔雪笠盯着我，我又把烟递给他。他本来跑得气喘，猛抽了口烟，就咳嗽起来。我俩一人一口轮流抽着。这时忽然听到远处"砰"的一声响，烟花在空中炸开，仿佛一朵繁茂的金菊，花叶在空中缓慢垂下，拉出一条条长长的金色的线条。短暂的沉寂后，便是连番烟花冲上天际，不同色彩的烟花在夜空中炸开。我俩都仰着脑袋，呆呆地看着。我们离江边尚有一段距离，看不到低处的烟花，只听见沉闷的声响，只有高空中的烟花才能目睹。孔雪笠每看到烟花炸开，左眼中就流露出兴奋的光辉。我给他介绍道："这种烟花是最新研制的，名字叫作……"

孔雪笠打断了我："不要说出它的名字，我喜欢这些叫不上名的东西。"

二

孔雪笠和我渐渐熟络，单位上，只和我主动聊天；别人搭话，他像是又恢复了刚来销售部时的样子，说话简洁至极。有时经理进来，和我们几个员工打招呼，随便聊几句，单不和孔雪笠说话，仿佛不知孔雪笠也是公司的一员。孔雪笠刚开始见经理还主动站起来，后来见经理眼中没有他这人，也就直刺刺地坐着读书，颇有董仲舒目不窥园的风度。有天下班路上，老钱喊住我，递我支烟，两人站在路边的樟树下，聊了起来。

老钱先夸我人不错，待人接物都得体，工作也认真，不急不躁，年轻人里算是难得。我赶紧说，我是新人，还是小学生，要学习的地方还多呢。老钱又说起公司的人事变动，说王经理很快就要调走了，去武汉，当整个中南地区的大区经理。我说，好事啊。老钱说，王经理一走，这边就能空出位子来。他说到这里，就不再往下说了。我便说，以后就要仰仗钱哥了，钱哥业务能力强，干销售人脉也广，等做了经理，我们也大树下面好乘凉。老钱嘿嘿地笑着，说：你这个人不错，我没看错你，你也不要因为自己是新人，就没自信，要争做业务骨干。我心里觉得无聊，脸上却还得堆笑。

聊天快要结束时，老钱说："你以后不要和那个孔雪笠走得太近，他快滚蛋咯。"

"钱哥怎么知道的？"

老钱笑了笑说："前天经理喊我去他办公室，说他要走的事情咯。然后又向我了解部门的情况，就问起孔雪笠。他提到孔雪笠时，我看那脸色不对头。果然，我说完之后，经理就说孔雪笠干不了这一行。经理说，我们销售部不是养老的，不能一上班就一副离休老干部的样儿，只晓得喝茶聊天，读一些无关的书。"

我点了点头，说："他就是那个样子，估计是当惯了好学生，不读书就不知该做什么。他别的方面倒没什么问题。"

"你嘞，还是年轻。我说这些是好心咯！你整天和领导不喜欢的人待在一起，领导能喜欢你吗？现在行业不景气，到处裁员。丢了这碗饭，别的地方也吃不上饭嘛。你怎么想？此处不留爷，自有留爷处。处处不留爷，爷去投八路？"老钱扔掉烟头，笑眼斜看我，"孔雪笠和你不一样，人家有名牌大学的那个本本，人家离开这儿，还能找别的更好的单位。你别学他。"

我赶紧说："谢谢钱哥提醒。"

这时一阵风吹过，老樟树枝叶摩擦，发出"哗哗"的声响。老钱说："哎呀，天要冷下来咯。"

我在回出租屋的路上想了想，觉得不管现在生活如何清贫没有出息，生活还得继续下去，丢了工作，怕是连这样的生活也没了。和孔雪笠谈天说地，经理也不知晓，但是当着老钱的面还和孔雪笠交往密切，以后老钱做了领导，怕是要不高兴。

第二天，在办公室孔雪笠和我搭话，我假装手头有事，口中只是敷衍。过了会儿，他读书读得有趣，拿了书要指给我看。我说："你自己先看，我忙着呢。"他是个聪明人，如此几次，便只是一个人看书，不再和任何人说话了。他这样子，倒让我惭愧。等到了晚上，我便主动喊他到我房间中聊天。先是闲聊，他也十分高兴，直称赞我读书读得多。聊了会儿之后，我便提醒他，不要再在办公室读书了，那些老员工似乎有些意见。孔雪笠想了想，说："是那个老钱有意见吧。"

我说："你猜得倒准。"

孔雪笠说："看他眼神就知他是这样的人。他最近在办公室有些亢奋，谁不在他就说谁的坏话。估计是要升官了。"

我不禁哈哈笑起来，说："以为你是个书呆子，没想到观察还挺细腻。"

他笑着说："人心鬼蜮，我也是知道些的。"

我说："他既然对你有意见，以后他做了顶头上司，怕是要为难你。"

他说："我倒不怕他，我也不是非得在这儿待。"

他这么一说，我便觉得老钱的话，真有几分道理。他确和我不同，我可不能学他。

我问："既然你毕业于名牌大学，何必做销售？"

他说："我也不是觉得销售有多好。只是以前学理工科，毕业后做了几年设计，想换换口味。而且，关键是我不熟悉销售，我的朋友、同学也没有一个做销售的。"

"所以觉得新奇。"

他想了想，说："倒也不完全是因为这个。只是觉得销售还未被命名。"

"未命名？"

"说它未命名，不是说它没有名字，而是说它还没有被我命名。比如说你们会把销售部称作是'五毒教'，这才是属于你们自己的命名。而我还没有给它命名。我不希望处于一个万物各有姓名的世界，我想要自己去命名。我想要去一个未曾命名的世界。"他说着有些兴奋了，掏出一包烟来，给我递上一支，"试想一个未曾命名的世界，你在那里徜徉，为它里面的一切取名，多有趣。"

我说："诗人的世界不也正是这样的吗？他们虽然也用那些惯常使用的名字，可他们用诗为这些事物重新命名。"

他高兴地说："你说得对。但是我觉得还是不够。不能光在脑海中命名，还要实践，我想要做一首行走的诗。"

他说到这儿时，两颊都泛着兴奋的红光。未曾命名的世界。我不由想起我在高原上当兵的那段岁月。那时看到山仿佛第一次见到山，看到雪就像是第一次见到雪，饥肠辘辘时就像是第一次觉得饿是怎么一回事。我把这种感受说给孔雪笠。孔雪笠一拍大腿，说："对，对，这就是我说的命名的意思。"

那天晚上，我俩一直聊到深夜。等我躺上床时，脑海中仍是兴奋，回味着和孔雪笠的对话，忽然脑中蹦出一个新想法时，恨不得立马打个电话告诉孔雪笠。这样在床上翻来覆去，久久不能成眠。只听得窗外寒风的飒飒声和枯叶落在地上轻微的哒哒声。我翻起身在黑暗中点上烟，半倚在墙上，静静地看着窗帘上摇曳的树影，忽然觉得心一下子空了起来，仿佛胸中正飘洒着大雪，远山近景都不见了踪影，唯有茫茫然的荒寒气韵，唯有自己立在天地之中，一时竟觉得十分寂寥。

我不知道什么时候睡着的，醒来时依旧是半倚着墙。时间尚早，外边还是漆黑一片。我披被坐起，想起昨夜的畅聊，心中忽生出厌烦来。"腐儒无能，夸夸其谈。"大概说的就是孔雪笠这样的人吧。想必孔雪笠家境优渥，不在乎他所挣的那仨瓜俩枣，所以他才能如此畅想。可我不同，父母都是河南的农民，一生面朝黄土背朝天，望我考个好大学改变命运，可我只上了高职。学校不好，还没一技之长，就爱读书写作，但靠写作改命的时代已经过去了。孔雪笠想为世界命名，口气好大，可是这对实实在在的生活有什么益处呢？我俩境遇不同，我却还陪着他兴奋。想到这里，对自己也生出了厌烦。这时我眼前浮现出了孔雪笠冷漠的右眼，心中厌烦更甚。

过了十二月中旬，气温骤降，很快到了零下三四摄氏度，成了十年来最冷的冬天。南方湿冷，且没有暖气，每天早上醒来，被窝都是冰凉的。晚上睡前，我只得把能穿的衣服都穿上，然后再裹着被子睡。晚上不敢洗澡了，因为洗手间没有任何供暖的设备，身上一股酸臭气味。我忽然感觉到度日的艰难。

过了几日，王经理给我们派了任务，说是年终岁末，应和老朋友们再联络下感情。这是销售部的例行活动，就是派我们去那些合作过的老板那儿送礼。不仅我们这么干，竞争对手们也在做。这是我第一次直接和客户接触，不禁兴奋，幻想着若能顺手签上一笔合同，立马就有好几万的分红。孔雪笠也很高兴，开始找资料，研究参数。

我们每人领了活动经费，礼物由我们自己来定，但须有发票。老钱负责的客户是公司的老伙伴了，他们只要有采购设备的意向，那定是买我们公司的。因此这活儿又轻松又容易出成绩。老陈的情况比老钱差些，倒也不赖。分给我的客户却让我有些哭笑不得。我负责的企业虽然名叫某某集团，其实也就是个大点儿的施工队，共采购过我们两台设备，十年再没买过，倒是老旧设备一出问题，就赶紧和我们公司联系，拜托我们的技术人员加班抢修。老板常带着哭腔说："哎呀，拜托你们啊，快点让工程师来吧，设备停一个小时，我就少赚一千块钱呢。"不过我的情况比孔雪笠好些，他的客户虽是五百强企业，财大气粗，每次采购都是千万以上的大单，但他们和我们的竞争对手关系不错，从未买过我们的东西。每年派人去他们那儿送礼，再说几句感谢的话，倒是有点黑色幽默的意思。

我虽知这次不过例行公事，但还存着签合同的幻想。因此，我十分细心认真，花了一千块买了工艺品，又一笔一画写了感谢信，从单位上带了两个新产品的小模型，再把产品的各项参数背得纯熟。

老钱看我准备得认真，把我拉到一边，偷偷告我不要太老实，把经费留给自己些，到时虚开些发票就行，就当给自己的压岁钱。我心里不禁一动，又悄悄和孔雪笠商量这事。孔雪笠急忙说："万不要这样做，君子爱财，取之有道。你如果想要挣钱，这次就好好努力，迟早能签上单的。"我心里暗骂他不知我们这些穷人的饥苦，自个儿家中有钱，便来谈气节谈高贵。但我最终还是没有虚开发票。到了那家企业，他们的总经理和总工亲自接待，中午还非要留我吃饭，饭桌上，推杯换盏，情意拳拳，却没有采购的打算。我不免失望。

倒是孔雪笠接连一个礼拜都没有来上班，大家都好奇他送什么礼品，竟送了一个礼拜。

冬至那天，忽然下起雪。刚开始还是雨夹雪，很快就变成了鹅毛大雪。整个厂区里一片静谧，研发楼前的两排樟树和胡柚枝叶虽绿，上面却结了冰甲，糖葫芦一般。我坐在办公室里发呆，心想，一年又到头了。这一年来，和女朋友分手，又换了工作，可生活还是那样失败，月月精打细算，却没余钱。等到过年回河南，怕是连给亲戚小孩的压岁钱都没。我不免有些伤感。这时老钱跑进办公室，说：今天冬至，我们单位聚餐。他又问孔雪笠人呢？我说，大概还是去送礼吧。老钱冷笑说："送啥子礼能送一个礼拜嘛？我看他这是翘班咯。"我赶紧给孔雪笠发了短信，问他在哪儿。孔雪笠没有回复。

大家都说老钱最近气色不错，是不是快要签单了。老钱得意地说："现在还没得签。不过老客户，不怕没生意做嘛。"老陈说："公司半年没有聚餐了，今天怎么想起来聚餐了。"老钱低声说："王经理要走咯，估计是不想把部门的活动经费留给下任。这叫坚壁清野，哈哈。看着吧，今晚不花个一两万，绝对是不散场的噻。"大家也都低声笑着，有人说，照这样，老钱机会不小啊。老钱赶紧摆手，说，哪有哪有，说是要空降。大家都说，老钱在自己人面前还放烟雾弹。只有老陈抽着烟，看着窗外，一句话也不说。

这时，天色黑了下来，大雪飘飘洒洒，远山白茫茫一片，天上依旧是厚重的灰云。不知这雪还要下多久。厂区中偶尔走过几个人，暮天雪色中，仿佛鬼影般飘动。忽然咔嚓一声，窗外老樟树的枝丫被积雪压断，大家都扑到窗前来看，说，好大的雪。正这时，后面传来声音："好雪！"大家回过头，看到孔雪笠走了进来，他脸和双手都冻得通红。他拍了拍身上的雪，倒了杯热水暖手，就站在窗前，感慨地说："我以为来这里就看不到雪了，没想到南方的雪也这么生猛！"孔雪笠平日里不和别人搭话，大家也都没接他话。他却不以为意，高兴地说："我今天忙完，一路走回来，顺道还去爬了山。山上的老树都裹了层冰，亮晶晶的，这在我们陕西是见不到的。"

依旧没有人理睬孔雪笠，我不免替他感到尴尬。过了会儿，老钱站了起来，问："小孔啊，你这个礼拜都做什么了？"

孔雪笠说："送东西，前几天人家不愿见，说是有事，东西让我带回。我就在他们那儿等，今天早上才算送出。"

老钱皱着眉，说："你啊，送不出就不要送了嘛！可怜巴巴的。我们企业行内也是数得上的，这么做不是让别人看笑话吗？做事没有机变，真是蠢包嘞！销售可不是这样干的嘛。"

孔雪笠脸上仍是笑，却转了眼睛，看着窗外头的雪，仿佛没有听到老钱说话。我正好看到的是他的右眼，他那奇异的右眼配上他的微笑，显得更加冷酷了。

我问道："孔雪笠，我们都很好奇你送的是什么礼。你给我们说说呗。"

孔雪笠转过头，说："我送了他们一套书，精装版的，花了三百多块。"

别人都哈哈大笑了起来。"送礼还有送书的！""这想象力也是没谁了！""人家要是正打牌，你去送书（输），人家还不气死了！"老钱也大笑了起来，他站起来，拍了拍孔雪笠的肩膀却说："年轻人嘛，没得事，反正我们和他们公司也不会合作的咯。气气他们也好。"

晚上，大家一同出门聚会。酒店果然十分高档，鲍鱼、海参应有尽有。只可惜大家来回敬酒，几杯五粮液下肚，我脑袋就已经有点儿晕，也就没怎么吃了。等吃完饭，老钱又提议去唱歌。王经理说，好啊，唱歌的钱算他的。到了KTV，王经理先开嗓，吼了几曲革命歌曲，便说有事，先回去了。老钱送经理回去，等他回来的时候，身边多了个二十来岁的妹子。大家都起哄让老钱介绍一下，老钱说："这是小婷，刚从商学院毕业咯。"小婷身材娇小，性格却十分豪爽，大家劝酒，她也不推辞，杯到酒干。老钱却护着小婷，不让她多喝。小婷眼睛瞪得大大的，说："你管我咯，我老子都不管我！"大家都哈哈大笑起来，问小婷和老钱什么关系。老钱说："我妹妹。"有人赶紧起哄说："小婷，老钱可有好多妹妹啊。"小婷说："他妹妹多，我哥哥也多，不吃亏！"大家又哄笑起来。老钱却不尴尬，手搭在了小婷肩膀上，一脸春风。

老钱拿起了麦克风，一首接着一首唱了起来。我和孔雪笠嗑着瓜子，无聊至极。等过了会儿，小婷坐了过来，主动和我俩攀谈起来。孔雪笠本来觉得无聊，就和小婷聊了起来。老钱嗓门大，我也听不清两人在聊什么，只见小婷不断捂着肚子笑。有时正赶上老钱飙高音，小婷就贴着孔雪笠的耳朵说话。我赶紧掐了孔雪笠一把，他问我什么事。我贴着他耳朵说："老钱看着呢。"孔雪笠笑了笑，又继续和小婷聊天去了。

老钱连着几个破音之后，才放下了话筒，坐过来喝酒。小婷又上去唱歌。小婷年纪虽小，选的歌却很老。小婷点了首《知心爱人》。大家赶紧说："老钱，赶紧的，情歌对唱！"小婷拿着话筒说："谁和你合唱啊，我要和孔雪笠唱！"老钱的脸唰地变白了，包厢中的气氛瞬间变得尴尬。我转头看着孔雪笠，孔雪笠却面色如常，站了起来，拿过了麦克风。我心里暗暗后悔，吃完饭后，孔雪笠本来不想来唱歌，我非拉着他来。可没想到现在竟成这样。

孔雪笠一开嗓，声音温厚有磁性，很有唱歌的天赋。但没人注意他的音色，大家都注意着老钱的脸色。只有老陈不断地鼓掌，大喊道："唱得好！到底是年轻人厉害嘛！"小婷唱到动情处，一双眼直直地盯着孔雪笠。一曲终了，老钱站了起来鼓掌，说："唱得很好嘛！小孔，你过来坐我旁边来。"

老钱喊了服务员，又要来了两箱啤酒，说："干销售唱得好不重要，关键是要能喝咯。来来来，咱俩好好喝一喝啊！"
老陈说："小孔是北方人，你能喝得过？"老钱脸色铁青，说：
"北方人怎么了？我就不信了！"

　　老钱和孔雪笠两人之间也不交流，只是喝，很快一箱酒就
快没了。大家的注意力都在两人的斗酒上，也没人唱了。小婷
又坐在我旁边，吃着面前的鸡爪。她像是没吃晚饭，一碟鸡
爪，一碟薯条都被她吃完了，一张嘴吃得油乎乎的。我拿了纸
巾，示意她擦擦嘴，她却努起嘴巴，让我给她擦。我转过头，
装作没有领会。

　　老钱渐渐有些不支了，孔雪笠的眼睛却更加明亮了。我
看老钱快不行了，赶忙端过杯子说："钱哥，我代你喝几个。"
老钱气呼呼地一挥手，打翻了我的酒杯，说："谁要你帮忙！"
我脸一下子红透了，不知道怎么圆场。

　　等散了场，两人架起老钱，喊了出租车。有人喊小婷一同
上车。小婷说："稍等一下。"我回头一看，只见小婷和孔雪
笠两人正在互留电话。小婷上车前，笑着回头，做了个打电话
的手势。我仰起头，长长地呼出一口白气。雪已经小了不少，
细小的雪珠如细沙般在昏黄的灯光中飘洒。孔雪笠走了过来，
拍了拍我的肩膀，微笑着看着我，左眼澄澈，犹如雪夜。我忽
然对他产生了厌烦。我本不想和孔雪笠一同坐车，但知他喝得
多，忍着不满和他一同坐了车。

　　孔雪笠上了车后，露出了醉态。司机师傅担心地给我说：
"让你朋友坚持下，千万别吐在我车上，这刚洗的坐垫。"我
忙说好。

　　孔雪笠叹了口气，对我说："你怎么不高兴了？"

　　我沉默了会儿，说："你不要和那个小婷再来往，我看那
女生是个害人精，谁碰谁倒霉。"

　　孔雪笠哈哈大笑起来，说："你不知道，她是个真性情的

妙人！"

我冷笑说："怎么，你又遇到未命名的事物了？"

孔雪笠高兴地说："果然，你最懂我！小婷有我没见过的特质！"

我生气地说："别说那么高尚，我看你就是精虫上脑了！"

出租车师傅一听哈哈哈笑了起来，说："年轻人，精虫上脑正常嘛。"

送他回了房间，我给孔雪笠泡了热茶，这时已经快两点了。这时孔雪笠酒劲才完全发作，在床上烦躁地翻来覆去，直叫头疼。我给他盖上被子，又将脸盆放在床前。孔雪笠开始说醉话："你待我真好，以后发财，必有你一份！"我心想，只怕是你倒霉了，我还得连坐。我说："赶紧休息吧。"

我一个人回房之后，抽了根烟，开始回想今晚的事情，越想越是烦躁。老钱心里一定恨透了孔雪笠。孔雪笠本来什么都不在乎，可是今晚老钱怕是连我也一并恨了起来，不然他为何打翻我的酒杯。孔雪笠也真没出息，众目睽睽，和那个小婷有说有笑倒也算了，还一起情歌对唱。要是换作我，怕比老钱更是生气。这儿混不下去了，我能去哪儿呢？

第二天上班，办公室里老钱和孔雪笠都没来。到了下午，老钱来了，脸色很差，显然一夜没怎么休息好。我主动和老钱打招呼，老钱也是爱理不理。我知道老钱恨屋及乌，果然连我也恨上了。快下班时，经理忽然喊大家开会。这时孔雪笠还没来，我赶紧给孔雪笠打电话，电话没有人接。我心里担心莫不是孔雪笠醉酒出事？我正后悔昨晚没陪他一晚时，孔雪笠的电话就来了。

我低声说："你在哪儿？赶紧来部门，要开会了。"

电话那头，孔雪笠声音很欢畅："我就不来了，我今天又去爬山去了。我重新命名了'松树'，命名了'初雪'……"

我挂断了电话。

　　会上，王经理说自己年后将要离开部门，去武汉任职了。老钱带头表示了祝贺和不舍。王经理又说，今年行业不景气，公司决定明年三月份裁减一部分人。我们部门有一个名额。老钱忽然没头没脑地低声说："那就让他过了这个年，明年再顶名额吧。"大家自然都知道他说的是谁。

　　晚上，我去门口小饭馆吃炒河粉，隔着玻璃看到了孔雪笠和小婷坐在里面。我就转身走开了。我心里想，本来以为孔雪笠是个奇人，没想到也是俗物。什么未曾命名的世界，那不过是他常在女孩子面前故作高深的说辞罢了。积雪开始消融，不时有雪水从树上滴落下来，路边是一堆堆脏兮兮的残雪。我搓着手，快步走回了出租屋。

　　自此之后，我便很少和孔雪笠来往。他和小婷打得火热，也无暇理我。

三

　　春节回家，竟变得喜欢和父亲聊天。我和父亲走在田埂上、小道上，看着积雪覆盖的平原，常常随便一个话头开始聊起，一聊便是半天的工夫。直到暮色降临，我俩才向家里走去。这时村落里已升起了炊烟，火星子从烟囱里飘出来，旋即而灭，天边也挂上了三三两两的星辰。

　　我之前觉得父亲没文化，从未和他深聊，不想他那乡土的智慧却让我十分受用。父亲说，不管做什么，都要亲君子，远小人。君子要尊，小人要防。我问父亲，什么是小人，什么是君子？父亲说，小人、君子都是做出来的，不是说出来的。于是我就想起了孔雪笠，想到他舌灿莲花，却明知小婷是老钱的相好，却还那么迫不及待地勾搭一处，他是小人？前女友和我谈了两年多，有次同学聚会，我带她赴宴，一面是向之前的同学炫耀，另一面也是对前女友暗示，她已经融入我的生活圈子了。没想到，她很快就和我分手，和那天一同吃饭的张某在一起了。张某为人一塌糊涂，但一张嘴巴十分讨人喜欢。因这层原因，我对孔雪笠更生出了一种别样的反感。

临走那天，我掏出了两千块钱给父亲。我为了凑个整数，连来回的车票都是借钱买的。父亲却说：今年玉米丰收卖了些钱，我和你娘不愁吃喝，你在大城市生活花销也大，自己留着吧。父亲死活不收，我眼泪一下子流了下来。父亲拍着我的肩膀说：去了好好干公事，我听你说单位上的情况，想了一夜，觉得你并不完全适合，但是既然干了，就好好干，只要工作踏实，为人正派，就不怕有大的问题。

在火车上，孔雪笠给我发短信，问我何时回单位，他想请我吃饭，并有些话想跟我说。我回道，回来之后还有工作要忙，日后有时间了，我再请你吧。

年后回到单位，一下子就真忙了起来。老总毕竟是生意人，极重口彩，开年第一单生意被称作"开门红"，不论成交额的大小，公司都要重奖。开年就有生意，这是一年的好兆头。我们部门的几个人都天天往外跑，希望能拉上生意。如果正月出头，还未有生意入账，公司就自掏腰包，把钱给某个关系好的合作伙伴，让他们买我们的设备，再举办个仪式，等过上几天再要回钱，收回机器。但如果真这样做，销售部的人怕是一年都要难过了。

王经理三月中旬就要去武汉任职，但他始终没定裁员名单，大家都知道他是想借此压压大家。大伙虽料定是孔雪笠被裁无疑，但是心里却担心万一孔雪笠走运拿了"开门红"，那名额说不定就会落到自己的头上。我更是担心新年初始，就落入失业的命运中。因此更是加紧联系客户，每天电话快打爆了，仍是看不到成功的一丝影子。

正月马上就结束了，公司也开始不断催促。王经理在上边也挨了骂。据说今年如果没有开门红，他也就不必再去武汉了。可谁都没想到开门红真的来了。而这个结果却是大部分人都不愿意看到的，包括我。拿到开门红的正是孔雪笠。

孔雪笠在二楼厕所门口遇到了王经理。王经理高兴地说："哎呀，小孔啊，你可是救了我的命咯。来来来，洗手间你先用。"孔雪笠微笑着，也不客气。孔雪笠签了单后，每天继续在办公室里读书，王经理有时进来就夸赞他："哎呀，我每次来你们这儿，都能看到小孔读书咯。你们要学习人家啊。"

这样一来，所有人的压力都大了起来，压力最大的当然是我。眼看孔雪笠是坐稳了，那最有可能离职的人就是我了。老钱每天气咻咻地看着孔雪笠，却没有办法。一天下班后，孔雪笠又提出请我吃饭，我便答应了下来。到了饭馆，我先问他怎么就拉到生意。孔雪笠说："就是上次我送书的那家企业。上次我去送书，他们那边负责采购的经理态度很不好，说一个销售人员年终送书过来，不是寻他们晦气，就是装高雅了。我不服气，就和人家争论起来，没想到倒给人家留了好印象。今年也巧，他们本来采购了别家的设备，没想到出了问题。结果那边善后不力，得罪了企业，于是人家就想起了我，顺手就签了下来。"

我说："真是好运气。"

孔雪笠心情很好，又和我喝了几杯。我本有些拘谨，喝了酒之后，便放得开了，就说起裁员的事情。孔雪笠笑着说："放心吧，如果要裁必定不是你。"

我问："我知道大家背后都在说，他们认定是我了。"

孔雪笠说："管他们说什么！山鬼之伎俩有尽，老僧之不闻不问无穷。"

我苦笑起来，把瓶中的白酒倒进了水杯，倒了整整半杯，一仰头，喝了个干干净净。

孔雪笠说："你也不必太担心，万一被裁，可以去找别的单位。"

"我学历本来就低，再加上现在金融危机，大学生就业都困难，何况我。"

孔雪笠却笑着说："我倒希望被裁掉的人是我，我还没经历过失业呢。我倒是想要用自己的经验命名什么叫作'失业'。"

我听了他的话，更是气闷。我没有说话，只是端起酒杯，孔雪笠也端起酒。我俩沉默着又喝了好多杯。我脑袋有些发晕，心中苦闷，便开始装醉佯狂。孔雪笠喊来服务员，给我要了一杯酸奶。我点上烟，斜眼看他，大声问："孔雪笠，你回答我，你那个未曾命名的世界究竟在哪里呀？你心里有那么个世界吗？它只是听着好听吧。"

孔雪笠叹了口气，说："是啊，在哪里呢？反正不是这儿。"

我哈哈哈笑了起来，说："是在小婷那儿吧。"

孔雪笠说："早绝交了。"

我趴在桌子上，问怎么回事。孔雪笠开始讲起来。他说，冬至那晚，本来他对小婷只是好奇，加上之前老钱对他一直都有些不友好，因此呢，那夜和小婷聊得亲密，半是因为自己生性随和，半是因为讨厌老钱。他和小婷聊天，发现她怪异的性格都是家境导致的。他生出了同情。小婷和他认识不久，就和他谈论自己的性史。这当中或许有诱惑的意思在，他却在那些聊天中感到了悲凉。他想对小婷施加影响，让她离开老钱这种人，让她改变自己。

我插话道："你不但想命名世界，你还想改变别人，你当自己是救世主？"

孔雪笠忽然怪笑了几声，一口喝干了杯中酒，说："我就是他妈的当自己是救世主！"他低下头，接着讲了起来。他抽出一切时间陪伴小婷。小婷也将自己的往事徐徐展开。小婷说她生在农村，父亲和村子里很多女人搞在一起，很少回家，因此她和母亲常常待在一起。母亲性格暴躁，时常打骂她。有次父母吵架，母亲一把掐住她的脖子，把她摁倒在井沿上，她看到圆圆的井水中自己的脸。她母亲说：你别怕，你先死，我和你爸很快来陪你。她大声喊了起来，水面泛起了细小的波纹。她还被母亲捆在屋后鱼塘边的毛竹上整整一夜，借着月光，她看到池塘上游弋的水蛇。她身上爬上了不少虫子，小腿上满是水蛭，个个都在尽情吸吮她的血液，饱胀成黑紫的圆环。那时她只十二岁。她恨死了自己的母亲，于是母亲最恨哪一种人，她便一心想要成为什么样的人。她高三便和同班的男生搞在一起，十七岁读大学后更是放得开了。结果，她不到十八岁便得了妇科病。她有时同时交往好几个男友，就是要从他们身上弄些钱，一方面改善自己的生活，一方面也是为了治病。

我长长舒了一口气，说："居然有这样的人，如果不是你遇到，怕是永远都想象不到。她的做法虽不对，但也可怜。"

孔雪笠笑着说："想不到的还在后面呢。你既然觉得她可怜，那你愿不愿意做她男朋友，和她结婚，改变她，将她从这种乱七八糟的生活中拯救出来？"

我摇了摇头，说："不会。我不仅不会，反而会离她很远很远。人就一辈子，我想把自己过得好一点。"

孔雪笠又问："那我呢？如果我有一天陷入糟糕的境遇，你会不会救我？"

我想了想，说："如果是朋友，我会的。"

孔雪笠哈哈笑了起来，接着讲了起来。他在小婷身上发现了越来越多的异质性的东西，这种发现给了他很强的满足感。他觉得自己从未见过这样的人，也从未体验过这样的情绪。他想到，或许这就是他的未命名的世界。有天深夜，小婷打电话给他，说有人要强奸她。他赶紧打车过去，却在小婷的出租屋前看到了老钱。老钱气呼呼的，小婷却异常开心，毫无电话中的紧张，甚至还有些许得意。他本来急忙忙地赶来，看这架势心中却有些警惕。老钱喝了口茶，说：孔雪笠我以前也遇到过陕西人，都还不错，你把陕西人的脸都丢尽了。他没有说话，心中揣摩着小婷的动机。小婷见他不说话，便对老钱说一些莫名其妙的话，说她就是生性太善良了，总不愿负了别人的心意，因此，屡屡吃亏。再加上孔雪笠为人很粗暴，经常强迫她做一些事情；她是做了些错事，但那都是因为她太善良，不愿违拗别人。孔雪笠说，当时他一听，便觉得血冲上了脑袋，直愣愣地站在那里。老钱以为他是害怕了，更是一脸瞧不起。老钱一把推开他，出去打了几个电话。他仰起头，定定地看着悬在天花板上的四十瓦的节能灯。他忽然间仿佛从那个环境中被抽离了出来，他不再生气，不再愤恨。他只是看着那盏四十瓦的节能灯，心中奇怪，自己为什么会在这里。

"然后呢？"我急忙问。

孔雪笠掐灭烟头，长叹了口气，说："说起来，那晚的情形倒也算得上是精彩。"他说，老钱坐在那里喝茶，手机忽然响了起来，老钱看了眼他，挂掉了电话，发起了短信。小婷坐在了老钱身边。小婷看到他一脸的厌恶，便得意地无声地笑着。他越是流露出反感，小婷脸上越是开心。于是他也笑。房间中十分寂静，他能听得到电灯里电流"嘶嘶"的细微声响。他再一次开始恍惚，自己为什么会出现在这里。这时，他听到了远处的脚步声。那会儿已经是凌晨三点了。是谁呢？他当时心里想，这一片出租屋住的都是城市最底层的人，或许是酒吧的服务生，或许是晚归的小姐，谁知道呢？他听到脚步声的同时，忽然意识到自己是在陌生的地方。这种地方是混乱肮脏的代名词，是法治新闻中凶杀案件最常出现的地方。在那一瞬间，他警觉了。他转过身，向门口走去。老钱赶紧站了起来，跑了两步，拦在孔雪笠身前，说：不许走！他转身一把掐住老钱的脖子，上前一步，发力一推，老钱倒在了地上。他赶紧跑出去。天上星星很亮，潮湿冰冷的风扑了过来，他长长嘘了口气。出了门刚左转到小巷子，他就碰到了五个男子。他们手里都带着家伙，有木棍，有扳手；还有个矮个男人，穿着皮夹克，夹克拉链开着，右手藏在夹克里面。那几个人盯着他看。孔雪笠说：你们是来找老钱的吗，赶紧的，老钱刚被人打坏了。矮个男人手从夹克里掏出来，果然是一把明晃晃的刀。孔雪笠说，赶紧走啊，他们有三个人，拿的铁钎。矮个男人说：你领路。孔雪笠说：往前走，左拐就是，我还叫了几个哥们儿，他们到巷口了，我接下他们，你们赶紧去救老钱。说着，他就向巷口快步走去。这时他听到背后老钱的声音，抓住他，别让这杂种跑了！

"然后呢？"我赶紧问，"抓到你了吗？"

孔雪笠笑了笑，手一伸，我掏出香烟，给他点上。他说："你这会儿酒醒了？看来我的故事很解酒。"

我说："很解酒。你接着讲吧。"

孔雪笠说，那一片全是出租屋，巷道纵横交错，他左转右转，躲进了一栋小二层的楼道里。他听见老钱和那几个打手就在不远处。老钱说，那杂种肯定没跑远咯。孔雪笠忽然想起了什么，掏出手机，把手机开成了静音。果然不一会儿，老钱的电话便打了过来。他听到老钱说，难道真跑远了？他沿着楼梯，悄悄上了二楼，透过窗户，他看到老钱几个人走来走去。孔雪笠掏出手机，给小婷发了短信，说：我已打车到了江边。如果你还记得我的好，就来江边找我，不要给我打电话，我会在江边翠微亭边等你。一小时后见不到你，我就跳下去了。他等了半个小时，小婷没有打电话也没有回短信。他听到附近没有任何声响了，就偷偷摸摸出了小巷。等到了主干道，他看到明亮的灯火时，忽然有一种隔世之感。

"出来之后，你去哪儿了？"我问。

孔雪笠说："翠微亭啊。"

我说："你是不是傻，万一小婷跟老钱说了怎么办？"

"我当然知道，但是我就是想看看她会不会去。"孔雪笠笑着说，"我打了车，车子绕着翠微亭来回走，小婷没有来，老钱也没有来。然后我就回了房间。第二天也没有去上班，这么到处躲了几天，估计老钱报复的心思也淡了，我这才回了部门。"

我哈哈笑了起来："这就是你的未命名的世界？"

孔雪笠说："只要有趣，就算是未命名的世界。"

我摇了摇头，说："这有什么有趣，不过是争风吃醋。"

他说："我也觉得无趣。在那一刻，我忽然在小婷身上看到了自己熟悉的生活的影子。我走了一千多公里，但还是遇到了我最熟悉最厌烦的那种人。所以，我也觉得无趣。不算是未命名的世界。"

我给他添上了酒，我俩碰了杯，我说："你整日都说什么未命名的世界，究竟什么是未命名的世界？你真的知道吗？除了我们日常生活的世界，还有一个世界？你信它，还是觉得这样说显得格调很高？"

孔雪笠微微一笑，却又叹了口气，说："你觉得世上有神明吗？"

我说："我不知道。如果没有，哪有报应；如果有，又哪来的恶行？"

孔雪笠说："你这种观点在哲学上叫作神正论，讲的是神和正义的关系。这个问题也算是触碰到核心了。"

我问："你呢，你觉得有神吗？"

他想了会儿，说："我不知道，我希望有。如果有神的话，就算我不知道我说的是什么，起码他知道。"

我笑了笑。小饭馆放起了《晚安曲》，孔雪笠叫来服务员，买了单。出了门，夜风已经变得潮湿而温暖，春天到了。路上，我又想起裁员的事情，又感慨了一番。孔雪笠安慰我，说，他最近还有些活，不如我跟着他去，到时候也算是工作成绩，说不定会有帮助。

过了几天，孔雪笠果然喊我去工地。据说是那家企业的设备坏了，虽然公司也派了售后工程师去善后，但我俩也应该去工地，了解情况，一方面给客户企业说说好话，一方面向这边反馈情况。我每天闲待在单位，心里也十分惶恐，想着出去毕竟是做事，就和他一起去了。工地在郊区。道路两边都是农家小屋子，白墙黑瓦，屋前一片池塘，几只鸭子悠闲地游来游去。田埂上、山坡上开满了不知名的野花，有红有黄有紫有蓝，近看星星点点，远看则是一片花海。我看着这野外风光，心情顿时舒畅了不少。

工地上却一片嘈杂。我和孔雪笠爬上水泥高台，我们单位的尚工和李工都在，他们看着下面翻倒的起重机。孔雪笠忽然往下指，对我说："看，血！"我这时也看到起重机下面大摊的血迹，一大群苍蝇嗡嗡嘤嘤盘旋着。李工说："这次真是麻烦大了，起重机侧翻，砸死了一个民工。"

我问："真死了，还是受伤送医院了？"

尚工叹着气说："听说脑袋砸碎了，你说是不是真死了。"

孔雪笠问："是操作的原因，还是设备的原因？"

李工说："当然是设备的原因了，起重的时候，二级支腿断了，然后车子就翻了。"

我看着地上的血，心里说不出的压抑，想象着不久前发生在这里惨烈的一幕。这时一只小鸟在远处啾啾地叫着，我忽然

恍惚了起来，不住在脑海中回想，这究竟是什么鸟呢？正当我
快要想到时，鸟鸣声停了。一群民工向这边围了过来。"怎么
了？"我急忙问。

李工脸色变得苍白，说："不好，要出事。这些施工队的
民工大多是一个村子出来的，相互间都沾亲带故。这次死了
人，他们估计是要找我们麻烦。"

李工正说着，几个民工也爬上了水泥台。为首一人说着方
言，不知在说什么。尚工站了出来，说："你们要做什么？"

有个矮个民工站了出来，手里拿着一块板砖，操着生硬的
普通话说："你们这些王八蛋，造出来的垃圾产品害死了我表
弟，你们说怎么办？你们为了钱，什么事做不出来，现在害死
了人，你们说怎么办？"

尚工说："事情总有解决的办法的。我们先要认定责任方，
也有可能是操作人员没有按照规定，起重过载了，也有可能是
民工们站得太近了，机器上明明写着起重臂下严禁站人嘛。所
以现在责任还没有认定嘛。"

李工听了尚工的话，赶紧在背后捅了尚工一下。果然，工
人们更加激动了，一边骂着一边走了过来，水泥台本来不大，
只有几平方米大小，很快就把我们逼到了水泥台边上。李工
说："大家不要激动嘛！什么事情都有个解决的办法，我们几
个也是打工的人嘛，大家不要为难我们。我们都不容易，都是
可怜人。这种事要找老板，找我们没用嘛！"

结果工人们还是不依不饶。孔雪笠一拉我的袖子，说：
"跳吧！"我和孔雪笠都跳了下来，随后李工也跳了下来。台
子下面还有些民工，见到我们就追了上来。我赶紧喊道："尚
工，赶紧跳啊！"尚工说："我恐高！不敢跳！"这时，工人们
也追了上来。我听见后面尚工"啊"地叫了一声，身后的民工
也忽然不追了，都定定站住了。我们三个也停了下来。台子上

的民工也都跳了下来。尚工脑袋磕在了下面的石头上，鲜血汩汩地流出，又渗进了泥土里。这时我又一次听到那鸟鸣。孔雪笠和李工脸色变得惨白，孔雪笠赶紧打了电话叫了救护车，又报了警。这时，那些民工也都不说话了。工地上一时变得十分安静。

　　我们三人坐车回城，一路上都不说话。我的脑子变得混乱起来，根本不能集中注意力。我在车上不断回想那啾啾的鸟鸣，想起道路边的花海，想起看过的书和孔雪笠聊天的内容。孔雪笠说的未曾命名的世界究竟是什么呢？那个世界里将死亡叫作什么？我双手抱着脑袋。车开得很快，我听见窗外的风。天色渐渐暗了下来。两道车灯光照在空旷平直的道路上，消失于远方，仿佛正在走向深邃的大海。究竟什么才是未命名的世界呢，那样的世界还在用那些最基本的名词吗？我忽然想，我为什么要想这无聊的问题，这不过是孔雪笠在女孩子面前夸夸其谈的内容。就在不久前，一个活着的有家庭有喜怒哀乐的同事死了，他的面容在我的脑海中一闪而过消失不见了，我再也想不起他的面容了，仿佛一尊石像沉入了遗忘的大海。我有个同事死了，被推下去摔死的也有可能是我。这是很严肃的事情。但是我根本无法集中注意力思考，我脑海中想到的却是最无关紧要的事情。什么是未命名的世界？小婷是谁？

<h1 style="text-align:center">四</h1>

　　过了两天，我和孔雪笠参加尚工的葬礼，葬礼上尚工的老母亲涕泪纵横，旁边两个亲戚搀扶着。尚工的老婆也放声大哭。孔雪笠在我耳边小声说："有泪有声是为哭，有泪无声是为泣，有声无泪是为号，尚工老婆这是在干号。"我仔细一看，尚工老婆果然没一滴眼泪落下。出来时，我们遇到了李

工。李工和我们一起经历了上次事情后，也算是生死之交了。中午便一起在山下吃了午饭。饭桌上，李工不断地感慨人生无常，又把手搭在孔雪笠肩膀上，说："那天要不是你提醒我们往下跳，今天躺在殡仪馆里的不知道还有谁呢？"孔雪笠说："也有可能我不跳，就不会激怒他们，他们也不会推尚工下去。谁又知道呢？"

李工和我们不在同一个工业园，吃完饭后，便分手各自上了车。车上，孔雪笠对我说："我打小喜欢读书，以前读文学读得多，现在读哲学多一些。我时常在想，我为什么生活在这样一个环境中，这样不幸。"

我说："你有什么不幸的，尽瞎感慨。尚工才算是不幸，他是耒阳人，小时候家里十分穷。他父亲去世得早，他打小没过上一天好日子。等到他工作结婚后，又和老婆感情不好，十分压抑。后来，他老婆又在外边找了人，他没决心离婚。他在单位上也得罪了领导，听说领导很久没有给他安排活儿了，意思就是让他等着被裁掉。他自己争取，这才到了工地上善后，没想到一去就搭上了自己的命。"

孔雪笠在车上点上了烟，说："哎，真是可怜人啊。这是未命名的世界。"

我听了他的话，心里暗暗冒出了一股邪火，沉默了一会儿，终于说道："以后不要提什么未命名的世界了。世上的人大多很辛苦，不是你这样轻飘飘地活着的。生活这样沉重，你老提华而不实的话，让别人觉得气闷。踏踏实实不好吗？"

孔雪笠没想到我会这样说话，吃惊地看着我。

"我说错了吗？"我也抽出一支烟，打开了车窗。出租车师傅也摇下了前面的车窗，温暖潮湿的风吹了进来。我心想，既然说破了，那还不如把话说完。我说道："生活是很不容易的，它琐碎无聊，压着你。诗多好，谁不渴望诗意地活？但是诗就在这样的生活中。把诗意比作火焰，谁不喜欢它的温暖。火是最纯正的，它比最单纯的物质还要单纯，因为它里面没有任何物质，它只是一种化学反应，是原子间的能量跃迁。但没有燃料，火焰一秒都存在不了。煤炭也好，石油也好，这些燃料都是长久地潜藏在地下，亿万年时间作用于它，它离不开自身的小环境，也离不开整个地球。小小的煤块，是整个世界造就了它。这样看来，火真的是单纯的吗？我从不相信生活的唯美主义。这样的唯美主义只不过是一种逃避。路边的小花、庙堂上传来的清音，这当然是美的。烟熏火燎、浊浪滔天也是美的，虽然它不纯粹。再别提未命名的世界了，它太远太纯了。"

孔雪笠睁大了眼睛看着我，说："你说得太好了，平时真是看不出来。我更喜欢你这个样子，不喜欢你把自己的想法藏着掖着。你就应该这样，放开些。"

孔雪笠没有生气倒是出乎我的意料。我说："我倒是不喜欢我现在的样子。我不喜欢讲道理，今天是没有忍住。"

孔雪笠哈哈地笑了起来。他听了我的话，心情变得欢快了起来。看到他的样子，我反而更加不快。我们虽然不是很熟悉尚工，但几天前他在我们的面前死了，无论如何，这都应当是让人悲伤的事情。而且，孔雪笠几分钟前还在感慨，自己生活如何不幸，仿佛尚工的遭遇也无法抵得上他的忧愁。可是这会儿就一副心怀大畅的样子，可见他所说的悲伤是多么轻浮。

我俩下了车，正见老钱站在单位门口的樟树下抽烟。他低着脑袋，像是在沉思什么。我只好走过去打了个招呼。老钱抬起头，眉头皱着，嘴角却挤出笑，向我俩招了招手。老钱说："你俩又去工地咯？"

我忙说："没有去工地。钱哥，我俩刚参加了尚工的葬礼。毕竟那天下午我们在一起，想着一会儿就能回来，没给部门打招呼。"

老钱说："应该的，应该的。那天我也听说工地上出了事，哎呀，我可担心坏咯，晚上的时候才知道你俩回来，一颗心才算放下了。我一看镜子，哎呀，白头发都出来了。"

我看老钱这么客气，心里纳闷。孔雪笠站在一边，脸上只是微笑。

"哎呀，人生有时候还真是无常咯。尚工以前我也见过几次嚷，人也蛮好，说话很直，合我的性子。谁又知道会这样，真是感慨。"老钱拍了拍孔雪笠的肩膀，又接着说，"小黄我算是比较熟了，小孔倒是一直不和我怎么熟络嘛。一个单位的同事应该多加强了解嘛。一直对你们这些新人不够关心，是我没有做好。"

孔雪笠忽然说："老钱，你的白头发还真多了不少。"

老钱瞪着眼说："哎呀，可不是嘛。"说着，他就低着脑袋让我俩看。我一看，果然头发花白了不少，后脑勺有两块硬币大小的地方居然斑秃了。

我说："哎呀，还真挺严重的，这才几天的工夫。"

老钱说："嗨，还不是那天担心你俩出事嘛。"我忙表示感谢，又说了几个治疗斑秃的土方。老钱心中似乎有事，嘴上却一再表示如何关心我们。说他这个人性格就是这样的，太善良了，虽然有时候说话难听，可是心是不坏的。我和孔雪笠都是一头的雾水。我喊老钱一块进去，老钱说："不了，不了，你俩先进去吧。我再待会儿。"

整整一下午，老钱都没来办公室。孔雪笠待在那里，看着窗外，一言不发。我问他想什么呢？他笑着说："回味你的高论啊。"下班走在园区里，孔雪笠忽然问："你有没有发现我的两只眼睛是不一样的？"

我转过头，他左眼里满是笑意，右眼却是冷酷。"你第一天来的时候我就发现了，两只眼睛的感觉很不一样。不过平时不多注意的话，也很容易忽略。"我接着说，"确实很少见，你大概是混血。这叫鸳鸯眼，波斯猫就这样。"

他哈哈笑了起来，说："是不是混血我还真不知道，毕竟北方人在历史上经常民族融合，有些别的民族的基因也很正常。不过，我两只眼睛不同，所以我看待事物也是用两种眼神打量的。"

我心想，一定是中午在出租车上我批评了他，所以他又准备找些自己不同凡响的证据来回击我。他接着说："我小的时候两只眼睛是一样的，但后来上了初中之后就不一样了。从此我就有了同时用两种眼光打量世界的能力。一只眼是好奇，另一只眼是厌烦。就像我和小婷在一起的时候，我对她好奇的同时也对她厌烦，开始是好奇占了上风，后来厌烦又占了上风。但是两种情绪是同时存在着的，这个很奇怪。"

我笑了笑，说："是，确实有些怪。"

孔雪笠接着说："今天中午听了你的话，我觉得颇有道理，但是下午在办公室想了想，又觉得不以为然。所以想和你好好聊聊。"

我说："中午我是随口一说，你也不必往心里去。"

孔雪笠说："我很高兴你那么说，我们找时间再聊聊吧。"

我和孔雪笠出了大门，看到老钱居然还站在那棵樟树下，脚下满是烟头。他也看到了我俩，向我俩笑着点点头。我走出几步远，又回过头，看到老钱站在那里，向每个出来的熟人点头微笑。他一转身看到了我，他脸上依旧是微笑，我有些尴尬，笑着点点头，走开了。忽然起了风，几片经冬的干叶被风吹起。老钱的笑变得朦胧。

第二天下午开会，王经理首先感谢大家这段时间的辛勤工作，又表扬了孔雪笠。感谢完，他又提起当前的行业形势，说受美国金融危机影响，行业很不景气，现在是洗牌的时间了，大家只要能坚持住，美好生活一定会更加美好！大家都赶紧鼓掌。王经理接着说，下个礼拜他就要去武汉任职了，十分不舍，日后大家去武汉一定要给他打招呼，他请大家吃饭。

散了会，我坐在办公室里，心里奇怪为什么王经理快要去武汉了，裁员的事情却迟迟不提。我看着窗外，天空渐渐阴沉下来，房间中没有开灯，每个人的脸上似乎落下层灰烬。不一会儿，我忍不住问起裁员的事。老陈哈哈笑了起来，说："裁员的事情你还不晓得吗？早就定了。"

孔雪笠也抬起头来，问："定了谁？"

老陈说："这很明显的事情，你看不出来吗？"

我有些紧张，说："该不会是我吧？"

老陈扬了扬手，说："哪里是你，是老钱。"

我睁大眼睛："怎么可能？他是老员工，不是干得挺好的吗？"

老陈说："就是年前，老钱给人家送礼品，送的是假的保健品，吃坏人啦。"

孔雪笠说："原来是这样。"

老陈说："那边打电话骂了个狗血淋头，又七七八八地说了一大堆咯。这边大区经理很生气，就让督察部的人来查，结果老钱说自己也是受害者，不知药是假的。督察部的人看了发票，倒也没看出问题来。老钱也找了王经理，说了一个下午，说自己如何上当受骗，如何可怜，千万从轻发落。王经理还安慰了他几句，想着保住他。"

孔雪笠笑着说："那为什么没保住？"

老陈起身，关上了办公室的门，低声说："本来保住了。就是你俩去工地的那天下午，王经理进来给大家讲了讲话，说老钱是部门的有功之臣，虽然这次工作有很大的失误，但是罪不在他；这样的结果我们谁都不愿意看到，但是不能迁怒，不能找替罪羊嘛。实事求是是马克思主义活的灵魂嘛。"说到这里，老陈又笑了起来，抽出烟，递给我和孔雪笠。红亮的烟头在房间中分外显眼。"所以说，小黄的运气还是蛮好嘛。那天下午，王经理就定了裁员的事情，定的就是你。结果过了两天，督察部的人又来了，又查了一次发票。老钱买假药的发票无懈可击，结果，在别的发票上出事了。在王经理办公室里，督查部的人把两张住宿发票放在桌子上，问老钱：这两家宾馆你都住过？老钱说：我干这一行，常出差，既然有发票，那肯定是住过咯。督察部的人说，这两家宾馆一个在荆州一个在岳阳，中间时间隔着半个月。老钱说：没问题啊，我确实去这两个地方出差，这个是可以查到的，王经理可以给我作证嘛，去年我先去的荆州签的单，后来又去岳阳开会。督察部的人又问，那请问为什么两家不同的宾馆，中间隔了这么半个月，开出来的发票，发票号是连着的？老钱这才没话说。王经理骂老钱说：你呀也就死在这几百块上了。然后王经理就把老钱报了裁员。"

我说："我居然一点儿都不知道还有这样的事情。"

孔雪笠笑着说："你运气不错，老钱早不出事晚不出事，这个点儿出事，这是给你挡了一枪啊。你要好好感谢老钱啊。"

我说："哎，老钱也是可怜。"我想起年前老钱劝我虚开发票的事，不免庆幸自己听了孔雪笠的话，不然督察部查到自己头上可就麻烦了。

孔雪笠说："我们是'五毒教'，那督察部算是什么？"

老陈说："锦衣卫啊。"

孔雪笠说："看来还是锦衣卫厉害些。"

老陈哈哈笑了起来。晚上下班，我和孔雪笠在门口又见到了老钱。他脚下扔着不少烟头，眼睛向门里瞄，像在等人。他见了我们依旧微笑着点头。我不由感慨地对孔雪笠说："老钱也可怜，一把年纪了，现在也不好找工作了。"

孔雪笠说："是啊，我以为老钱倒霉我会高兴，结果也不是太高兴。大概是物伤其类，我们从老钱身上看到了自己的一种可能性。可怜他也就是可怜我们自己吧。看来销售工作也真是没意思。"

晚上我请孔雪笠吃了饭，我们两个便一路瞎逛聊天。路上又遇到了小婷，小婷一个人低头走着，没有看到我俩。我俩没有打招呼，悄悄地绕开了走。小婷走走停停，不时抬头看着布满阴云的天空。孔雪笠忽然叹了一口气。我们走到大学城附近，四周都是年轻的面孔，小吃街上油烟蒸腾。这时忽然落下了雨，我俩坐进一家小店，点了一盘小龙虾，边吃边等着雨停。店里顾客不多，电视上正播选秀节目。雨越下越大，雨滴打在外边的塑料棚子上，发出了哒哒哒的声响。电视声音开得很小，听不清声音，只见女歌手闭着眼张着嘴握着话筒，观众们沉默地流泪。我看着电视，孔雪笠看着窗外，他自言自语道："什么是未命名的世界呢？"

孔雪笠转过身来，又说："我的两只眼睛是不一样的，你知道为什么吗？"

我笑着说，不知道。他说："我一直在想你说的话，就是那天尚工葬礼回来路上的话。我开始觉得有道理，后来觉得不对。因为，我的两只眼睛是不一样的。"

"好啊，你说说为什么不一样？"

孔雪笠却从他出生前开始讲起来。他出生的前天夜里，他爸爸梦到了一家农户的柴门外立着斗笠。斗笠上盖着厚厚的雪，积雪上有淡淡的两行脚印，似乎是有人出门，彻夜未归。梦醒来，他妈妈就开始肚子疼。送到医院后不久，他就生了下来。可是他爸爸却无法从那个梦中回过味，梦境是寂寥的，因此，他给儿子取了这么个怪名字。他知道这个名字的由来后，便有种感觉，觉得自己不同于常人。只有超拔绝世的大人物出生前，父母才会做各种奇怪的梦，然后根据梦境给孩子取名字。譬如李太白。等到他上幼儿园时，他们那个小县城忽然变富了，他们生活的小城的地底下是无尽的煤炭的海洋。县城里几乎是人人受益，家家赚得盆满钵满。不知名的小城一下子成为了全国的十强县。他们家也盖起了两层小楼。他们家不但有矿上的分红，还有多余的房子出租，所以他从小生活就十分优渥。大家钱来得容易，所以他父母每天就是开着小轿车喝茶打牌。后来他妈妈又做生意，开了几家餐馆，生意倒还不错。等到他上小学的时候，忽然家境就不行了。他爸爸越赌越多，到处欠钱，他妈妈在榆林的投资又亏损了。等到他上二年级时，他爸爸开始吸毒，一年后离家出走。走之前，他爸爸跟朋友说，自己这辈子也算是完蛋了，但他不想死在这个地方，就算是烂死，他也要死在外边，去看看别的世界。他爸爸想起了那个雪夜斗笠的梦，才知道那不是儿子命运的暗示，而是自己命运的暗示。爸爸出走后，他们的家境更是一天不如一天。他妈妈早辞了工作，开始只是吃老本，后来想着东山再起，又和朋友一起做生意，结果家产只剩了间三十多平方米的小房子。

　　说到这里，孔雪笠叹了口气，说："我常常想起有一天的清晨，我和爸爸站在操场上，前一夜刚落了雨，地上的积水映着天空。太阳还没出来，远处的山是蓝色的，看台上的灯熄灭了，像是一双双疲惫的眼睛合上了，远处也有了人影。几只鸟雀低飞过跑道。爸爸告诉我，今天是我们新生活的第一天。他决定戒毒。爸爸说，新的生活应该从跑步开始。我们一道跑，跑了半圈，他就跑不动了。他在后面喊，快点跑，快点跑！快活就是快快地活，不管生活有什么，狂奔过去！我一直跑了五圈才停下来，我瘫坐在地上。地上的积水湿透了我的裤子，屁股感到了冰凉。爸爸也坐在了我的旁边。他看着我笑。几天后，我由于过量运动所导致的肌肉拉伤还没有好，我的爸爸就消失不见了。"

窗外的雨更加大了，我问道："你再也没有见过他吗？"

他摇了摇头，说："没有。"他接着讲了起来，他爸爸离家之后，他和妈妈的关系变得十分糟糕。那时他对毒品没有概念，觉得是妈妈的缘故，所以爸爸才会离开。而妈妈也似乎总是在他身上能看到他爸爸的影子；只要看到他有像他爸爸的地方，就会对他又打又骂。等到初中时，他的愤怒忽然爆发了，他和妈妈总是吵架，有时候还会动手。有次吃午饭，他在面条里放辣椒。他妈妈便骂他，说他和他那个死爸爸一模一样，放那么多辣椒，也不怕肠子里辣出脓血，肚子穿孔而死。他当时便把手中的碗扔了出去，碗砸在墙上，汤汁溅了满墙。他妈妈一把推翻了桌子，走到厨房拿出了擀面杖。他手头没有东西，就跑到了洗手间反锁了门。他妈妈在外边踹门，他心里有些害怕，害怕妈妈破门而入。渐渐地踹门声小了，他听见妈妈呜呜的哭声。他也哭。他看着镜子中的自己，看着自己的额头，看着自己的鼻子，看着自己的眉毛和嘴巴。他看着看着一时忘记了哭。他看着自己的眼睛，忽然想到很多人都说自己的眼睛像妈妈。他用水洗了把脸，细细端详起这双眼，果然这双眼睛同妈妈的一模一样。他忽然抓起牙刷，把牙刷刺进眼睛。

我惊叫了声："你的一只眼睛是假的？"

他点了点头，说："是的。"他脸上是一种奇怪的表情，似笑非笑，太阳穴上的青筋凸起。我知道他这是在克制自己激动的情绪。我俩都不说话，只听见雨声滴答。过了许久，他长长嘘了口气，额上的青筋也不见了。

我说道："你真的那么恨你的妈妈吗？至少在你刺瞎右眼

的那一瞬间，你妈妈是不是你最恨的那个人？"

他摇了摇头，说："其实不是的，我并不是因为那天吵架生气而刺瞎右眼的。相反，那会儿我心里一点儿气愤都没有。我忽然觉得心里悲苦，觉得委屈，觉得凭什么大家都有的生活我没有！或许在刺向自己的右眼的时候，我心里并不是愤怒也不是恨，而像是一种撒娇吧。"

孔雪笠又继续讲起来。当他一脸鲜血地走出洗手间时，他妈妈吓傻了。很快他被送去医院，做了手术，安了假眼。过了半个月，他又得了交感性眼炎，差点儿两只眼睛都瞎掉。自从那件事情之后，他和妈妈在家里就不怎么说话了。他心目中的家庭氛围是沉默的，他和妈妈不说话，却视彼此为最大的威胁。他上大学后，有一次，他妈妈破天荒地给他打了电话，电话里说，她心情很差，想死。他说，哦。然后就挂断了电话。后来他才知道妈妈又一次恋爱失败。他心里对妈妈既是厌烦，又是同情。厌烦她便是厌烦自己，同情她也是同情自己；但是自己眼瞎了之后，便无法在家中有任何温情的表达。他换了两个工作，他渴望陌生的生活和环境，离家越远他便越有安全感。

我抿了一口茶，说："没想到你的经历也是这样坎坷。"

孔雪笠看了看窗外，说："雨还挺大的，看来一时半会停不了了。"他顿了顿，接着说："我希望有一个未命名的世界。那里没有一样东西能勾起我以前的经历，我希望自己在那里是崭新的。我渴望生活，但是却在不断地逃离。你之前说得很好，要在生活本身中找寻诗意，要踏实地生活。可是，我只想逃避。我希望全新的生活降临，过去的一切都不再存在。"

我忽然不知道该怎么回答他。我们两人听着雨，看着窗外。我买了单，又冒雨买了两把雨伞。我们走在街道上，很快裤子和鞋子全湿掉了。我每向前走一步都能感觉到鞋子里有水在晃动。不一会儿，刮起了大风，我俩的伞都被吹翻了。路上却不见出租车。地上横斜着吹折掉落的树枝，我俩收了伞艰难地往回走。雨打在地面上，击起一片茫茫的白雾。还好风很快就止住了，我俩在雨中又张开了伞，一前一后走着。孔雪笠忽然哈哈笑了起来。我们在路上又一次遇到了小婷，她站在一家商场前面躲雨。她这次看到了我们。我向小婷点了点头，小婷却向我俩招手。

我和孔雪笠走了过去。小婷抱着肩，瑟瑟发抖，说："我又分手了。"

孔雪笠说："和谁？"

小婷说："你不认识。"

孔雪笠递给她一把雨伞，然后我俩转身就离开了。我和孔雪笠打着同一把伞，孔雪笠说："我喜欢看书，以前尤其喜欢文学。我常常觉得书中的人物是活着的，而我是死的。书中的人物有生活，我没有。"

我擦了把脸上的雨水，说："你有生活。"

他说："没有的。那样的生活我只想逃避，我不承认，所以它就不存在。你可能会说我这是懦弱的表现，生活是不能逃避，不能被否认的。可是，我是很真诚地在逃避啊。"

这时他手机响了起来，他掏出想在衣服上擦干，可是衣服已全湿。我急忙掏出一包纸巾，结果里面也已湿掉了。他笑了笑，猛一挥手，手机在雨中画出一道曲线。

五

老陈替了王经理，成了我们的头。他很高兴，没事就和大家聊天。在他眼中，我和孔雪笠是老钱的对头，他对我俩有好感，常给我俩派活。可惜我俩总是无功而返。行业形势继续坏下去了，大企业收缩规模，小厂纷纷倒闭。陈经理后来很少来我们办公室了。有次他在二楼洗手间门口遇到了孔雪笠，他狠狠地瞪了孔雪笠一眼。他对孔雪笠的好感算是结束了。

转眼到了夏天。老陈来办公室，大家都向他抱怨为何今年没有防暑费。老陈说："有空调就不错啦，等以后空调给你们拿走，你们就不抱怨了。"又过了几天，老陈召集大家开会，会上他伸出一根手指，说："告诉大家一个很不好的消息，上面又决定裁员了，我们部门拿到了一个名额。"有人说："这不刚裁员嘛，怎么又裁？"

老陈说："这种事是我能决定的吗？是我要裁掉你们吗？一个部门本来没几个人，天天裁，我不成了光杆儿司令啦？你们只管好好干，抱怨做什么！优秀的人最渴望逆境，因为这样才能彰显他嘛。马云说了，今天很残酷，明天更加残酷，后天会很美好！但是大部分都死在了明天晚上！好好干吧！抱怨要是有用，我天天找董事长去抱怨好啦！"陈经理声色俱厉，大家都不再说话了。

散了会，大家在办公室里都吵开了锅，都说这样工作下去真没有意思，不如早寻出路。我也有些感慨。我转头去看孔雪笠，他正低头看书。

有人说："公司现在这个形势，倒像是玩那个'植物大战僵尸'的无尽版，干完一波又一波，但不管怎么样，最后还得被僵尸吃掉脑子。"

孔雪笠抬起头，哈哈笑了起来，说："你这个比喻，真是恰当。"

我问他说："你觉得咱俩还能抵抗几波？"

孔雪笠说："我给你讲个意大利人写的故事吧。说有个人有家族病，家里的人都短命。知道命运之后，他只做一件事情，就是养生。他每天锻炼，控制饮食，学习印度秘术，调整自己的呼吸和睡眠。他没有情感，因为他知道无论是喜还是悲，都会耗费生命的能量。他想改变命运。"

我问他："结果呢？"

孔雪笠笑了笑说："有一天清晨，他看到了窗外照进来的阳光。他知道自己已经成功了，因为这一天是他的生日，他奇迹般地活到了六十岁。他改变了命运。然后，他陷入恐慌中。他知道自己虽活到了六十，但不知自己还能活多久。以后的命运，他无法掌控。他陷入了绝望。一日之间，像老了十岁。终于，他想到了一个能掌握命运的方法。他拿起了手枪，自杀了。"

我说："他确实掌握了自己的命运。"

孔雪笠低下了头，继续去看书了。

下班后我和孔雪笠在江边闲逛。虽已是傍晚，迎面吹来的仍是潮热的风。不一会儿，我俩就已是一身热汗了。孔雪笠笑着说："热风吹在脚踝上，就像是一只毛茸茸的小狗在蹭。"

我笑说："这比喻绝妙。"

他说："这也是书上看来的比喻。我自己真没有生活，我没有活着，是书在活着。"

我没接话，我知道只要我一接话，他又会拿出他的那套"未曾命名的世界"理论。天气太热了，我不想听什么理论。他又说："夏日的傍晚，大地就像是一个刚死去的巨人，尸骨仍温热。"

我说："这我知道，是大江健三郎在《个人的体验》里的句子。"

他点了点头。

江上驶过几艘客轮，汽笛悠扬，划过渐浓的暮色。细长的采沙船都靠近岸边，白色的水鸟飞过江面。江对面的万达也亮起了五彩的灯，灯光倒映在粼粼的江面上。我俩吃着绿豆冰沙，流着汗，看夜色渐起。采沙船上也亮起了灯，星星点点，十分好看。一个穿着短裤的大汉扑通跳进了江水，双臂划着水，得意地向着岸边大笑。

孔雪笠说："回吧。"

我说："好。"

我俩在滨江路走了半天，也没有打上车，最后只好坐了黑车。没想到，司机是老钱。老钱没认出我俩，问我俩去哪儿。我说公司附近。他听出了我的声音，有些尴尬。我问老钱，现在在做什么工作。他说："还没找到嘛，正在找咯。选择倒是有不少，毕竟还有些朋友嘛。不过都不太理想。当然咯，其实那些工作都还不错。可是我也在销售圈子里混了这么久咯，也算有名声，有人脉，一去给我个副总，那我哪里能答应咯？总经理也年纪比我小嘛，受不了那个气嚷。说是年薪几十万，几十万又怎么了？我虽然姓钱，但我不是见钱眼开的人咯。我要去，就得当一把手，是不是？所以现在还正处于博弈阶段，我想再等等。我也闲不住，也就先跑跑车，挣点油钱咯。"老钱又问："现在经理是不是陈？"

我说是。他又说："现在的社会嘛，真的是小人得志咯。陈那样的人还配做领导，真是的。还不如你们这些年轻人嘛，瞎搞。就是那个陈搞掉我的，他有督察部的朋友。别以为我不知道！哼！"

老钱语速很快，炒豌豆似的，他刚一说完，车子就停到了路边。他转过头，说："我突然想起个事情咯，我得过江北，见个朋友，就不送你们了。钱嘛，我也不收咯，你们再打车吧。这儿很好打车的。"我和孔雪笠只好下了车，目送老钱的车子远去。

我回到宿舍之后，想到裁员的事情，觉得闷闷的，就开始写东西。写了一些，我又觉得糟糕，撕掉了，于是心中更加苦闷。

过了没多久，工作压力陡增，大家都使尽各种神通，期望能签上单，让自己平安渡过这次裁员。毫无疑问，我和孔雪笠又成了这次裁员的重点人选。孔雪笠有天去二楼洗手间，陈经理敲洗手间的门。孔雪笠说："谁啊？稍等啊。一楼没人，要是着急的话，先去一楼吧。"陈经理气得脸发白，只得去了一楼。我听了别人说了这事后，心中竟有些高兴。

过了不到一个月，孔雪笠在领完工资的那天，提出了辞职。陈经理假意挽留了几句，然后又说讲了一大通。他说，不论到哪工作，他这番话都会对孔雪笠有帮助的。孔雪笠道了谢。

大家都知道孔雪笠辞职便是保住了别人，大家都说了些依依不舍的话，虽是客套话，感谢的心情却是真的。大家要请孔雪笠吃饭，孔雪笠也不推辞。

部门除了经理外，大家都到齐了。饭馆也不是什么高档饭馆，虽有上下两层，也不过十来张桌子。房间里老旧空调的声音仿佛拖拉机，天花板上还挂着两排风扇。但还是热。碗碟大多是破损的，筷子扔在一盆热水中，随用随捞。菜倒是正宗的湖湘口味。孔雪笠喝了点酒，说话声音很大，看不出是高兴还是落寞。他转头对我说："你还记得我给你讲的那个意大利人的故事吗？"大家都起哄说，什么故事啊，给大家讲讲吧。孔雪笠随口讲了一个黄段子，大家都哄笑起来，说，看不出来啊，名牌大学的高材生也会讲黄段子。我知道孔雪笠想说的是一个人为了掌握自己的命运而自杀的故事。他想说通过辞职他又把握住了人生的主动权。又有人问起去年冬至的小婷。孔雪笠一挥手说："分了，早分了！"

那同事举起酒杯，说："爱情来来走走，友谊天长地久！我们敬友谊！"孔雪笠一拍桌子，摇摇晃晃站起来，说："敬友谊！"说完一手搭在我的肩头，仰头喝尽了杯中酒。小饭馆中播放着闽南语歌曲《免失志》："看着你啊像酒醉，茫茫目瞒格眯眯。我甲你，甲你是知己，烧酒尽量抒来开。饮落去，饮落去！没醉呀，我没醉。饮落去，饮落去！没醉呀，我没醉。杯中沉浮无了时，小小失败算什么，啊……免失志，免失志。"孔雪笠跟着温软的岭南调，低声哼唱了起来，茫然地看着窗外，左眼中仍是淡淡的未曾散去的笑。他不时抽口烟。

我举起杯，说："敬未曾命名的世界！"大家都诧异地看着我，不知我在发什么神经。孔雪笠哈哈大笑，从恍惚中回过了神，说："敬未曾命名的世界！"吃完了饭，又有人吆喝去唱歌，孔雪笠双手合十，说："太感谢了，我喝多了，想回去。要不你们去吧。"大家都说孔雪笠不去，他们也就不去了。

我和孔雪笠一路，送他回了房间。他躺在床上，我看着他，心里有些感慨。他也看着我，不说话，左眼洋溢着笑，右眼冷酷无情。我问他："你两只眼睛不同，你会不会也用你的右眼打量我？"

他说："当然会。"

我不说话。他说："我也会用右眼打量自己。对我来说，一切熟悉的都是让我厌烦的。"

我问："那你有没有老朋友？"

他坐起来，抿了口茶，说："有朋友，但是没有老朋友。我不喜欢回忆中的任何东西。我期望一切都是新的。"

"一切都是未命名的。"我接道。

他点了点头，说："我们两个人虽然聊得来，但是有本质的差距。你是那种踏实善良的人，你有幸福的童年。我没有。我的逃避是不是也是一种热爱？我不知道。但是目前来说，我起码是真诚地逃避。我右眼瞎掉后不久，我左眼也出了问题。你知道吗？人身体的免疫力是很强大的，是它让我们在这么一个世界里活下来。但免疫力有时也有害。我的右眼瞎了之后，眼球中的蛋白质就进入了血液。免疫系统将这些蛋白质当作是有害的来攻击，这样我的左眼也开始萎缩。后来治疗了一个月，才保住了左眼。"

我说："我也听说过这种情况，是很危险的。但现在应该没什么事了吧。"

他说："现在应该是没事了。但也有过了很多年，另一只眼睛忽然瞎掉的病例。但我想说的并不是这个。人的精神、情感也都是有免疫力的。它有时也是有害的。我总是用两种眼光打量世界。厌烦的眼光就是这种免疫力导致的，它让我少受伤害。有一天，或许我冷漠的右眼会打败左眼，自此两只眼睛都是冷漠。谁知道呢？"

我没有说话，只是看着窗外。

几天后，孔雪笠就离开了。我送他上了火车。果然他离开之后，整个夏天和秋天都没有和我再联系。我给他打过电话，也发过短信，想问问他后来的境遇。他也没有回过。到了冬至那天夜里，忽然又下起了雪。我一人待在出租屋中，又一次想起了孔雪笠。我在 QQ 上问他近况。这次他竟然回了信息。他第一句就问我，冬至有没有下雪。我说，下了雪，不过没有去年那么大。他发过来一个微笑的表情，然后说自己去了北京，短短几个月之中换了三个单位，现在在一家英语学校。我问，是老师吗？他说，不是，只是给家长们卖课程，卖得多，赚得也多。他住在北京丰台，生活十分无聊，每日只是看书。等过完了年，他就去广东闯一闯，广东一定是一个未曾命名的世界。

那是我最后一次和他联系。我经常想起他奇怪的双眼和未曾命名的世界。他现在说不定已经开始用冷漠的右眼打量我了。有一天他或许不再去追寻那个轻飘飘的未曾命名的世界了，因为那时他的双眼都是一样的色彩了。一切都是厌烦的。"我可是很真诚地在逃避啊！"他曾这样给我说。他逃避过去，逃避厌烦，逃避那差点儿弄瞎他左眼的免疫力。我觉得孔雪笠就像是夸父，他一路奔跑，想把黑夜甩在身后。但终有一天，他会遁身黑暗，黑暗中，他知道了，世界只有一个。

原载于《西湖》2019 年第 2 期"新锐"栏目

所有事物都将在黑夜起飞

谢小凯

　　我叫谢小凯，三十岁，在钢厂上班。待业三年，我进了钢厂，那年我爸从钢厂技术质量部退休。说好听点，我是子承父业，其实是我爸的老脸和十万块钱起了作用。

　　工作非常无聊，每天我坐在实验室里，用稀硫酸煮钢块。第一天煮牌号为 1Cr18Ni9 的钢块，第二天煮牌号为 Y1Cr18Ni9 的钢块，第三天煮 1Cr13 的钢块。三天一个循环，正好和食堂菜品更换的频率一致。钢块火柴盒大小，放在一个烧杯里，下面是一个小酒精灯。按照要求，我应该再设计一套冷凝设备，以保证腐蚀效果。但是我没有设计，因为我不会。到了十个小时，我就去把钢块交给金相室，他们就会拿一张砂纸磨啊磨的。工作来之不易，我理应珍惜。第一个礼拜，我的眼睛紧盯着钢块，买了一本《材料化学》在家翻看，还做笔记。过了一个月之后，我陷入了无聊，实在想不通我爸三十八年是怎么坚持下来的。后来我就在实验室里背《报菜名》，每天一上班就是："我请您吃蒸羊羔蒸熊掌蒸鹿尾……"我大概用了三天时间就能全部背下来。我第一次发现自己在记忆力方面还是不错的。当我看着钢块静静地躺在淡绿色的硫酸中时，我就开始回忆，越是那些不重要的事儿，我就越爱回忆。这个习惯让我坚持了下来，觉得六十岁指日可待。大概有那么一段时间，我总是回忆起一个叫王璐璐的女孩。

王璐璐小我四岁，我初中毕业时，她还戴红领巾。我们两家都住在钢厂家属院，我家住高工楼，她家住锅炉房。锅炉房红砖砌成，两层楼高，后面是个小院子，围着铁栏，里面是小山一样的煤。王璐璐常在煤堆上玩，脸上、校服上满是黑灰，鲜艳的红领巾在胸前飘扬。锅炉房也是黑糊糊的，像是城堡，低矮处生着团团霉斑。每到夏日，锅炉房墙根下生着野草，有青蛙和老鼠出没。

有次，我们几个同学在院里玩，其中有个忧郁的高个子叫作黄湖，后来做了记者；还有个叫柳思明的，后来学了哲学，毕业后给人去讲成功学了。那天还来了个胖子，叫李志平，家是量具厂的，后来的运气不太好，总是处于失业中。我当时正读《神雕侠侣》，就把胖子叫作"尹志平"。李志平没生气，大家又聊起他班上的一个女生。那女生长得漂亮，假小子性格，爱打篮球，能抽烟，男生们常聊起她。那天，大概是因为我提"尹志平"，大家开始浮想联翩，开李志平的玩笑。他笑嘻嘻的，大家越说越下流。他忽然瞪着眼，说："我操！"

我说："你是尹志平，每天脑子里都想的是这个嘛。"大家哄笑起来。大胖子李志平忽然站了起来，低着头走来走去。大家问：你找什么呢？他不说话，蹲在草坪上，抠出来半块砖头，就向我们冲过来。大家都跑，后来发现胖子只追我一个，就不跑了。胖子一手高举砖头，怒目圆睁，骂骂咧咧的，撵着我跑。小区院子不大，几次我都想跑回楼上家里，又没带钥匙，怕敲门时被胖子一砖头砸破脑袋，吓坏我妈。跑着跑着，我就进了锅炉房。

虽是白天，锅炉房里也亮着灯。电灯泡从高高的房顶垂下，上半部分全是油垢，光只能从下面射出。灯泡垂得很低，照出一个光圈，光圈里摆着一张破旧的木桌，上面放着煤气灶，旁边立着一罐液化气。我看到我的影子照在墙上，显得极其高大。二楼传来女人的咳嗽声，是王璐璐的妈妈。她问："谁啊？"她声音很细，颤抖着，像风中野草。我没出声。

我一抬头，看到一个人影蹲坐在简易铁架楼梯上。我看不清，盯了好一会儿，才知是王璐璐的爸爸。他抽着烟，安静地看着我。我不敢说话，怕胖子听到我的声音，冲进来。王璐璐的爸爸身形瘦削，眼睛却亮，像一只鹰在暗处栖息。二楼又传来了一阵声嘶力竭的咳嗽，过了一会儿，璐璐妈妈说："她爸，我床头还有苹果，你拿一个下去。"王叔叔不答话，猛抽两口烟，烟头红亮，他用食指和大拇指把烟头捻灭，上了楼。

外边似乎没有声音，李志平大概是走了。突然，背后有人拍了下我的肩膀，吓我一大跳。王叔叔站在光圈外边，手伸到了光里，握着一只小小的发皱的苹果。锅炉房里肯定有好几副楼梯，不然，他怎么忽然出现在我身后？我接过苹果，说了句谢谢，声音很低。他笑了笑，转身又蹲在了简易楼梯上，点上了一根烟。一只鸟扑腾着翅膀从昏黄的灯泡上面飞过，飞向黑暗的房顶，悄无声息。我忽然想到，那可能不是鸟，而是蝙蝠。我有些害怕，紧紧捏着那只又小又皱的苹果。等他抽完烟，我小声说："叔叔，那我走了。"

他点点头。等我走到门口时，他第一次张口说话，声音粗粝低沉，如风吹过荒漠："常来玩，璐璐也放假了，你们一起学习。"明亮的眼睛盯着我。

我说:"好的,叔叔。"

他笑了笑,站了起来,烟头从简易楼梯上掉下来,火星飞溅。

刚走出锅炉房,我就碰到了王璐璐。虽然是暑假,她仍穿着校服,戴着红领巾,脸上满是煤灰。她见我从锅炉房里出来,十分诧异,但没有说话,只一双眼睛打量我,然后慢慢走近锅炉房。到了门口,她又回头看了我一眼,眼睛清澈美好,然后转身,隐入黑暗中了。锅炉房外,阳光明媚,让我有了一种时光错乱的感觉,之前的紧张和慌乱不见了。我慢慢走到小区前面的小花园时,听到小伙伴们嘻嘻哈哈。大胖子李志平已经被伙伴们制服,一脸沮丧,抱头蹲在地上。柳思明拿着石头,朝他脑袋比画,问他怕不怕。胖子说:"怕。我错了,再不犯二了。"大家都笑。他们看到我过去,把石头抛给我。我掂了掂重量,把石头扔地上,把苹果递给了胖子,说:"别生气了,大家开个玩笑。"

胖子拿过又小又皱的苹果,闻闻,然后站起来,跑出几米远,骂了句:"去你妈的!"一挥手,小苹果飞出,砸在我身后的墙上,稀巴烂。

第二天晚上,我忽然想,锅炉房里怎么没有见到锅炉呢,是因为光线太暗的缘故吗?整个小区的暖气都要靠锅炉烧,锅炉一定很大,到了冬天,巨大的锅炉发着暗红的光,几个阀门冒着嗞嗞的白气。想到这里,我心里好奇,就给我妈说,我去买可乐。我下了楼,又到了锅炉房那边,抬起头,圆月当空,月光洒落在煤堆上,仿佛降了一层薄霜。这里没有路灯,我走到门口,看到王叔叔投在墙壁上巨大的摇晃的身影,他举着胳膊,手里拿着什么东西,里面传来哐哐啦啦声,估计是在炒菜。一只蝙蝠在月光中起飞。我站在门口,又听到了一阵剧烈的咳喘声。我没敢进去。

　　王璐璐上了初中后，我常见到她。早上六点五十和中午一点五十分，我俩都会准时在车站等102路车。她坐三站，我坐五站。不戴红领巾的王璐璐扎着马尾，依旧穿着校服，给人清爽的感觉。我从来没见过王璐璐和同学朋友在一起，也未听她说过话。等我上高三的时候，王璐璐上初二，有天我在车站遇到她，她竟变得十分漂亮了，仿佛一夜之间的事情。王璐璐身材瘦削，五官精致，一双眼睛却冷，和她爸一样，像是鹰。自从那天之后，我开始隐隐期待每天与王璐璐的偶遇。有时晚上放学，在回家的小路上，我也能遇到她。她一个人慢慢地走着，眼睛看着前方。看到王璐璐，我总是想起锅炉房里昏暗的灯、飞翔的蝙蝠和满是油垢的液化气罐。

　　高考结束的那个假期暑热异常。一天下午，毫无征兆，一大群人将锅炉房包围。我和我妈也在那一群人里面。事情的起因是，两年前全市整治大气污染，我们小区的锅炉停烧，由二热厂统一供暖，但二热厂今年忽然又说不给我们小区烧暖气，大家开始慌张。后来不知是谁说，我们小区的锅炉已经被王璐璐爸爸偷偷卖掉了。一帮妇女经过几天的大串联后，找了一大群人约定这天下午四点三十分包围锅炉房，揪斗罪首，找回锅炉。我当时不论是对王璐璐还是她爸印象都还不错，还记得王叔叔给我的那只皱巴巴的小苹果，但锅炉涉及所有人的利益，这是大义。锅炉房的铁门紧锁着，一群人围着大门。几个年轻小伙子冲到铁门前，飞身用脚踹门。空气黏稠，流动缓慢，踹门的声响如沥青里坚硬的石子。大家身上的衣服很快湿透了。铁门上被砸出了一个凹坑，围观的人都忽然"噢"的一声大叫起来，原来是王璐璐爸爸出现在了锅炉房上面，蹲坐着抽烟，眼神冰冷，看着人群。他用手指把烟头捻灭，胳膊紧紧夹住身体，手放在屁股后面，侧着脑袋盯着房顶插着的一面小红旗，忽然脑袋一抖，脚下移动两步，又侧着脑袋看着下面，活像山崖上的鹰，仿佛随时能够拍翅飞翔。下面的群众觉得这是挑衅，更加愤怒了。男人们继续砸门，当铁门上再次出现一个凹坑时，大家又"噢噢"地大叫起来。我妈叫得最夸张，叫的时候脚尖还踮起来。我还看到了黄湖，他没有喊也没有叫，他手里握着一块石头，瞪圆了眼睛盯着上边。

王叔叔依旧蹲在房顶上，用粗粝的嗓音说："我没有卖锅炉。"

"你骗鬼呢！""老死狗快把门开开！""门打开，我们看有没有锅炉！"大家在下面喊。

"门我是不会开的。"王叔叔说，他又点上一根烟，蹲那儿不说话。有人找到石头，往锅炉房上扔。王叔叔也不躲，石头却也打不中他。他只是蹲在那儿看着大家。这时王璐璐出现在了房顶，瞪着眼睛看着大家，也不说话，沉默如她父亲。王璐璐捡起一块石头往下扔。大家尖叫一声，躲开了。有人大喊："砸死这个小婊子！砸死她！"

王叔叔仍蹲在那儿，给大伙当靶子。当有石头快砸到他时，他脚下极快地移动两步，石头落在了他身边。有时，他伸手一拨，石头便又落了下去。王叔叔对璐璐说："你下去。"王璐璐不说话，捡到石头就往下扔。忽然她"啊"地叫了一声，额头上流下血来。王叔叔站了起来，一把抱过女儿，喊道："锅炉我没有卖！"

"没卖？你骗谁呢？那锅炉到哪儿去了！"

王叔叔说："锅炉长了翅膀，在黑夜里飞走了。"说完，他抱着王璐璐下去。王璐璐被她爸爸夹在胳膊下，像是一件玩具。她倔强地抬着头，血从下巴上滴下。

大家又开始砸门。一直到了晚上，门还是没有砸开。夜色落了下来，天上出现了几颗星，阵阵夜风吹过。大家便都散了。我想，石头从下往上扔，需克服地心引力，锅炉房又高，估计王璐璐脑袋上挨的那一下并没什么大碍。又想到王璐璐的爸爸实在是太坏了，居然卖掉锅炉。

第二天下午，大家又相约去攻打锅炉房。有几个人这次带上了工具，有人还说要去电焊铺借一台气割机，这样就能像切豆腐一样把铁门切开。大家筹备妥当，不想下起了雷雨。又过一天，下午又开始下雷雨。雷雨每天下午三点准时落下，一直持续了一个礼拜。忽然有天物业上说，二热厂今年又愿意供暖了，于是大家都忘了攻打锅炉房了。

等我快开学时，小区院子里架起了灵堂，王璐璐的妈妈去世了。王璐璐穿着雪白的丧服，腰间扎着麻绳，手握哭丧棒，低头跪在灵堂里，面前放着烧纸的铁盆。王叔叔蹲在灵堂外抽烟。那是我第一次见王璐璐穿校服以外的衣服。来吊唁的人很少，灵堂前只摆着两张桌子八张椅子，零零散散坐着几个人。有人要玩麻将，凑来凑去还是三缺一，于是喊："人生三大幸事：升官发财死老婆！老王你占一样，赶紧来打麻将。死了老婆，手气一定好！"王叔叔蹲在地上抽烟，并不搭话。他斜眼看我，眼神中有些疑惑，大概是没有认出我。他终于向我点点头。

王璐璐安安静静地跪在灵堂里。我特别想和她说会儿话，但又不知该说什么。我想起随着大家围攻锅炉房的事情。"她爸，我床头还有苹果，你拿一个下去。"王璐璐妈妈的声音似乎还在耳边，我有些惭愧，赶紧走开了。

那一年钢厂小区的暖气烧得怎么样，我不知道，因为两个月后，我家就搬走了。大一寒假，我去钢厂小区找同学，又到了锅炉房附近。锅炉房上停着十来只鸽子，鸽子咕咕叫着，王叔叔蹲在房顶抽烟，他穿着一双胶皮球鞋，脚尖悬空，只靠后脚掌支撑，稳稳地蹲坐着，并没有掉下来的危险。他没有看到我，他的眼睛盯着天上的云彩。

北京奥运会那年暑假的一个傍晚，我和我妈去买菜，路上见到了王璐璐。她穿着黑色蕾丝边的短裙，双腿小梧桐般笔直美好，长发自然垂下，脚下蹬着十厘米的暗红色高跟鞋。她双唇猩红，淡蓝色眼影，耳朵上垂着大大的方形耳环，风尘气很重，只有眼睛清冷如以前。我妈一把拽住我，让王璐璐走到前面。等王璐璐走远了些，我妈掐了下我胳膊，微笑着小声对我说："唉，那就是王璐璐，认不出来了吧。你看看，都变什么样子了！她现在被一个老男人包养了。"

我吃惊地说："她爸不管她吗？她年纪这么小。"

我妈冷笑说："管什么！老男人给钱，她靠这个养活她爸呢。"

"王璐璐今年多大了？"

"肯定没成年，顶多十七。"我妈说，"家庭教育太关键，你记不记得她爸爸偷卖锅炉的事？她爸那样做人，她妈死得又早，她怎能学好？"我妈正说话，忽然起了大风，路两边的老槐那年都得了虫病，深绿垂卷的枯叶纷纷扬扬，涌向路的尽头。路人看着盛夏草叶纷飞的异景，我看着王璐璐。她并未抬头看枯叶，只是坚定地向前走着，脖颈不动，屁股却左一扭右一扭，顾盼生姿，像《花样年华》里的张曼玉。落日从远处高楼的缝隙中露出一半，透过钢厂的烟雾，折射成瑰丽的玫红。快要毕业的我，在风中叹了一口气。一只蝙蝠飞过暮色，黑夜快要降临了。隔着傍晚喧闹的马路，我看到了柳思明。

柳思明

也不知从什么时候起，我的记忆力开始朽坏了，大脑像是围城，里面的原住民大都逃走了，城外是即将入侵的野蛮人。我和爸妈聊天，常常陷入一种茫然无绪中。是吗？有这样的事情吗？我常这样问。我妈就说，就是那谁谁，你小的时候常去他家。我还是想不起来。她用各种话题启发我,我还是一脸茫然。她就说我笨。我爸说,大概人脑容量有限,读书太多,往事也就大多忘了。我读书并不算多,也未从事有毒有害的工种,但不知为什么我的记忆力便朽坏了。

我现在的职业是一名讲师,却很少站讲台上传道授业。我常在机场讲课,在书店门口讲课,在乌烟瘴气的地下室讲课。我学了七年哲学,对于哲学,我说不上多喜爱,也没什么天赋,当年调剂到这个专业,于是一溜儿读了下来,反正别的专业我也说不上多喜爱,也没什么天赋。

学校就业办让我们填问卷,就业理想一栏,我写了老师。十几次求职都失败了,几经波折,毕业半年后,我成为了一名讲师,也算梦想成真。我讲授成功学。我不觉得这份工作有什么配不上我的。有个老教授说,别以为读过苏格拉底,就比别人高贵。我深以为然,社会分工不同罢了。

我每天都抹上发蜡,穿着西装,时刻保持微笑。我在人群前挥舞拳头:"我要成功!我会成功!"有时候听众很激动,这样赏脸配合的听众大多来自小私企。私企的底层员工容易动情,他们在各个方面都很配合"教育",他们也挥舞着拳头喊:"我要成功!我会成功!"我被气氛感染,眼角泛泪,并不因为"成功"这个词语打动了我,而是因为听众忽然爆发的积极向上。这种积极让人更觉人生的颓靡。但大部分情况下,人们像看傻子一样看着我。我不介意。

"要成功,不要和马赛跑!要骑在马上,马上成功!"我高举起一本书,用宗教般的真诚说,"这本书就是我们的马!老马识途,它指引我们成功的方向!"书的封面上是个肥胖男子,男子一身深蓝西服,双手环抱胸前,号称亚洲顶尖行销大师。而我的介绍信息中也专门提到,我就是这位大师的得意门生,虽然我从未见过大师。高举书本,是我演讲的最后一个动作，每次做完这个动作，我都会陷入一种惶然无措的情绪中去。如果此刻能够回忆，该有多好，可我的记忆力朽坏了。

有一天，有个长得像是肥猫的男子找到了我。当时我刚给一家私企讲完课，讲课的题目叫作《阳光心态与成功人生》，我在演讲中引用了不少名言："尊重人不应该胜过尊重成功！""在确信成功之前，要热爱成功！""逆境是到达成功的一条道路！""人当活在成功和自我奉献里！"

"演讲很成功，"企业的一个副总说，"很久没有听过这么激动人心旁征博引的演讲了，受益匪浅！"不少员工围着我问这问那，等所有人散尽的时候，我竟有些失落。那个胖胖的男子笑看着我，我点点头，开始收拾东西。他依旧微笑着盯着我。当我走出小礼堂时，男子喊了声："喂，你等一下！"我回过头，他走了过来。

他说："你在演讲中依次引用了柏拉图、慕斯、拜伦和庞陀彼丹的话。"我心想坏了，果然他又说："不过你用得不对，你把'真理'全都替换成了'成功'，应该是：'尊重人不应该胜过尊重真理！''在确信真理之前，要热爱真理！''逆境是到达真理的一条道路！''人当活在真理和自我奉献里！'"

说完，他温和地看着我。我的脸一下子红透了。他拍了拍我的肩膀，说："篡改了'真理'还能脸红，说明还可救药。"

"你这么渊博，为什么不当场戳穿我，挺露脸的事。"我冷笑，耸了耸肩。

他哈哈一笑，说："我们副总在台上坐着，你是他请的，我不能打他的脸。快下班了，晚上我们吃个饭吧，我请你。"

晚上，我们在公司附近的一家川菜馆共进晚餐。他抽着烟，一直盯着我看，忽然说："黄老板，有五年没见了吧。"

我说："我不姓黄，也不是什么老板，你记错了。我姓柳，我叫柳思明，海报上有我的名字。"

他说："你果然不记得了，上大学的时候，你喜欢讲黄段子，所以大家都叫你黄老板。其实你小的时候就爱讲黄段子，我知道的。"

我说："你认错人了。"

"那你先听我讲，看我认不认得你。"他微微一笑，开始讲述起来，"大学毕业后，你被保研，你的导师叫马周，对不对？有次我去看你，你很高兴。那会儿早就放了寒假，快过年了，你还待在学校里。我们在学校后门的小吃街吃了晚饭，都喝了不少。那天刮大风，下着鹅毛雪，路上挂满了红灯笼。你喝了半斤白酒，本来没什么事，风一吹，就有了醉态。你不愿意回去，摇摇晃晃地，声音很高。路人都看着你我。我耳朵冻得生疼。我们边笑边聊。你说，想要在专业上做出点成绩来。"

"然后呢？"

"我们越走越偏僻，我们在雪地上撒尿，唱歌。附近是一片果园，种着梨树和苹果树，还有一些李子树。我们说起以前偷苹果的事情，你说，有次你偷苹果，被果农家的狗在小腿上咬了一口，你没有去打疫苗，心里害怕，每天带着火腿肠去看那只老狗。你观察了一个礼拜，那狗十分健康，你才放了心。但老狗习惯了每天吃火腿肠，于是穿过树林，走过三个十字路口，走进校园，在宿舍楼下找到了你。老狗蹲在地上吐着舌头摇着尾巴看着你，好多人围着你和狗。你有个室友去摸狗的脑袋，却被咬了口，他也很害怕，你安慰他说这狗身体倍儿棒，吃嘛嘛香，没有病。他不信，但也没有去打疫苗，疫苗很贵。有种疫苗需要打三次，价格是四百多；还有一种疫苗需要打五次，七百块钱。都是帮穷学生。第二天，他就带着两根火腿肠去找那只老狗。你讲完这个故事，我俩哈哈大笑，忽然远处雪地里传来狗叫声。我俩吓了一跳，都站在那儿听狗叫声的方向。"

我点点头，示意他继续。

"这时，走过去了一个穿红衣服的女孩。那个红衣服的女孩子打着伞。这在我们这里很少见，没人雪天打伞。你朝那女孩喊了一声。女孩站住了，回过头，女孩很漂亮。我以为你喝醉了，在耍酒疯，赶紧拦住了你。你说，你认识她。女孩打量着你，然后拉着脸说，是你啊。你大笑，说，好久不见了。我掏出烟，站在一边抽烟。你和那个女孩像是很久没见的熟人一般问候。嗯，怎么说呢，你当时说话比较轻佻。我抽着烟笑，你一直都是这个样子，没什么奇怪。我心想，大概这是你以前有过一些暧昧的女同学。那女孩生气了，转身就走开了。你追了上去。我在一边抽烟，清楚地听到你给女孩讲了一个黄段子，然后还问她的价格。我站在一边，心想你真的是喝醉了。这时雪地里冲出了一群野狗。我站在路边的苹果树下，我捡起一根枯枝，然后又给你了一块石头。你把石头递给了那女孩。一群狗围着我们。我站在你们前面挥舞着树枝，你问那女孩，是不是真的在黑夜中飞走了？"

我问："在黑夜中飞走，是什么意思？"

"我怎么知道，"他皱着眉头，眼神虚幻，"那女孩没说话，一挥手，石头砸在了你的脑袋上，你摇摇晃晃骂了句，倒在地上。女孩收起伞，走了。野狗们给她让开了路。我打了120，把你送到急诊，大夫说没什么事，多用冰袋敷敷后脑勺就可以消肿。从医院出来后，你并没有什么异常。第二年，我去看你，你很高兴。我说起那天晚上的事情，你却茫然不知。我当时想大概是你不愿再提。再后来，我去找你，你便是一副不认识的样子。我当时有些生气，也说认错人了。今天见到你，才发现你真的是想不起来了。"

他一口气讲完，我有一种被人冒犯的感觉。我的记忆力是朽坏了，正如一座围城，故人寥寥无几，外边是进攻的野蛮人，胖子是想要试图混入城池的野蛮人的奸细。我靠着座椅，侧着脑袋，斜眼看他，说："我想你大概适合去写小说。"

他说："你是讲成功学的。一般说来，我把成功学讲师说的话都当作放屁。不过你这话，我倒是赞成。我确实想写小说，我觉得我也有这样的才能，但还得生存，不是？"

"恕我直言，您大概不会成功。"

他哈哈一笑，说："你有没有觉得讲成功学的有点儿像是算命的。"

"怎么说？"

"你们从来都只说别人，从不说自己，因为你是你的逻辑链条上的唯一漏洞。罗素悖论。现在你的记忆力这么差，倒是好事，说明你很适合这个职业。"

我说："你学哲学、数学，或者逻辑学？"

胖子说："我学的是热动专业，锅炉方向。"

我忽然想起什么似的，问："你叫什么名字？"

"李志平。"

我们从川菜馆出来后，他微笑地看着我。一阵风吹过，他耸耸肩。枯叶纷纷扬扬。槐树在风中摇晃，仿佛要拔地飞起。他拍了拍我的肩膀，说："常联系。"说完，他就走了，肥胖的身影消失在了夜色中。

我后来又见过几次李志平，在他的启发下，渐渐回忆起了一些事情。这种感觉是欣喜的，就像是他带我走进一间老宅子，宅子里堆满了废弃的小物件：几张桌子，几把椅子，一个白铁皮小兵，一本影集。我们一起为这些小物件擦拭灰尘，当这些东西露出本来面貌时，我才忽然发现这本来就是我的东西，而这老宅子正是我曾经的居所。

我能渐渐回忆，说明我的大脑并未受到真正严重的伤害，但关于那个雪夜的故事，我没能再想起来，我想大概是我内心讨厌那样的自己，所以不愿想起。在听了我的成功学演讲后，不到半年的时间，李志平上班的那家私企就倒闭了。他来找我，和我住在一起。过了没多久，他放弃了找工作，整天待在房间里写东西，他立志要做一个小说家。我以为他会替我分担房租，但他没有这个意思。

李志平说："你在白天讲成功，我在夜里写小说。"自从写小说后，李志平像是变了一个人。他不再温和地笑了，任何时候都有些怒气冲冲。他白天睡觉，晚上就开始写东西，自言自语，不断抽烟。我租住的房子一室一厅，三十来平方米，我睡卧室，他睡客厅。每天晚上，我都要呼吸大量二手烟，早上醒来常常嗓子疼得厉害，演讲时痛苦不堪。

有天晚上，李志平在客厅里抽烟。我坐在他的对面，想着如何下逐客令。几番试探，他茫然不觉，还沉浸在他的小说世界中，他说："我有次看电视，有个老头在演讲，他大概是个成功人士，名字我没记住。但他有句话让我记忆深刻。他说，唯有文学，才能将朽坏的生活变废为宝。"

我说："待业不过是一时的困难，只要你愿意继续找工作，一定能找到好的工作。唯有黑暗中的坚持，才能迎来成功的黎明。"

他哈哈大笑起来，说："你每天大概要说一千遍'成功'这个词语！大概是你说的次数太多，我才不断地想到失败。"

我不知怎么优雅得体地让他滚蛋。透过窗户，一轮满月正挂在窗外老槐的枝丫上，一只白鸟飞了过去。我忽然想起什么，问："你那天说，在那个雪夜，我被一个女孩用石头砸了脑袋。我还问女孩，是不是真的在黑夜中飞走了？我为什么会问这样的话？"

李志平点上一根烟，说："你应该问，是不是真的在黑夜成功。"

　　我没有理睬他的嘲讽，苦苦回忆那个夜晚，但脑海中茫茫一片。他给我递上一根烟，我点上了烟，抽了起来。

　　他说："我喜欢别人沉思的样子。"

　　我说："我这段时间总是回忆，不过那个雪夜怎么也回忆不起来了，但是我猜测，那个女孩应该是王璐璐。"

　　"王璐璐？"

　　"你家住量具厂，应该不认识她；有一个叫什么小凯的，还有一个黄什么的，和我都住在钢厂家属院，这个王璐璐也是我们小区的。"

　　李志平瞪我一眼，说："你说的是谢小凯和黄湖，你们三个那会儿经常一起玩。有次我去你们小区，你们三个合起伙来欺负我。谢小凯还说我是'尹志平'！"

　　"对对，有这么回事！"

　　李志平接着说："谢小凯去钢厂上班了。我去年还去他们单位看过他，他给我背了完整版的报菜名。"

　　我说："真无聊。"

　　李志平说："那个下午，谢小凯除了报菜名之外，还回忆起小时候的很多事。"

　　"他怎么说我？"

　　"他没有说起你。"

　　关于这个谢小凯，我能回忆的实在有限。只记得他瘦，学习算是努力，但是成绩不好，各方面都十分平庸，好像是读了本地的三本，应用化学专业。我们院子里年龄差不多的几个小孩，学习最好的当属黄湖。

　　李志平说："不过他倒是提到了那个叫王璐璐的女孩，说她长得很好看，高一辍学，就去混社会了，好像还被一个老男人包养过一段时间。这么一说，那晚的红衣服女孩说不定就是王璐璐呢。大概是你听说过关于她的风流传言，那天又喝了酒，所以就调戏了人家。"

我说："那为什么我会问她，是不是真的在黑夜中飞走了？"

李志平说："我怎么知道，你该问黄湖。"

"为什么问他？"

李志平说："王璐璐曾经是黄湖的女朋友，黄湖给我说的。黄湖说，王璐璐家住在锅炉房，要多寒酸有多寒酸。王璐璐的妈妈死得早，她爸又有点脑子不清醒，神神道道的，整天想着怎么让锅炉飞起来。"

"黄湖和王璐璐现在还在一起吗？"

李志平摇了摇头，说："没有。黄湖说，王璐璐死了。怎么死的，他没说。他好像并不伤心，还有些幸灾乐祸。他说，大概是念念不忘，必有回响，所以王璐璐在黑夜中飞走了。"

我说："黄湖去当了记者，算是个成功人士了，怎么会看得上王璐璐呢？"

李志平哈哈一笑，说："黄湖这小子，人品不行。他的人品比你还差！"

他大笑着，完全没有注意到我的脸色。我抽了两口烟，本来已经不生气了，忽然一拍桌子，站了起来，冷冷地说："李志平，你给我滚！你不要住我的房子！我人品不好，怕是会影响你的名声！"

他愣了愣，然后忽然一笑，用力把烟头捻灭在烟灰缸里。烟头早灭了，他还是来回捻着。他沉默了一会儿说："刚才说话冒犯了你，真是不好意思。"说着，他低下了头。

我心里冷笑，小说家也有低头的时候。

我说："这样吧，你明天就走吧，不要住我这里了！"

他有些紧张，说："我现在也没工作，还没给家里说我失业的事呢。我要是回去，我爸肯定又得天天担心我。"

我没有说话。

他苦笑了下，说："得了，我知道了。"

我心里得意，心想，本来想赶他走，不知道找什么借口，他倒好，主动送我一个机会。所以说，人一定要沉静下来，哪怕是生活中的一件小事的处理，也要耐下性子来，因为你不知道机会在哪个街口等着你呢。耐心等待，你终将成功！

第二天晚上，我回到房间，李志平已经不见了，他的东西也全部带走了，钥匙留在客厅茶几上，钥匙下放着一张纸条和一沓钱。我先取过钞票，数了数，一共八百，其中有一百是零票凑的。然后我取过纸条，上面写着：

"柳思明，我走了。不管如何，还是谢谢你这段时间的收留。桌上一共八百块钱，请你收好！我不想回家，我还要在黑夜中写作。"

我想起了李志平肥胖的身影。我笑了笑，把钱收了起来。我躺在沙发上，看着天花板，觉得安安静静的生活真好。

过了几天，下了大雪。有个朋友请我吃饭，路上积雪已经在夜里结成了冰，我等了好久也没能打上车，只得慢慢地向约定的饭馆方向走去。快要过年了，路两边挂了红灯笼。寒风卷着雪花拍打着灯笼，一派凄清景象。我低着头，也不知走了多久，觉得耳朵都要冻掉了。一抬头，我忽然发现居然到了陌生的荒凉地界。这里人烟稀少，哪里会有饭馆。我知道自己迷路了，赶紧掏出手机，准备导航，手机却没电了。我只好回头走。马路空旷，半天也不见一辆车。我心里疑惑，怎么到了这么个地方来了？

过了会儿，雪停了，天上云彩的间隙露出星星来。我看着星星，想起了李志平，我发现我已经记不起来他的长相了，只记得他很胖。怕是我再见到他，依旧认不出他。原住民都逃走了，野蛮人将要攻城。

李志平给我描述的雪夜，我还记得，说实话，我渐渐不相信他的描述了，他在写小说，肯定是他的虚构。他不会成功。拿破仑·希尔总结过十七条成功法则，他没一条符合。我怎么会在雪夜里调戏一位姑娘呢，而且我也绝不会说出"是不是在黑夜中飞走了？"这样的傻话。

忽然前面树林里传来一阵狗叫声，五六只野狗从前面冲了出来，我吓得赶紧回头，发现后边也跟了几只狗。我赶紧从地上捡起一根木棍，向野狗们挥舞着棍子。野狗们慢慢地逼近，狗眼映着雪光，喉咙发出低吼。我无处可逃了。这时，我看到了一个红色的身影。

黄　湖

快下班时，同事小何找我聊天。他和老婆闹矛盾。他说：真他妈烦，要是现在还有集中营，我和我老婆得进去一个，谁都行，这样至少另一个能得到拯救。我没说话，等小何继续。小何却没有接着这个话题，又说起别的事情，他采访了某位省领导，费了不少劲，搞了个专访，整理出洋洋三万字，结果领导落马了。一礼拜前，他还三哥长三哥短地炫耀，我还问三哥是谁？小何一脸震惊，仿佛我的无知不但冒犯了他，还冒犯了整个行业。他说，三哥就是某某领导啊！我笑了笑，听见窗外风声呼啸，一时就出了神。等我回过神来，小何还在说。一截烟灰落在了裤裆上，烟头都烫到了手指。我赶紧掐灭烟头，拍拍烟灰，说，下班吧！我现在很容易出神，就像突然睡着了一样，猛地就从周身的世界中抽离了出来，等回过神来，却又想不起为什么出神。不知怎么回事，我最近老失神。我才满三十。

正式调入电台后不久，我就有了这毛病，黑夜降临后，情况就变得更严重。我的状态也越来越差，白天昏沉，夜里失眠，天天萎靡不振，走路在飘，仿佛随时都能飞走。女同事们说，我是因为工作压力太大，而男同事们普遍认为，是没有女朋友的缘故，因此心不在焉。他们笑着说，力比多也好，荷尔蒙也罢，要是无处释放，也能乱人心志。

莫主任大概不会这么认为，他觉得我正式调进来后就变了，变蠢了，变懒了。上礼拜部门开选题会，他低声自语："哎，黄湖啊。"然后，他就不再说话。大家都听到了，也能从这种意味深长的沉默中体会出他的怒其不争。没办法，我出了新闻事故，害他写了三份检讨，分别交到了台长、副台长和宣传部那里。他没有用唾沫吐我脸，就很能证明他的良好素养了。从电视台调进电台，我可费了不少劲，借调的那一年多里，我拼命工作，有口皆碑。电台效益比电视台好，外行人不知道。

前段时间，李志平来找我。他什么时候都无所事事，我顶看不惯他，他不会有什么出息。果然，他失业了，用马克思的话说，是"相对剩余人口"。我不该见李志平。我与他不亲，话不投机，但那天我说了好多话，没忍住。有些话，不该说的。

前几天，李志平给我打电话，说没地方住，想搬来和我同住。我一口回绝。过了会儿，我又拨了电话过去，让他收拾收拾，过来吧。想想，我毕竟欠他人情，这次正好还了他。

李志平刚毕业那会儿去了一家压力容器厂，也算是和他的锅炉专业对口。有次，他们企业出了事故，做压力测试时，发生了爆炸，死了人。那会儿，我刚到电视台，在一档新闻类节目做记者。我也不觉得这新闻有多棒，死人而已，而且只死了一个，但我想在单位露个脸，尽快立足，就去采访，毫无悬念地遇到了很多阻挠。我想到了李志平，给他打电话，求他一定帮忙。他一口允诺，以知情人士的身份说出了不少内幕，其实也不算什么内幕，不过是在死了人的背景下说出一些小厂运行的规则罢了。他见了我很高兴，还说起他的理想，说自己想做个小说家。当他这么说的时候，我就知道我和这种不切实际的人做不了朋友。两天后，他就被人打了，这也是常有的事儿，没什么奇怪，毕竟没打死，所以没有新闻价值。谢小凯给我打电话，约我一起去医院看李志平，我没去。那两天到了年关，饭局比较多，我正好报了一个新闻奖，有个记协的领导也在饭局上，我不能不去。李志平因爆料丢了工作，后来又去了一家小私企，现在又失业。人各有命。

我从小就是家长们口中"别人家的孩子"。我大学也好，学的是新闻，文科里的热门，只是不承想，传统媒体这么不景气。当然不管你再优秀，你的身边总会有些奇怪的人，你看不惯他们，但他们吸引你。王璐璐就是这样。她小我四岁，我们都住钢厂小区。她家境不好，她妈妈死得早，她爸离群索居，是个怪人，后来出了锅炉房事件，全家声名狼藉。

她从来都是安静的，尤其是一双眼睛。她活着的时候是个谜，死了就像是一段诅咒。我不愿想起她，但她老是闯进我的脑海。我听李志平说，柳思明像有失忆的毛病，还挺严重。这点倒让我羡慕。

钢厂小区里有她无数的传言。曾有人说，她被一个老男人包养过，她以此养活她爸。这倒有可能，因为有段时间，她穿着暴露时尚，风尘气重，但那都是名牌。她开始拿LG的手机，后来又用HTC，再后来就换了苹果。谁都知道她家穷成什么样子。一个年轻姑娘，没家境没学历没一技之长，只是长得好看，钱还能从她身上哪个部分来？智慧的大脑，还是勤劳的双手？后来，我家也搬走了，在城中心买了一套房。钢厂小区实在是太破旧了，据说后来连物业都没有，常常停水停电，垃圾堆得比山高。

我俩不该有交集，我们是平行的宇宙。我一直以"精英"

二字自我期许，而王璐璐，美貌或许能让一个女人实现社会阶层的跃迁，但她不行，情商、智商都不支持。她最早找了个老男人，后来又找了我，也算是努力过。

当年，大家去围攻锅炉房，我也在，谢小凯也在，事关集体的利益，谁都不能太自私，都得出把劲。大家都在扔石头，但好像只是为了把石头扔到锅炉房的房顶上，一点儿准星都没有，只是在敷衍一个愤怒的仪式。但我不是，我做事认真。我看到我扔的那块石头，精准地砸在了王璐璐的额头上，她叫了一声，血就流了下来。我当时害怕了。但很快，害怕变成了愤怒。她爸爸一把抱起她，说，他没有卖掉锅炉，锅炉在黑夜中飞走了。当我听到这句话时，我对他反感透顶，对这么一家人都失望透顶。这种谎话居然也说得出口。王璐璐爸爸的眼神冰冷，让人害怕，我觉得他在盯着我。我以前经过锅炉房，蝙蝠在夜里飞。整个锅炉房笼罩在阴郁的氛围中，像一座哥特式的古堡。不知谁曾说过，哥特是死亡的倒影。

电台有个节目叫作《忏悔录》，专门采访一些罪犯，由莫主任负责，收听率不错，后来改名叫《莫伸手》，一下就黄了。因为这档节目，我也采访过一些罪犯，杀过人的，放过火的，都有。我原本以为他们都是些智力过人城府颇深的人，就像电影里小说上描写的那样。经过采访，我才发现他们是些智力低下，性格偏执的人。我当时最先想到的就是王璐璐的爸爸。他的眼神和那些重刑犯没什么两样。我有种直觉，他会杀人，后来的事也证明了这一点，但我没有证据，警察不会因为眼神而抓人。

我和她的平行宇宙发生交集，说来和莫主任有关。一天，他喊我去他办公室。他的办公桌前摆着一盆绿萝，绿萝生长疯狂。我站在那里，隔着闪光的绿萝与他对视。他抽着烟，抿了一口茶，茶杯满是茶垢，简直比农民家的夜壶还脏。他说：

"有个五十多岁的男子，在自己小区里造飞行器，小黄，你说这事有意思吗？"

"我听说过农民造飞机的，还有农民没事计算圆周率的。"我笑着说。

莫主任点点头，说："城市这样的新闻反而少。"

我说："大概是因为城市里信息通畅，大家都知道造飞机也好，算圆周率也好，是没有意义的。"

"是没有意义，这些民间发明家民间数学家，想想真是可悲，自以为做出了什么经天纬地的事业，却对社会没有任何意义。"说完，他就抽着烟，叹气，把烟头扔进花盆里。他递给我一支烟，那会儿我还不敢在领导面前抽烟，微笑着摇手拒绝了。

第二天，莫主任又谈起了这件事，说："一个农民花费大量精力，投入那么大量的时间成本金钱成本，甚至是将生命作为成本，去做一件没有意义的事情，这让我觉得悲伤。"

我说："毕竟是没有什么文化，所以才会做这样的怪事吧。"我本来想说"蠢事"这个词，但是我知道，领导面前不要用过于强烈的词，因为第一，你永远不知道领导心里想的是什么；第二，用了强烈的词语，那你就暴露了自己的立场，也就失去了随时和领导保持一致性的可能。

莫主任挥挥手，说："话不能这么说，我为他们悲伤，是因为我觉得他们是高尚的，像是西西弗一样。西西弗，你知道吗？"

"知道的，大学时有个老师推荐过加缪的《西西弗的神话》。"当然，这本书我并没有读过。

"你们老师不错。我想去采访这个人，写一篇稿子出来，能不能上我们的栏目，我都觉得无所谓。我想给一些东西赋予意义。"他忽然叹息，声音疲惫，沉默了一小会儿之后，接着说，"虽然这么做没有什么意义。"

我透过闪光的巨大绿萝，看到了他的苦笑。

大概一个月左右的时间，他常念叨采访的事情，但又总说杂事太多，后来就不提了。他毕竟五十八岁，快退休了，年轻时应该很拼命，因此老得特别快，头发全白了，一张老脸坑坑洼洼，人也干瘦，像是一座陈年根雕。后来我想，他是忘了这件事，就像是很多老人反复念叨一个词，终于忘记一样。

后来，我听说钢厂小区要拆迁了。我心想要是能够穿越回过去，一定不让我爸卖掉我们的老房子，一大笔钱就这么没了。一天，莫主任又喊我去他办公室，他说："我记得你说过，你父母在钢厂上班。"

"是的。"

他点点头，摸了摸口袋。我赶紧掏出烟，递给他一支。他看了看牌子，笑了笑，收回自己的烟盒，点上烟，说："你们小区要拆迁了，你知道吗？"

我装好烟，说："是要拆迁，但是和我家没什么关系了，我家的房子在我大学时就卖掉了。"

他哈哈笑了起来，说："还是没有财运啊。"

我也笑了笑，说："是啊，我们全家都后悔了，听说政策很优厚，就地安置。"

他说："但就算这样，也有人抵抗拆迁，很极端，打出了横幅，有张横幅上面写着：让我杀人，不然我就放火！小区居民对他很反感，怕他把这事带偏了。据说，他已经挨了好几顿揍了，腿都被打断了。"

我说："无非是想自身利益最大化，利欲熏心，以致变态。"

他摇摇头，说："不是这样的，这个人家住锅炉房，锅炉早就不烧了，后来钢厂小区无人管理，也没人去赶他。拆了小区，不可能分他一套房子，也不可能给他钱。"

　　我知道是王璐璐的爸爸。

　　莫主任脸上依旧是疲惫的笑，他说："这事最有意思的地方是，这个抵抗拆迁的男人正是在家研制飞行器的人，我想去采访他。"

　　莫主任将这件事天天挂在嘴边，大概又过了一个月，秋天到了，窗外飞舞着金色的槐叶，他疲惫地坐在沙发上，告诉我，他最近很忙，但我们应该去采访那位在家造飞行器的男子。他不再说话，打量着那株巨大的闪光的绿萝。我知道，他在等我接话，我赶紧说："莫主任，如果您放心，这件事交给我吧。"

　　他点点头，然后又说起了别的事情。好像他对这件事一点儿都不关心，是我自己多事。

　　过了几天，我想着去钢厂小区的锅炉房随便转上一圈，简单采访采访，然后回去告诉莫主任，没什么新闻价值。电台每个月的绩效奖金很可观，只要你的稿子上栏目，就会有积分，但是对王璐璐爸爸的采访一定不会上栏目，因此是完全没有意义的。说实话，我不愿意浪费时间，理智的人不会做西西弗。

　　那天晚上，我终于去了钢厂小区的锅炉房。这是我家搬走后我第一次来到这里，小区的路灯都坏掉了，小区里黑漆漆一片。到了锅炉房，我听到了一阵阵咕咕声，我看到了锅炉房上栖息着的大群白鸽，这以前是没有的。我走到锅炉房门口，看到了墙壁上的阴影，是四条腿的人的影子，半天也不动，我以为是一座雕塑的投影，便忍不住好奇，探头去看，看到王璐璐爸爸拄着拐杖，一动不动。

　　我吓了一跳。他扫了我一眼，依旧站在那里，沉静地看着自己的影子。我咳了声，明知故问道："请问是王先生吧？"

　　他长长呼出一口气，仿佛整个人都泄了气，慢慢瘫下来，坐倒在一把木椅上。这是我第一次进锅炉房，一颗灯泡悬得很低，一把椅子，一张桌子，桌子上摆着煤气灶。他坐在昏暗的光圈中，侧头，看着我，沙哑着声音问："什么事？"

"我是电台的记者。"

他眼睛忽然亮了起来，探照灯一般照射我。我紧张起来。"你来做什么？采访吗？"

我点点头，掏出了笔记本和录音笔，虽然在室内，我还是给录音笔套上了防风套，这样显得很专业，这种专业感给我带来安全感。他兴奋地问："这是什么？"

"录音笔。"

他崇敬地看着我，但我只是把录音笔放在他前面，并没有打开开关。他说："你想采访什么？它快要飞了，很快了，它迟早会飞起来的！"

我微笑着点头。他并不记得我，这让我有些安心。我害怕他的眼神，深深为自己深夜的到访而后悔。我得客气点，别让他生气，不然死在这个破地方，估计没人会发现。我听见扑棱扑棱的翅膀拍打的声音，不知飞过的是鸽子还是蝙蝠。

在我的印象中，王璐璐的爸爸是个沉默的人，但那晚他滔滔不绝。我不喜欢可怜人的滔滔不绝，村夫献宝一般，人不知自丑，马不知脸长。他还说起前段时间，有个男子找到他，说要出一本世界名人大全，香港的一家公司出版，想要收录他的名字，交五千元钱就可以。但他没有钱，而且上面只印上他的姓名、出生年月以及籍贯，一行字，五千块，太可惜了。他没有同意，但是他很高兴，觉得有人认可他了。

他主要还是在说他的飞行器，越说越激动，挂着拐杖站了起来，脑袋撞上了灯泡。他的身影在墙壁上忽大忽小，变幻着形状，仿佛将要破壁而出的妖怪。我站了起来，抓住了灯泡，等它稳定下来，才松开手。他忽然说："哎呀，忘了招呼您了，您等一下！"他拄着拐杖，上了简易楼梯。

我站起身来，打量着昏暗的房间。忽然，我看到一个巨大的阴影耸立在黑暗中，仿佛在注视着我。我慢慢向那边走了过去。我猜到那是什么东西了，但不敢确定，我掏出了手机，打开手电筒功能。我看到了锅炉，落满灰尘，脏污不堪，像是沉默的巨人一直站在那里。窗外传来了鸽子的拍翅声，我忽然头疼，太阳穴上的血管跳动，疼也是一跳一跳的，仿佛脑海中巨人的脚步。很快头疼缓解了，王璐璐爸爸从没有卖掉锅炉，锅炉一直都在这里。我伸出手，摸了摸锅炉。

王璐璐的爸爸从楼梯上下来，笑着说："这个是锅炉，好多年没烧了。这锅炉很不错的，室温一千五，一吨煤烧完只剩不到十斤煤渣，好东西！"说着，他伸出手，递给我一个苹果。那你当年为什么不说锅炉你没有卖掉，为什么不打开门？我差点儿就要脱口问道。要是我问了，他说不定会想起我。他坐了下来，拐杖立在旁边，掏出了烟。我也掏出了烟盒，放在他面前。他笑了笑，从我烟盒里抽出两支烟，耳朵上夹上一根，点燃了一根。他看着暗处的锅炉，一言不发，神色漠然，陷入回忆中。抽完了烟，他说："黄记者，我有很多感慨，我不知怎么给你讲。我没什么文化。"

我没有说话，微微一笑，掏出手机，看了看时间。刚要开口告辞，他又开始讲起自己和飞行器的故事。无非是自己付出了多少心血，如何几次都想放弃，但终究坚持下来。

我在呛鼻的灰尘气味中闻到了一股淡淡的香味，一回头，看到了王璐璐站在门口，背后是茫茫的夜色。她看到了我，淡淡一笑。她爸爸说："这位是记者。"

她的眼睛亮了，微笑着向我点头。王璐璐的爸爸招了招手，王璐璐从墙角搬来一个小板凳，坐了过来。再聊了一会儿，我就告辞了，王璐璐送我。大群白鸽栖息在门前，仿佛听我们讲话。我让王璐璐不必再相送，她说："好。"她低下头，我看到她额头上的浅浅的疤痕，那疤痕说不定是我当年留下来的。我向她挥了挥手，她脚下的白鸽忽地在黑夜中起飞。我走出小区，看到了门口的垃圾桶，顺手把王璐璐爸爸给我的小苹果扔了进去。

从那天起，我就有了失神的症状。第二天中午，我过马路去吃饭，忽然一下失神。等我回过神来，几辆小汽车都停在我面前鸣笛。

有一天，莫主任笑呵呵地问，采访如何？我说，没有什么新闻价值，整个就一失败者。关于飞行器，他也就是那么一说，没见他做出什么来。莫主任点点头，说，还是要深入挖掘嘛。说完，他就走了。他的语气中透露着深深的失望，不知是对王璐璐爸爸还是对我。我心里有些慌，又去了锅炉房采访了几次，每次都是下班后去，王璐璐总是在夜色降临后来到，不声不响地站在门口。

后来，王璐璐就成为了我的第一个女朋友。我总是想问她，她爸没有卖掉锅炉，当年为什么不打开大门，让我们进去看看？可我怕她想起我给她的那一石头。她的记忆力很好，有天晚上，她在街上看到了柳思明，嘴角挂着冷笑。

我对女朋友要求很高，得找一个各方面配得上我的。王璐璐配不上我。但是我毕竟年纪大了，该找一个，反正不会结婚。像王璐璐这样的女生长得好看，年纪小的时候就疯了一样玩，等年纪稍大，就想找个老实人嫁了，可是老实人才开始玩呢。王璐璐总是夜晚才出现，白天约不到她。晚上我们躺在床上时，她总是先关掉灯。她在黑暗中告诉我，她以前有个男友，非要开灯，被她戳伤了眼睛。她以此警告我。为什么不能开灯呢？我有时会恍惚，觉得开了灯后，她会变成一具白骨。

王璐璐善饮。一夜，我们去小酒馆喝酒。王璐璐没吃晚饭，因此还给她点了一些吃的。我俩都喝多了。她说起自己的理想，却杂七杂八说不清楚，说着说着趴倒在桌子上，肩头随着呼吸微微起伏。窗外飞过一只巨大的白鸟，我不知是不是幻觉。我摇了摇趴在半碗米饭上的王璐璐，她直起身，揉了揉眼睛，抹去脸颊上的两粒米，说，刚睡着了，梦到自己变成了一只鸟。

有次深夜，我、王璐璐还有她爸爸在锅炉房喝酒。他们父女喝了酒就变得不一样了。王璐璐更加漂亮，光彩照人。她爸爸拄着拐，哈哈大笑着。两人说起过去，便又大哭。忽然她爸爸一把抓住我胳膊，手的力气非常大，像是铁箍一般，他一拉，我险些从座椅上摔下来。他恶狠狠地看着我，说："小黄啊，你看那个锅炉漂亮不？"

我疼得眼泪都快下来了，说："漂亮！"

"这是个好锅炉呢！"他一只手拄着拐，站了起来，另一只手拉着我。王璐璐也抓住了我的胳膊。我们走到了锅炉面前，王璐璐爸爸说："这就是我的飞行器！专家说，飞行器都得有动力系统，有控制系统！这都是扯淡。专家说的都是扯淡，这是大家都知道的道理！飞行器能飞就行，不一定得要什么系统！你说对不对？"

胳膊上的疼痛让我一下醒了酒。我开始想着怎么脱身，忙说："对对！王叔说得对！"

他又说："我没上过学，璐璐学习也不好。但是我知道有个世界是物质的，还有个世界是精神的，你说我说得对不对？"

"对对！"

他仰着脑袋，看着锅炉，说："我想的就是用精神的力量作用于这个锅炉！我看杂志上说，有个日本科学家给一碗米饭说：你真棒！给另一碗米饭说：你真差劲！结果你猜怎么了？"

"怎么了？"我感觉自己头上都有汗了。外边传来了鸽子的叫声，"咕咕咕"。

他更加高兴了，说："被骂的米饭先馊了！这就是精神的力量！我每天都告诉这个锅炉，飞起来吧！飞起来吧！只要我的精神力量够大！我想锅炉一定能飞起来！"说着，他手上发力，我倒在地上，他接着说："来，认真点！跪好了！大声说：飞起来吧！"

我变得十分听话，端端正正跪着，对着锅炉喊："飞起来吧！"

"大点声！"他呵斥道。

我大声喊了起来："飞起来吧！飞起来吧！"

他和王璐璐都开心地大笑了起来。他俩大声倒计时："十！九！八！七！六！五！四！三！二！一！点火！"

他俩折腾完，放开了我，两个人又开始喝酒，又开始哭泣。我拿起包，赶紧溜了出去。我脑海里全是王璐璐疯癫的样子。回到房间，躺在床上，我开始想王璐璐父女两人一定是认出我来了，他们想要报复每个欺辱过他们的人。他们一定在谋划一个大的计划，但是今天他们露馅了，不然怎么非得让我跪在锅炉前？我又想到，王璐璐想要报复我，但她都和我上了床，心机真重。但话说回来，上床对她来讲很容易，成本也低廉，有时我还请她吃晚饭呢，并非什么了不得的大事。窗外栖息着一只鸟，影子映在窗帘上。我裹着被子，身体瑟瑟发抖，我喝多了，开始发酒寒。

一觉醒来，我觉得自己昨晚的惶恐未免有些神经质，但是王璐璐确实不正常，不可轻视，该断则断，反正我没想着结婚。我不再联系她，她也不联系我。莫主任隔着那株巨大的绿萝问起我最近的工作，我说，挺好的！他笑了笑，抽着烟，看着天花板。我忽然失神，等回过神来，莫主任站在了我面前。他拿着一次性纸杯，递给我，说："你太累了！刚喊了你几声，你都像是没听到！好好休息两天吧。"

我羞愧地低下头，说："刚不知怎么走神了！"

他又坐回座位，点上一根烟，说："小黄，你最近是恋爱了吧？"

我忙摇头。

"你年纪也不小了，该谈了。"他喷出一口白烟，"我最近又看了《西西弗的神话》。还有两年，我就该退了。工作三十六年了，也到了总结的年纪了。但是我觉得空虚，我在设想一个绝对视域。从这个视域来看，我做的这些工作有什么意义呢？一条新闻随着电波传到各处，然后播音员念出这段新闻，再然后呢？一切还不是飘散了，该失去的还是失去了。想到这里，我便觉得自己也是西西弗，和那个造飞行器的男子没有什么区别。西西弗白天推着石头，晚上他会做什么呢？"莫主任叹息着说。我知道，像他这个年纪的人，当叹息着说什么，是他心绪最为激动的时候。晚上的西西弗会做什么呢？我想说两句漂亮话来迎合他，让莫主任觉得我是个可以交流的对象。晚上的西西弗。西西弗会在黑夜起飞吧？我再次想起了王璐璐和他爸爸，以及那个讨厌的锅炉。在他们这些生活的失败者眼中，一切都会飞起来，但是得在黑夜。我喜欢白天，白天一切都界限分明，只要你不在白天推石头，白天一切都很好。我听到莫主任又开始讲他的过去，随着他不断地叹息，就算我想到关于西西弗的漂亮话，我也失去了语境了。我努力地想跟上他的思路，但是我再一次地失神了。

莫主任看着我。他的眼神中满是厌烦。我觉得在那一刻，他彻底开始讨厌我了。

失神的状况越来越严重了，我每天都想象着王璐璐的报复。我发现自己越来越神经质了，王璐璐和他爸爸就算认出了我，也未必会真的报复，他们说不定真的想让那锅炉飞起来呢？但是很快我就否定了这个观点，我越来越紧张，精神似乎出了问题。

冬天很快到了。有一天，下着大雪，小何拿着杯子走了进来，告诉我，做记者应当交游广泛。我懒得理睬他。自从我在单位里变得劣势后，他很爱找我聊天，每每都以教导的语气说话。他说他有个哥们儿在刑警队，说是昨晚河滩死了人，他想去报道。我忙说，好，这新闻一定大火，赶紧去报道吧！我心里却冷笑，小何也在电台待了好几年了，却不知没破的命案是不允许报道的。

他看着窗外纷纷扬扬的大雪，感慨地说："都快过年了！什么仇什么怨，非得杀人！"他见我不理睬，又说："听说死了的那女孩还挺好看，可惜了！"

我问："知道叫什么吗？"

他说："叫王璐璐。"

我忽然笑了，觉得如释重负。窗外雪越积越厚，远处树影影影绰绰。他问："想不想一起去采访？"

我摇了摇头。我再也不愿意和王璐璐有丝毫的关系，哪怕是死了的王璐璐。我失神的毛病并没有缓解，听别人说，我似乎还会自言自语什么，我吓了一跳。再后来，我出了新闻事故，写了假新闻，可他妈的我怎么知道那是假的。我在这个行当里算是彻底废了。我是失败者，是个笑话。

有天快下班时，小何找我聊天。他皱着眉头说："真他妈烦，要是现在还有集中营，我和我老婆得进去一个，谁都行，这样至少另一个能得到拯救。"我没说话。是啊，要是有集中营，我也想进去，集中营关押的是被压迫者，而非失败者。失败者在集中营外边踱步，在夜色中抽烟，看圆月升起。

李志平

谢小凯说，柳思明生病了，是癔症，一个人半夜在雪地里发病，被人送到医院。我去市三院探望，却没见到柳思明。他出院了。我站在住院部楼下给他打电话。他说："您好，李志平先生！"他十分客气，"先生"二字尾音翘起，带着台湾腔。我知道他又想不起我了，我只是通信录里的一个名字。我直接问他的病情。他说，哦，没什么大碍，就是被狗咬了。我问，严重吗？打没打疫苗？他说，打了疫苗，主要是大半夜受了惊吓。

柳思明非常礼貌，全程用"您"称呼我，最后还一再感谢我的关心，并表明身体已无大碍，随时可以登上讲台。我正准备挂电话，他忽然问："请问您认识一个叫王璐璐的人吗？"

"怎么了？"

"哦，是这样的。医生说，我生病时喊这个名字，但我又不认识这人，手机上也没这个人，所以觉得奇怪。"他在电话那头说。

我犹豫了下，说："我也不认识。"我确实不认识她，我只见过她一面，就是那个雪夜里，况且雪夜里的红衣女孩是不是王璐璐，终究是件可疑的事情。

他说："真是不好意思，唐突了。"

"没关系的。您好好养病，多加保重。"我挂断了电话。

他被王璐璐砸了一石头之后，说不定就落下了病根。我站在医院门口抽烟。初春傍晚，阳光凄惶，医院矮墙上的积雪被暮风吹起，轻纱般飘落，一冬的积雪已成冰晶，夕照中纷纷扬扬。我看着矮墙下的风雪，觉得其中自有迷人的味道，但找不到一个关键词总结它。夜幕降临，蝙蝠从夜色中起飞，飞过前面的老槐树，风中，老槐枝叶摩擦，发出沙沙的声响。

回到房间，夜色已浓，我打开笔记本，脑海中依旧空空荡荡。帕慕克说，如果不去做梦，时光就不会飞逝。电脑屏幕上挂满了 Word 文档，只有标题，里面空白一片，像挂满枯叶没有果实的树。时间越来越快，有只手在不断地敲击快进键。

失业后，本以为自己会文思泉涌，用三四个月的时间写出了不起的长篇，然后我再找个工作，既不耽误世俗生活，也不枉此生。但显然，未能如我所愿。这种境况就像是某个平凡的工作日，你在闹铃响之前醒来，想再睡一小会儿，觉得肯定能做个好梦，但是你再没能睡着，日复一日，夜复一夜，上班的闹铃再没有响过。你不知在等待梦乡，还是铃响。漫长的时间中，你不断下坠。我有时会在夜里害怕，害怕这种下坠，害怕在某个清晨，镜子里的自己形容枯槁，垂垂老矣。我若是找到那个词，便是在下坠中，看到了地面，然后撞上去，变成了飞机残骸，或是如同种子，落地生根。这个比喻不错，我喜欢比喻，但我需要的是关键词。

黄湖常常苦恼，感慨自己的失败。自我住过来后，他把"失败"两个字说了上千遍，就像柳思明每天把"成功"两个字说上千遍一样。这些都是他们的"关键词"。

没人和我作交流，我很寂寞。长时间与世隔绝的生活影响了我的智力，我变得很笨，花很长时间也不能写出一个漂亮句子。一个炎热的夏夜，我在酒吧喝酒，渴望能遇到一个陌生人，漫谈理想。我囊中羞涩，无钱买酒，是黄湖给我的存酒卡。他不愿意同去，酒吧在电台后边，怕遇到熟人。小酒吧里，人人都有同伴，除了我和一个头发花白的男子。男子点了鸡尾酒，目不斜视，一语不发，一刻钟喝完杯中酒，便迅速离开。他白发萧索，却还在泡吧，这也算罕见。

午夜，我走出酒吧，看到那男子蹲坐在路边，面前扔着几个烟头。"没事吧？"我走了过去。他抬头，看了我一眼，微微一笑算作回答。这条路不算干道，两边多是酒吧，深夜里也显得喧闹，不时有年轻美好的男女从灯火绚烂的酒吧中出来，欢笑数声，再调笑几句，然后各自分开，摇摇晃晃地走向远处，恍若夜风吹动的几朵蓬蒿。男子递给我烟，我抽出一根，坐他身边，目光却追随远去的年轻人，那些美好的年轻人才是我理想的交流对象。我刚把烟头捻灭，男子又递给我一根烟。我看到了他的微笑。酒精作用下，我俩少了拘束，就坐在路边上，呼吸着汽车尾气，忍受着蚊虫的叮咬，聊了起来。

男子说他姓莫，今年五十八岁，在媒体工作，快退休了。他指着枯草般的白头，手的姿势像是比画一把手枪，他说："很辛苦，不管是工作还是生活。我比同龄人老得都快。"老莫咧嘴一笑："小伙子，你呢？"

"我失业了，失业前在一家小私企。现在嘛，也没找新工作。我想写小说，却写不成。"

"为什么？"

"找不到关键词。有很多故事的，但是你找不到那个词。这可能是惯性思维导致的，我是学工科的，热动专业，锅炉方向。凡事喜欢找出词来总结。有时我会想，找到又能怎样？"

"不是你找到了那个词，而是那个词找到了你。在这段时间，我倒想摆脱一些词语，但它们黏着我不放，真是奇怪。你等我一下。"说着，老莫站了起来，向路边一家便利店走去。

我不喜欢这种有点哲学味的开头，"不是你找到了那个词，而是那个词找到了你"。柳思明在未当成功学讲师之前，爱和别人谈论哲学，也喜欢说这样看似倒错的话，我不喜欢。老莫出来时提着黑塑料袋，里面有六罐啤酒和一包芙蓉王。他拆开烟，递我一罐酒。看来他也想与陌生人长谈。

我说："像您这个年纪泡吧的，不多见。"

"我离婚二十二年了，女儿在国外。一个人苦闷，常到这里坐坐。"

"为什么离了？"喝了酒，又吹了夜风，我的舌头大了。电线上栖息着一长串麻雀，我仰着头"喂"了一声，麻雀们都飞走了，我哈哈笑起来。

"无非是，花无百日红，人无千日好。不提这事，没意思。"老莫的老脸坑坑洼洼，夜色中泛着油光，如同包浆的古董，眼神却清澈。他没醉，他只喝了一杯鸡尾酒。老莫说："我们回到之前的话题。生活真怪，有时候有些词语总会占据你，它们不断重复出现。这些词就像是磁铁，生活反倒是它们生发的磁场，我们是被吸引的铁屑。"

"这比喻不错！但我爱的是关键词。"

"这一年来，我总是绕不过一个陌生人，真是奇怪。他吸引着我，我们就把他叫作老王吧。老王被什么吸引？或者他的关键词是什么？"老莫点上烟，看着远处，眼神仿佛风中青烟般涣散开来，"他的关键词大概是'锅炉'吧。"

我哈哈笑了起来："'锅炉'也能做人生的关键词吗？"

"一个词语越空泛，就越能涵盖一切，好像也更有资格总结生活。我不这样认为。当然，如果你喜欢，你可以把关键词认为是'飞翔'，是不是听起来更好一些？"

抬起头，又聚集到电线上的麻雀在我笑声中起飞，墨蓝的夜空做了它们的背景。我心里涌出一种空虚来，我说："'飞翔'不及'飞行'好。飞行都在虚空上，不如改作'虚空'更好。"

"你尚未听到故事，就可以如此自信地选择关键词？"他笑笑，沉默一会儿，然后开始了讲述。

他说，就像是人生中很多的时候一样，总有些人事缠绕你，如同梦魇。而这一年来缠绕着他的，就是这个老王。一个陌生人居然会占据他的脑海，像一盘不断重复永无尽头的磁带。去年夏末，老王第一次出现在了他的耳边，那是在酒桌上，人们纷纷讲起自己听到的笑话。有个王姓男子是个人生彻底的失败者，也没读过书，却在家里造飞行器！有人哈哈笑着说。微醉的老莫忽然想，自己该去采访这个男子。老莫担任部门的小领导，几次想去，终究被琐事耽搁。后又听人说，这位专注飞行器的民间发明家住的小区要拆迁，老王抵抗拆迁，态度很激烈，还打出了横幅。其实，拆迁和老王没有关系，老王住锅炉房，锅炉十多年前就停烧了。老旧小区也没有物业，也无人赶他，他就一直住在锅炉房。老莫知道对老王的采访是毫无意义的，因为根本不可能上电台的栏目，但他还是让部门的年轻人去采访。老莫能从老王身上中哐摸出了一种悲凉的味道。

下班后，他喜欢一个人坐在办公室，不开灯，不开电脑，目睹夜色覆盖一切，然后开始没有主题地思索人生，这是他黑夜里的习惯。那段时间，他常在黑夜中想到老王。他甚至一厢情愿地将老王想象得和自己一样，一样的老之将至，一样常被幻灭和虚无打动。

他派去的年轻人应付他，年轻人不觉这有什么新闻价值。本来就没什么新闻价值。

到了年底，一日雪晴，老莫又想起老王，就像是想起一位老友般自然。年终清闲，过去一年已被上级考核，明年工作已安排下属去做。年终的那几天，就像是一个时间的夹缝。于是他买了水果，乘出租车到了破旧不堪的小区。他不是去采访，也没想写出什么来，他就是想和老王聊聊，问他为什么要造飞行器，为什么要抗拆，这种事情于他有什么样的意义。到小区时，夜色已经降临，小区里的积雪无人清扫，雪光在淡漠夜色中让人沉静。鸽子在锅炉房顶上盘旋，他想起了吴宇森电影的经典镜头：白鸽飞过教堂，尸横遍野，英雄穷途末路。

老王高瘦，挂着拐杖站在锅炉房门口，雕塑般冷漠，一言不发。这和他想象中有些不同，老莫有些尴尬，说：我是电台的记者，姓莫。老王无声冷笑，转身看着墙壁上自己的影子。老莫在寒风中站立了几分钟，然后把东西放在了门口，离开了。

从小区出来，老莫觉得街道上的气氛都变得怪怪的，人人都像夜里的鬼。有人偷偷打量他，有人跟踪自己。他一回头，一个小伙子生硬地转过身，掏出手机，假装打电话，一不小心踩进树坑的积雪里。老莫有些紧张。走到路口，老莫猛回头，那小伙子果然就在他身后不远。小伙子慌忙又掏出手机，转过脸。小伙子穿一件蓝色皮夹克，拉链没拉，胳膊一伸，腰间的手铐闪亮。

警察在办案，说不定是大案，他们误将我当作犯罪嫌疑人了，老莫心想。他伸手去拦出租车。一辆出租车缓慢地驶过，过了会儿，他看到那辆车又绕了过来，速度依旧很慢，车窗摇了下来，副驾驶座上坐着一个瘦削的男子，眼神刀一样刮过老莫。老莫回到了家中，躺在床上，心想警察为什么会将他当作嫌疑人呢？此事也有趣，在别人眼中，他也算是个成功人士，被当作嫌疑人，怕是头一遭。

过了几日，老莫又想起锅炉房里的老王，依旧是在薄暮时分，他打车去了小区。小区已经被拆掉了一部分，围墙也都已倒塌，几栋住宅楼成了废墟。推土机、挖掘机刚停止了轰鸣，积雪上盖上了尘土。走到锅炉房外，老莫听到了"咕咕"声，以为是鸽子叫，抬头却没见到鸽子，是老王压抑着的哭声。布满凹痕的铁门大开，里面一片黑暗。老莫奇怪，怎么不开灯呢？

谁啊？老王的声音颤抖，带着哭腔。老莫说：是我啊，老弟，前几天我来过的，电台的老莫。老王深吸一口气，镇定了情绪，说：我对采访已经不感兴趣了，没有意义。老莫站在门

口说，不是来采访，就是想和老弟聊聊天。老莫听到拐杖的
"笃笃"声。老王说，进来吧，这里的电被掐掉了。老王掏出打
火机，借着火光，他指了指地上的一个小马扎，示意老莫坐。

　　和我聊什么呢？我没念过什么书，十八岁参军去新疆，军
区大比武中获过奖，擅长综合格斗。但我想当空军，我高中时
参加过招飞，两百多项体检都过了，最后栽在了一道数学题
上，据说小学四年级水平就能做出来，可我不会。带队的老
师说，你就是地里刨食的。我们聊这个吗？复员后我在这里烧
过锅炉，十二年前就不烧了。锅炉停烧后，我就去捡垃圾，直
到五个月前因为抗拆被人殴打，胫骨骨折。我们聊这个吗？我
三十岁娶老婆，老婆死了十年了。前段时间，你们电台有个小
伙采访我，我不喜欢他。你究竟想聊些什么，嗯？老王点上了
一根烟，冷冷地问。

　　老莫说，年终岁末的，我一个人无家无室，就是单纯来聊
聊天，想起什么聊什么。我之前听老弟在哭，有什么伤心事
吗？说出来说不定会好点儿。

　　老王半天没说话，烟抽完，烟头掉在了地上，老莫看着烟
头渐渐熄灭。老王说：我女儿死了。

　　老弟，节哀。老莫没想到，后悔起自己的唐突。

　　老王说，女儿死了。半个月前，我在这儿的废墟上给她搭
设灵堂，十年前，我给她妈妈也在这里设灵堂。你说，锅炉为
什么还不飞呢？

　　老莫心想这人大概是造飞行器走火入魔了，女儿死了，他
还想的是飞。老王接着说，这两天我倒是真想和人聊聊天，我
没朋友，只来过几个公安，他们冷冰冰的，我刚想说几句心里
话，他们就打断我，让我老实点，不要绕开话题。现在公安也
不来了。

　　公安来做什么？老莫心里奇怪，他差点儿问出口。公安肯

定是来询问她女儿的事情的，不该再提的，幸好话未出口。

老王轻声说：老哥你说，锅炉为什么还不飞呢？

黑暗中老莫听见"咕咕咕"的声响，却不知是鸽子的叫声，还是老王的哭声。老莫心想最好转移话题，不要再提他的女儿了，于是接着说：老弟，锅炉为什么要飞呢？你谈谈你的锅炉吧。

老王说：我喜欢这个锅炉，它的室温能达一千五，一吨煤烧完，剩不到十斤煤渣，好锅炉。废弃不用，我替它可惜。我当过兵，军区大比武综合格斗第七名，但是复员后，发现自己一无所长，综合格斗有什么用呢，那些都是致死致残的招式。后来是一个战友帮忙，我在这里烧了锅炉。我老婆什么时候都病恹恹的，长时间卧床，喝的药比吃的饭还多。她倒是爱看书，但她没上过大学，爱读书又有什么用呢？她什么都干不了。我、老婆还有这个锅炉就待在这个房间里，都是没用的东西。十年前的一个夏天，好多人把这儿围住，他们说我偷偷卖掉了锅炉，说我是犯罪！他们向我和女儿扔石头，说了很多难听的话。女儿被石头砸破了脑袋，血流了下来。我恨别人冤枉！站在锅炉房上面，我告诉他们，我没有卖掉锅炉，锅炉在黑夜里飞走了。他们继续辱骂我，继续扔石头。我看着天上的太阳，觉得血往脑子里冲。我一手揭开房顶上的铁板，下了楼梯，回到房间，我满脑子都是杀人，杀人！老婆从床上挣扎着坐了起来，她说，要忍着，生活要继续。他们踹门，让我把门打开！我不能开门，开了门，他们就能看到锅炉，就知道他们错了，说不定还会道歉。我曾是士兵，这是我的堡垒，我的城，我不能在辱骂声中开门！老婆忽然说，你说得太好了，锅炉在黑夜中飞走了！我冷笑，没有接话，用纱布捂着女儿的脑袋，血渗了出来。老婆说，你得原谅他们。我恨恨地说，我原谅他们，于我有什么好！老婆微笑着说，如果你原谅了他们，等我死了，这锅炉说不定真会飞起来。外边是辱骂声和砸门声，我们三个待在房间里，等着黑夜。那是我第一次那么强烈地期待黑夜降临。半个月后的一个深夜，我老婆咽下了最后一口气。

老王叹了口气，接着说，锅炉没有飞起来。我每天去远处一个小区捡垃圾，我怕女儿看见我。女儿大了，越来越漂亮，也开始不听我的话。我打她，她也不哭。她高一开学的那个晚上，我买了一只烧鸡，我俩围着桌子吃着鸡腿。她突然说，不想读书了，反正考不上大学，不如省点学费。我告诉她，只要认真学，怎么能考不上。她说她的基因不行，铁定考不上，要是她能考得上，那这锅炉就能飞起来。我揍了她一顿。我下手重，但她不哭，这让我害怕了起来。我哭了。我知道我输了，不是在那个夜晚输了，是在所有的夜晚都输了。我想起自己年轻时想当空军，想在天上当英雄。可现在呢？一个小房间里，我、女儿，还有这个锅炉，都没什么用。女儿辍学后，就去混社会。她说是见世面。过了一年，她找了个男朋友，男朋友比我小十岁，比她大二十岁。十足的老光棍。我问女儿，你怎么能这么做？一辈子很长，不能这么毁了。女儿说，我们这是爱情，你懂什么？我什么都不懂。我一无所长。女儿漂亮，见过世面，我没话讲。我有时想，像我这样的人注定就是失败的人；女儿不同，她只是生在这样的家庭，所以才成了这样。女儿给我买东西，我没要过，我还骂了她。她冷笑说，你只知道让这破锅炉飞起来，但你有没有想过我们怎么从这垃圾堆一样的生活中飞起来？

老莫听到了老王的哭泣声和鸽子"扑棱扑棱"的拍翅声。老王说，我常常盯着锅炉看，时间久了，好像它也在看着我。我做过一个梦，锅炉房在夜里突然裂开，里面是一个发射井，我们一家人围着发射井倒计时。十、九、八、七、六、五、

四、三、二、一！锅炉飞上了天，就留下了我们。有天，我知道女儿堕胎的事。她躺在她妈妈躺过的那张床上，眼睛盯着房顶的霉斑和蜘蛛网。我到处找铁钎，我曾有一根铁钎，用它砸过煤块，我想象着怎么把铁钎从那个老光棍的太阳穴里捅进去，可是我找不到铁钎。女儿在床上说：我原谅他了。我听到这话时，正站在锅炉前，想起了老婆。老婆活着的时候最爱说的一个词就是"原谅"。我跪在锅炉面前，心里酸楚，心说，锅炉啊，你究竟会不会飞？你看我受了这么多侮辱，你究竟会不会飞，给个准话吧！女儿后来又换了几个男朋友，但没有成的。没有人会真心对待她，时间就这么一年年过去了，她没能从垃圾堆一样的生活中起飞。她越来越内向。她做过收银员，在一家印刷厂干过一段时间，还去一家 KTV 当过服务员，都不长久。每交一个男友，她就会对工作厌烦，对未来充满幻想。时间就这么一年年过去了。秋天的时候，你们电台的那个小伙子来采访我，一开始，我没能认出来，后来，他又来了几次，我终于认出他来。当年就是他扔石头砸伤了我女儿。可我认出他时，女儿和他已经是男女朋友了。我告诉女儿，这小伙子不是好人，十年前他向你丢过石头。女儿轻蔑地说：我第一眼就认出来了。我说，他是侮辱过我们的人，虽然他当时只是个学生，但他侮辱了我们家，他现在还想继续侮辱我们！女儿说：侮辱的是过去，你只记得过去，记得你全军比武的第七名，记得这个废弃多少年的破锅炉。我要的是将来！人就一辈子，我得飞起来！我这是为了自己，也是为了这个家！

老莫心里自责，如果自己不是派那年轻人来采访，就不会有这档子事。年轻的记者怎么可能真心对待老王女儿呢？

黑暗中的老王接着说："我知道有个世界是精神的，还有个世界是物质的。对不对？如果精神的力量够强大，会不会改变物质的世界呢？"

老莫说："我也不知道。"

老王说："不管是谁，人都只有一辈子。我输了，不是在这个夜晚，而是在所有的夜晚。"

老莫想说些话来开解老王。他不会安慰别人，也没什么有趣的话题。老莫觉得压抑，站了起来，打开手机的手电筒功能，看到了落满灰尘的灯盏，看到了安放煤气灶的木桌，看到了液化气罐，看到了地上堆满的垃圾，一只蝙蝠飞过了手机的光。走到房间的深处，他看到了那个落满灰尘的锅炉。他默默地注视着它，这个沉默的巨人。

老王低声说："锅炉会不会飞呢？"

老莫看见门外洒落的月光，想起上次被警察盯梢的事儿，觉得算是有趣，于是就讲给老王听，想借此分散老王的悲伤。"老弟，我上次从你这儿回去，路上还被警察盯梢呢。"

老王却说："你被盯梢大概是因为我的缘故。女儿死了的第二天，有个男人也死了。刚开始说是车祸，后来说是自杀。车祸也好，自杀也罢，都和我没关系，但公安后来又说是他杀，这好像和我有了关系。"

"为什么？"老莫问。

"死了的那个男子是我女儿的第一个男朋友，就那个老光棍。"

老莫知道这个案子，但没想到竟又和老王有干系。在家造飞行器的是他，抗拆的是他，最近的凶杀案竟也和他有关，怎么就绕不过他呢？单位的小何给他讲过这个案子。小何那段时间迷恋刑事案，曾说想要报道，还被老莫批评了几句。没有破的刑事案不能报道。小何讲得细致入微，老莫印象深刻。

老莫觉得害怕，他站在黑暗中一动不动，过了半天，他问道："和你没有关系吧？"

老王说："这锅炉究竟会不会飞起来呢？"

老莫赶紧离开了锅炉房，他听见老王站了起来，"笃笃笃"的拐杖声。老王却没有走出锅炉房，只是站在黑暗里，没有说"谢谢"，也没有说"再会"。老莫似乎能看到老王黑暗中的眼。他在冬夜里呼出一口白气，抬起头，鸽子飞了起来，翅膀承载着月光，划过墨蓝的夜空，锅炉房耸立，四周都是废墟，寂寥极了。

老莫讲完已经是凌晨两点多了。我的小腿上全是蚊虫叮咬的小包，我喝光了啤酒，大脑有些麻木，竟不觉得痒。我也不觉故事多好，没有太棒的关键词。我问老莫："那你有没有再去找锅炉房里的老王？"

老莫仰起头，看着夜空，说："没有，那锅炉房大概也拆掉了吧。其实我更想忘记老王、锅炉以及他的女儿。"

"他究竟有没有杀人？"

"我不是警察，但我相信他没有，他要让他的锅炉飞起来。"

我脑海中忽然闪过一个念头："为什么不愤怒？"

老莫问："什么？"

"杀害他女儿的凶手啊，他从未提凶手，也未提给女儿报仇的话。他为什么不提？他只是在回忆。"我问。

"你想说什么？"

我开始发抖，不知是夜风的缘故，还是忽然发起了酒寒，犹豫了下，说："我觉得是老王杀了他女儿。"

"你喝多了，这是不可能的。"老莫摇摇头，掏出最后两根烟，递给我一根。我们抽完烟，看着来往的车辆，半天没有说话。

"不讨论案情，我们还是回到关键词吧。我很喜欢你关于关键词的说法，你这么说的时候，我就想到了老王。他有自己的关键词，那词吸引着他，也吸引着我。你找到关键词了吗？"老莫问。

我摇头。

"关键词并不都是高大上的，"老莫接着说，"我们不断遭遇无法摆脱的那个词，才是我们的关键词。"他掐灭了烟头，站起身，"早点儿回去休息吧。"说完，他就走了。年轻的男女们从酒吧里出来，一个个都摇摇晃晃，而老莫步履坚定。我看着老莫的背影，忽然有些感触，觉得老莫不俗，可能他并不这么看待我。我不会再见到他，这很可惜，但没有办法，就像是我一夜夜无功而返的写作中不断冒出的那些词语，终究是消失了，不会再出现。我需要的是关键词。

我回到房间时，发现黄湖并没有睡。他坐在那里，怅然若失，没有理睬我。我回到卧室，打开电脑。我一直坐到窗外夜色消退，晨光熹微。Word 文档依旧一片空白。我找不到那个关键词，大概永远也找不到了。看着东方渐渐涌现的光亮，我对自己失望极了。

倒在了床上，在晨光中下坠。我多希望自己能找到那个关键词，若是找到，便是在下坠中，看到了地面，撞成飞机残骸，或如种子落地生根。

谢小凯

钢厂倒闭了。算来，我在钢厂整整工作了五年，我用不同浓度的硫酸煮了无数的钢块。当初为了进钢厂，我爸花了十万块钱，我每月工资也就三千，吃住都在家，我没有任何不良嗜好，也没女友，每月花费不多，失业那天正好攒够十万。钢厂倒闭前几天，我还在背《报菜名》。长久没有复习，竟又背不全了。《报菜名》是我对抗无聊工作的武器，不背《报菜名》，便觉退休遥遥无期，难以坚持。不承想，失业这么快来临，但我坚持背《报菜名》，不这样，我觉得任何一天都遥遥无期。

　　夏天终于快结束了，天气不那么热了，夜里窗户吹进的是凉风，能睡好觉。中午我躺床上，翻看那本旧得掉页的《神雕侠侣》，李志平给我打了电话，他说好久不见了，聚一聚，聊聊天，如何？我当然说好。我很高兴，对我而言，时光太漫长了。李志平没工作，我们同病相怜。下午，我们顶着大太阳，在中心广场碰了头。气温不算太热，但是闷，这两天一定会有雨。我俩的衣服都被汗水湿透，又被热风吹干。这样的气温让我想起十多年前围攻锅炉房的那个下午。

　　李志平瘦了不少，他已不能算肥胖，顶多超重。他胡子拉碴，眼神忧郁，鬓角竟有一绺白发，仿佛断肠崖上的杨过。我想，待业一段时间后，我大概也是这样。我们在空旷的广场上散步，谁也不喊热，谁也不说渴。李志平谈起他的理想，谈论他的写作。我不懂文学，最熟悉的就是《报菜名》了，贯口大概不算文学。聊了半个小时，他嘴唇发干，一脸无趣。我们便沿着马路一直走啊走啊，谁都没说吃饭的事。他手机响起来，是黄湖打来的，问他在哪儿。他说，和谢小凯在一起。过了半个多小时，黄湖来了，请我俩吃饭。我们三人坐在一家小面馆里吃面条，东拉西扯。夜色渐起，天花板吊着的老旧风扇发出"嘎达嘎达"的声响。黄湖变化也挺大，双眼无神，少了之前的锐气，看来大家都不容易。

　　我提议大家去钢厂小区逛逛，不远。黄湖说："都拆了，去看什么呢？"

　　李志平笑着说："反正没什么事，倒不如去看看。你们还在那儿欺负过我呢。"黄湖有些不高兴，看着窗外，一言不发。李志平拍了拍黄湖的肩膀，黄湖回过神来。

　　钢厂小区的十二栋住宅楼都被拆掉了，地上全是未及时清理的瓦砾。听说开发商似乎出了点问题，因此旧楼已拆，新楼却还无踪影。我们打着手电，在瓦砾上慢慢走着。我家和黄湖家都是钢厂的，来此缅怀，可这里什么都没有，只剩锅炉房。黄湖站在废墟顶端，望着天上寥落的星星，我和李志平聊起来。李志平坐在废墟上，抽着廉价香烟，说："我昨晚一整夜失眠，做了一个决定。"

"什么决定？"

他说："我准备找工作了，什么工作都行，能养活自己就行，不写小说了。"

我问："那以后会不会后悔？"

他说："谁知道呢？前天见了个姓莫的老头，他给我讲了个故事，我听了后有些感触。不是什么东西都能飞起来，是不是？"

我说："你该多听听柳思明说话，他现在讲成功学，让他激励一下你！"

李志平哈哈大笑起来。这时，我看到远处废墟上一个人影，李志平也看到了，他喊了声，那人回过头，居然正是柳思明。我和李志平向他那儿走过去，柳思明看着我们，脸上挂着礼貌的微笑，眼睛中却是迷茫。李志平说："怎么，又不认识了？"

柳思明尴尬地说："嗨，我记忆力不是太好，记文字还行，记人不太行。"

李志平说："你来这里做什么，寻找记忆吗？"

柳思明惊愕地说："你怎么知道？"

我说："我们也是来寻找记忆的。"

李志平又哈哈笑了起来，说："这是你们的记忆，我家又不住这儿。我对这里的唯一记忆就是你们三个欺负过我，黄湖和他还把我摁倒在地上，用石头吓唬我。"

"黄湖是谁？"柳思明怯生生地问。

李志平指了指出神的黄湖，说："仰望星空的那位。"

黄湖终于回过了神，长长叹了口气，看到了柳思明，说：

"你怎么来了？"

柳思明说："好多事想不起来，过来转转，看能不能回忆起一些。"

我们四人往前走了走，走到锅炉房前面。破旧的锅炉房耸立在夜色的废墟上。我们四人都看着锅炉房。锅炉房上没有鸽子，只有蝙蝠在夜色中飞起，肮脏的墙壁上用粉笔画着无数的火箭和飞船，不知是原来的主人的作品，还是后来的小孩画上的。锅炉房里传来声响，黄湖吓得一跳，转身要走。里面传出了笑声，那是孩子们的笑。五个小孩从锅炉房里跑了出来，为首的是个十来岁的小子，手里握着粗大的手电筒，后面跟着三个男孩一个女孩，都不过七八岁大小，穿得脏兮兮的，大概是附近卖菜人家的小孩。小孩们看到了我们，都站住了。黄湖问："你们这么玩儿不害怕吗？"

"不害怕！"年纪小点的三个小孩像是课堂上一般回答整齐。年纪稍大的小子，站在一边，打量着我们，嘴上挂着轻蔑的笑。

一个穿着红裙子的小女孩，摇了摇半大小子的胳膊，喊了声"哥哥"，眼睛却望着我们。我问："锅炉房里还住人吗？"

小孩们都摇头，年纪大点的那个小子努着嘴，说："这里要被拆了，哪还有人。鬼影子都没一个！"

我们四人走远了一些，果然几个小孩又开始疯了一样玩儿，我看到他们从锅炉房里跑出跑进，一会儿又站在了锅炉房上面。红裙女孩儿站在最前面，风吹起她的裙摆，她看着远处，脸上是缥缈的笑，不知心里在想些什么。黄湖手机的手电筒开着，他用手挡住光亮，又把手移开，不断重复着。

"看啦，红旗！"有个小男孩发现了锅炉房上的插着的小红旗。几个小孩都兴奋了起来，小男孩举着已经破旧的红旗，红旗在夜风中飘扬。红裙女孩唱起了歌："五星红旗迎风飘扬，胜利歌声多么响亮……"声音很好听，我们都鼓起掌来。小孩们不再怕我们了，在房顶上嘻嘻哈哈玩闹起来。

李志平说："小姑娘唱得真好，再唱一个！"

小姑娘又唱起另一支歌，旁边的小男孩也跟着唱。年纪最大的小子坐在房顶的边缘上，一双脚悬空着摆来摆去，吹着口哨，故意给小姑娘捣乱。

小姑娘声音稚嫩，清脆的歌声飞过夜空。唱完，大家都鼓起掌来。我低声跟李志平说："你发现没，这个小姑娘的眼睛特别好看，像是一个人。"我话说完，才想起来，李志平并不认识王璐璐。

李志平却点头，叹息说："也不知他们各有什么样的未来。"

他这么一说，我便想到自己年近而立，却一事无成，心下不免也跟着感叹。再看看我的这三位朋友，似乎都不如意。我们都不说话，小孩们在锅炉房上又继续玩了起来。

黄湖站了起来，喊了声："喂，小朋友们，叔叔问你们件事。"房顶上的小孩们都站住了，瞪着眼睛看着黄湖。黄湖说："叔叔问你们，锅炉房里的锅炉还在不在啊？"

小朋友们互相看着对方，摇了摇头，说："不知道！"那个半大的小子转身从房顶的通道下去，剩下的几个也跟着下去了。我喊道："慢点，小心摔倒！"

过了会儿，他们一个个先后又出现在了房顶上，七嘴八舌地喊道："没有！""没见到锅炉！""里面什么都没有！"

黄湖问："真的吗？"

小孩们又跑了下去，过会儿又喊道："叔叔，里面没有锅炉！"

黄湖倒在废墟上，望着天上的星星不再说话了。李志平自言自语地说道："真的会飞走吗？"

我问："小说家，你又想到了什么？"

　　"我不相信！"他皱着眉，叼着烟，说，"前天遇到那个姓莫的老头，他给我讲了个故事。当时我喝多了，一时没猜到他说的是谁，也没猜到他是谁。现在我知道了，但我不信所有事物都能在黑夜起飞。"

　　房顶上小孩们又唱起了歌，有孩子唱《粉刷匠》，还有小孩唱《蓝精灵》，那个半大小子也唱了歌，唱的是 TFBOYS 的歌。黛蓝夜空仿佛幕布，他们沉浸在了自己和别人的歌声中。

　　我们四人坐在废墟里，各自想起心事。夜风吹起呛鼻的灰尘，我回忆起那个叫王璐璐的女孩，她很漂亮，尤其是眼睛，安静，却能动人心魄。王璐璐神似唱歌的红裙小姑娘。我还想到了王璐璐的爸爸，他曾给我一个发皱的小苹果，李志平用苹果砸我。我得回忆点什么，《报菜名》或是王璐璐。时间太漫长了，每一天都显得遥遥无期。我倒在废墟上，看着星空。我好久没有注视夜空了，星星在缓慢移动，我脑袋有些发晕，大概是下午晒多了太阳的缘故。锅炉房顶上几个小孩还在玩笑，我渐渐听不到他们的声音，只看到他们的身影。风越来越大了，他们在夜风中翩然欲飞。

原载于《清明》2019 年第 1 期

你必须黎明出发

　　我在雨夜渴望危险，并告诉自己，你必
须黎明出发！"你必须黎明出发！"我念叨
着这个短句，它让我在黑夜中漂浮，水涨船
高。雨声沙沙，一只野猫凄厉地叫喊，它通
身乌黑，四足雪白，我常见它，知道这种花
色的猫叫作"乌云盖雪"，我似乎能看到它
轻盈地从我上空走过。院中老槐在风雨中
枝叶摩擦。今年病虫害严重，槐树枝叶枯
卷，我似乎能看到风雨中枯叶飘摇。我能看
到。如果理性地看待我的生活，我也能看到
自己已深陷危险：进入这座二本院校工作以
来，我的科研评分一直垫底，学校也不给我
安排教学；我和院长关系差劲，他在酝酿末
尾淘汰制；女友小棋离我而去，就在这场漫
长的春雨落下之前。小棋离开前的夜里，我
买了百合，房间中荡漾着让人昏沉的香味，
她拿着手机，让我看篇文章，题目很长，叫
作《有个不上进的男友，你该怎么办？》。我
没有耐心读，直接拉到文末，看到一行醒目
的黑体字："重要的事情说三遍：离开！离

开！离开！"我将她的手机摔了。我十分后悔，准备给她买个新手机，但是第二天早上下雨了，我没有出门。我再也没有见过小棋。

我讨厌下雨，一切都是那么潮湿。"灵魂喜欢变得潮湿。"赫拉克利特又说，"但干燥的灵魂是最好的。"

潮湿不是我渴望的危险。这些危险仿佛沼泽，黏滞、缓慢，并不辽阔。沼泽是你自己的沼泽，危险与你等同，它只吞噬你。我渴望黑夜中刀锋贴近脖颈。我在雨夜渴望危险，我告诉自己，你必须黎明出发！但是我在杂乱的没有意义的梦里度过每个黎明。春雨永无止歇。

终于，我从黑暗中醒来，摸过手机，一看时间四点整，正好凌晨。我翻了个身，准备再睡一会儿，但我听到一个声音：你必须黎明出发！我坐了起来，抽烟，听雨，内心空旷。

我穿好衣服，拿上雨伞，出发了。路上行人稀少，路灯昏黄的光里有无数雨点飘飞。我终于在黎明出发了，但我该去哪儿呢？这是一天中最冷的时刻，而我只穿着短袖。我在街上漫无目的地走着，雨水打在黑色的伞面上，发出"嘭嘭"密集的响声。我一直走啊走啊，太阳从雨云后升起，黑夜退潮，远处的建筑物露出轮廓。

在无边的雨中，我走到了下午，我终于走不动了，衣服已湿透，雨水渗进骨头，我又冷又饿，瑟瑟发抖。这时我在东区，我想到，就算自己黎明出发，走到下个黎明也走不出这座城市，想到这点，我更加沮丧。于是，我蹲在路边点上了一支烟，指间的烟也抖。我抬起头，看到一只燕子落在路灯上，路灯出了故障，灯丝闪烁着惨白的光，仿佛将死之人浅而急促的喘息。不远处一个胖子也抬头看着路灯和燕子，他安静地站着，举着一把旧伞，风吹动他白色衬衫的一角，他沉静安详如一颗巨大的蘑菇。我喊了他一声，他转过头，细雨中微笑。他是我的朋友李志平。燕子飞走，路灯仍在闪烁。

李志平请我吃了牛肉面。他失业一年多，于情于理，都不该让他买单。但当我吃完面条意犹未尽地喝着汤的那一瞬间，忽然发现自己渴望这种微小的被救济的感觉。吃完饭，我们都沉默着，没有相互寒暄，彼此都疲惫地凝望虚空，从小饭馆嘈杂的声音中辨认雨声。李志平首先开口："你今天有什么事吗？"

我摇了摇头。

"去我那儿坐会儿吧。"他说。

我跟着去了李志平的家里，走过那段悠长破败的小巷，经过了一个垃圾场，几家银行，然后就到了他家。小楼破旧，苏联建筑风格，大概是上世纪五十年代建造的。走在楼道里，李志平不断拍手跺脚，但没有一个感应灯回应他。黑暗的楼道里，我恍若又回到夜里，开始渴望危险。李志平打开门，只打开不到半米，然后他侧身吃力地挤了进去，我跟着进去，才发现一台洗衣机堵在门口。房间十分昏暗狭小，三十平方米不到，玄关漫长，连着客厅，另一边是卧室，到处杂物堆积。卧室的床上堆满了书，地上扔着一个笔记本电脑和不少烟头。李志平沉默着把床上的书收拾了下，招呼我坐。

李志平沉默着抽烟。我开始后悔来到这个逼仄的房间，面对一个肥胖的朋友。我不知该说什么。李志平是我高中同学，高考失利，勉强去了一所二本，六年才拿到毕业证，后在一家企业工作，欢天喜地没有几天，企业破产。而他的家庭更是一团糟，在他小时候，母亲去了遥远海边，做了富豪的秘密情人，而他的父亲则沉迷赌博。他自己又穷又胖又无趣，从未得到过女孩子的青睐。我不知该和他聊些什么，我不愿意自己深陷泥潭中，还假惺惺地问候另一个泥浆没顶的人，从而显示自己的温情。

"小说怎么样了？"我问他。我听人说过，他在写小说。

虽然他是我的朋友，但我对他并没有什么期待。

他大概没想到我会这么开始我们的聊天，立马来了精神，眉头虽然皱着，眼睛却放着光："现在只有一个问题困扰着我。"

"什么问题？"

"黑夜。"他说。

"黑夜怎么困扰你？"

"当我醒来一次，就感觉失去一次。"

"失去什么？"

"故事。"他点上了一根烟，笑着说，"我时常在想，如果没有夜晚的睡眠，我们会不会有时间感。我们连绵不断地生活，没有几个小时对现实的失去，没有梦的困扰，我们还会觉得我们在时间中失去什么了吗？会有亦真亦幻的感觉吗？每当我醒过来，我就怀疑一切。故事的现实感，它们真的存在吗？一切让我羞耻。"

"你该去南极。南极没有羞耻，那里的夜晚是连绵不断的。"我笑着说。提起小说，是想从他糟糕的生活中找到一个并不怎么糟糕的话题，就像我总在黑夜里念叨："你必须黎明出发！"但显然小说于他，并非一帆风顺。

李志平说："要么失去白昼，要么失去睡眠。不然，我总会在真实与幻想之间踌躇。"

我心里有些厌烦，我早过了那个年纪，不会被故弄玄虚的忧伤所打动，也不会通过几个空洞的句子来让自己的悲伤神秘化。但我没有离开的想法，反而想引逗他继续说下去。他要开始一场忧伤表演，我看着就行。或许在对他的鄙夷中，我能获得黎明出发的真正意义。

他接着说："如果黑夜中入睡，黑夜中醒来，我就不会相信什么是现实。如果失去睡眠，我就不相信什么是虚构。这样都很好。这样我就不会怀疑自己写的那些故事。"

　　他要是在我们学校当老师，定会得到院长的器重，我们院长深爱这种忧伤而空洞的语调。"你讲讲你的小说吧。"我笑着，心底有些不耐烦。

　　李志平有些兴奋，说："给个关键词。"

　　关键词，我笑了笑。李志平真的很适合去高校工作，我想了想，说："黑夜，黎明，危险。"

　　李志明眼神变得缥缈，他连着抽了两根烟，烟头捻灭在地上，他说："那题目就叫作《你必须黎明出发》。"

　　你必须黎明出发！惊悚向我袭来，我不知道自己在昏暗的房间中脸色如何。很快，我发现自己是喜爱这种惊悚感的，因为我在黑夜祈求危险。我从昏沉中惊醒过来，窗外风雨更急了。但是惊悚很快消失了，因为我回忆起来了，一年前李志平送给我一本尼日利亚作家索因卡的诗集。我只翻阅过一页，上面写着：

　　　　旅行者，你必须在黎明
　　　　出发。在狗鼻子般湿漉漉的大地上
　　　　擦拭你的双脚。

　　李志平说："但我不知道我的主人公该叫什么名字。不管叫什么名字，我都有一种感觉，因为这个名字而使得整个故事失去现实感。"

　　我没有说话。我知道了"你必须黎明出发"这个短句的由来，这句话并非我原创，但一个人在深夜里当作咒语一般反复念叨的句子，忽然被另一个人在白天云淡风轻地说出来，我依然震惊，这个短句将我从这个下雨的下午抽离，也将我从连日的沮丧和昏沉中抽离。两分钟前我还在嘲笑李志平关于"现实"与"幻想"的言论，我现在也体会到了他的感觉，只是因为这么一个短句：你必须黎明出发！

"你说主人公该叫什么呢？"他又问。

我盯着他的眼睛，说："用第二人称。"

他又点上了烟。

　　你第一次感受到"现实"与"幻想"模糊的边际，大概是因为那场罕见的漫长春雨，当时你还在上高中。漫长春雨中，你的父亲下岗了，母亲跟随一位富豪去了南方，做了富豪海边的情人。而你病了，脑子有了问题，会突然晕厥，醒来后嘴巴不干不净，双手醉酒般挥舞着。考取名校，从而以飞翔的姿态离开这座城市的愿望，现在看起来那么遥不可及。一切都糟糕透了。

　　你打着伞，雨落在伞面上，"嘭嘭嘭"的声响和不远处白色的雨幕让人恍惚。父亲穿着黑色的雨衣，被雨水冲刷，像是一座黝黑发亮的雕塑。他走在你的左边，马路两边雨水流成了小河。父子都沉默着，你看着来往的车辆，心想如果自己忽然加速，把生病的脑袋塞进一辆奥迪、帕萨特、斯柯达或者随便什么牌子的车的轱辘下面，这样是不是更加符合自己的病人的身份？你们沉默地走啊走啊，向着医院的方向，仿佛雨天一次绝望的行军。你走过雾气蒸腾的路边摊，那里卖着热腾腾的炒面，牛肉、洋葱、西红柿，你分辨着蒸腾白气中的气味。你走过破败的小巷，走过了五家银行，走过垃圾场，走过理发店和牛肉面馆。当你走过戒毒所和那所监狱时，你知道很快就到目的地了。戒毒所、监狱和精神病医院在城郊组成了一个令人害怕而好奇的等边三角形。雨声沙沙，但是你似乎能听到监狱和戒毒所里传来的声响。你有些害怕。

　　终于到了精神病医院。你对精神病院中经历的一切记忆模糊，只记得各种穿着白大褂的人来来往往，有人问你各种莫名其妙的问题，有人给你做各种检查。你还记得你躺在了一张治疗椅上，你记不得那人的长相，只记得他拥有温厚的声线，他让你放松，头部放松，肩部放松，然后是胳膊……深呼吸，好的。他用温暖的声音引导你，在他的话里你逐渐看到了古堡、大海、森林、鲜花，还有一只古老的箱子。

箱子里有什么？他轻柔的语调在你耳边响起。打开它，试着打开它。他说。你打开了箱子，里面是一把刀，还有花花绿绿的小玩具，还有一只死去的老虎。你说，有玩具，绿巨人、美国队长、蝙蝠侠，还有希斯·莱杰扮演的小丑。

也不知道过了多久，你睁开了眼睛，看到了医生。他皱着眉头，手里拿着各种表格在看。父亲站在医生面前，黑色的雨衣早已干了，他没有脱下雨衣，他的额头上满是汗水。忽然医生将表格扔在父亲的脸上，愤怒地说：你们捣什么乱！你有些害怕，却又高兴了起来。你将不属于这里。你高兴地站了起来，和父亲一同出了医院。

你很高兴，来时的压抑一扫而空。父亲怒气冲冲。你忽然想起伞忘在了治疗室，你拉了一下父亲的胳膊，想给他说，他转身就给你一个耳光。你愣了愣，听到远处喧闹的声音，透过雨幕，你看到了一顶五彩的帐篷。你忽然想起了母亲。认识父亲前，她在一家马戏团工作。她骑着独轮车，双手最多可以抛接五个苹果、弹力球或者鸡蛋。但她的理想是做一名驯兽师，她最爱那只巨大的老虎。但是她遇到了你的父亲，认为自己永远失去了老虎。

父亲说：我真想烧了那顶破帐篷。你知道了，父亲的耳光或许是想扇在老虎的脸上。但他没有老虎，他只有儿子。你看着远处雨水中轮廓模糊的五彩帐篷。你回到了家中，当晚父亲出去找朋友玩。他先去喝酒，然后去固定的地方赌博，用他买断工龄的钱。

　　从精神病医院回来后的喜悦渐渐失去了，你不是一个病人，你失去了做病人的资格。没有人用同情的眼光打量你，你获得了羞耻。你在黑暗中失去了睡眠。你在想，自己或许有病，如果医生在谈话时，你说出箱子里的匕首和死去的老虎，声音好听的那位大夫或许会分析出你的病。但也有可能，你就是在装病，想通过病来逃脱羞耻、自卑，以及各种不如意。你在黑暗中想象海边的母亲。你还想到了老虎以及独轮车。你听着雨声，渴望一顶五彩的帐篷。

　　从精神病医院回来后不久，你发现你变了。白天，你对一切都漠不关心，你无所事事，神色萧索，你变得不耐烦，不发怒，也不易感动。你觉得白天的一切都和你没有关系，但是在黑夜，你常激动得流下泪水。你在黑夜里幻想，觉得那斑斓的老虎和你是有关系的，那高空飞下的猫、跳过火圈的狗、踩着巨大圆球的熊和你是有关系的。你为它们所感动。你的冷漠与激动，真实与幻想在生活中颠了个个儿。你想，这大概是你的身份决定的，你的精神将病未病，一切都处在一种含混中。你期待冷酷到底或者泪水涟涟，但你是如此含混。你不断后悔，或许，只要你说出匕首和老虎的尸体，这样你会获得"病人"的称号。这样，你就是可怜的，而不是可耻的。

　　你热爱黑夜，尤其是父亲不在的每个夜里。你多么希望永远失去了白天，就这样躺在破旧房间中的一张小床上，听着雨声，欣喜地知道自己的感官复活，在黑夜中随着各种想象的事物蔓延开来，仿佛一只可以吞噬黑夜的巨大的胃。

　　但改变总是出现在白天，有一天在学校门口你遇到了一个女孩子。她穿着一身暗红色的裙子，在角落里躲雨，她脚下生着蒲公英、车前子和一簇蕨类植物，阴影覆盖着她的脸，裙子红得耀眼，她面目全非，望着天边的雨云。太阳从云后落下。你喜欢这样的女孩子，她身上有一种非人间的气息。你每天放学都会见到她，她总是无所事事地站在那里。但她似乎是透明的，除了你，没人看着她。你发现了这一点，你忽然想她或许是个鬼魂，或者自己这次真的病了，出现了幻觉。你低下头，闭着眼睛，心里默数了三十三个数字，然后抬起头，红裙子的女孩儿不见了。

　　回家推开了门，你看到了昏暗房间中的父亲。他雕塑般站立着，脸上都是血，衣服破烂，他笑着，嘴巴空洞，他的门牙消失了，他在等你。看到你进来，他转身坐在了餐桌边，他递给你一只汉堡，他笑了笑，但你低头，接过汉堡，吃了起来。你没有问父亲怎么回事，你看到了他在等待你的回应，但你们沉默着。直到夜色降临，直到父亲血污的脸隐藏在了黑暗中。但你们沉默着。父亲出了门，他去找朋友了，他在夜里喝酒赌博。听到门的响声时，你忽然想到应该让父亲洗一把脸。

　　你躺在了床上，在黑暗中再度激动起来，你回想着那个红裙子的女孩儿，你想她可能真是一个鬼魂。你希望这样，希望日与夜颠倒，属于夜晚的幻想出现在了白天里。你开始回忆血污的父亲，但是发现竟然想不起来了。将病未病。如果你没有病，你沿着轨迹有规律地在阳光下运行，如星球或者尘埃。如果有病，那你完全属于黑夜，思绪如鬼火般明灭，在无边黑夜中飘荡。但你将病未病，一切都不彻底。

　　忽然你觉得恐惧，瑟瑟发抖。你听着窗外的雨声，听见老槐树在风雨中枝叶摩擦。你发现，你希望父亲是不存在的，母亲也是不存在的。你在黑夜中恐惧，你得想象点什么。你想象着那只老虎。那只老虎在雨中五彩的帐篷里呼啸，在灯火的照耀下毛发闪耀着黄金的色泽。它身上蕴含着巨大的力气，但它仍优雅地走来走去。所有人都屏息凝神看着它。驯兽师的皮鞭抽在了它身上，所有观众都"噢"地喊了一声。但是老虎和驯兽师都知道，这不过是个花招，皮鞭快要抽到老虎身上时，驯兽师手腕一抖，甩了一个响鞭而已，这是驯兽师的无谓的尊严罢了。驯兽师和老虎都知道，这是一个梦罢了。他们走在观众的梦里，老虎的斑纹是这个梦里最好的色彩……你清楚地看到老虎的身体的每一个细节，但是你想不起父亲的伤势。

第二天，你又看到了那个红裙子的女孩。你从她身边走来走去好几趟，你试图搭讪。你积攒着勇气，终于开了口。你问她，是不是本校的学生，为什么不穿校服？你的语气像是那个秃顶的教导主任。她哈哈笑了起来，你有些尴尬。她说，她不是这里的学生，她是马戏团的；她手腕受了伤，不能上台表演，因此无所事事。你和她边走边聊，你为她打着伞，她却推开了伞。你仿佛看到了父亲，你呆呆地站在当地。红裙子的小姑娘问你怎么了？你没有说话。失踪的母亲，赌博的父亲，贫困的家庭。你渴望病带着你逃离。

红裙子的小姑娘像是每天都在等你。你和她聊天，你问她，以后想做什么？她说，她想做驯兽师。你问，你们马戏团有老虎吗？她说，有的，有老虎。你很兴奋，问她，是不是十分巨大，毛发金黄闪亮。她说，不是的，老虎很老了，身上毛发又脏又臭，白天它总是闭着眼，苍蝇绕着它的脑袋飞来飞去；它很衰弱，白天积攒着力气，晚上在观众面前展示它的衰弱。小姑娘的话让你失望。

雨依旧在下，小姑娘对你似乎没有了防范，她站在你那把巨大的雨伞下。那是父亲的伞。她忽然说：黎明的时候，你到城郊来，我带你去看老虎。

那一夜，你激动得难以入睡。你在黑暗中能听得到自己的心跳，那是时间的另一种读数方式。你想起了母亲。她现在在黑暗的大海边，她还渴望着一只属于自己的老虎吗？你想起了父亲，很长一段时间里，这座房间的夜晚已经很久没有他的呼吸声。你费劲地回忆父亲的形象，你居然发现自己想不起来了。

你听见窗外的雨停了，你走到了窗户边，拉开窗帘，天上不知什么时候露出了一轮月亮，树叶上还有雨水，月光洒在上面。你穿上了衣服，偷偷打开了门。你明明知道父亲不在家，但是开门的时候还是小心翼翼。

你在黎明出发，道路空旷，月光下像是铺了一层盐。月光下，你走过了城区，走过了破败的小巷，走过了巨型垃圾场，你把戒毒所、监狱和精神病院组成的巨大三角形甩在了身后。你看到了路边的灌木丛，黑色的大鸟从灌木丛中展翅飞出，飞向满月。那一刻，你看到了羽毛成为了羽毛，黎明成为了黎明，城市成为了遗迹。

你注视着黑鸟，脚下却不停歇，黑鸟并没有占据你的内心。你觉得这个世界上仿佛就只有你一个人，当然还有一只老虎。

李志平停下来，昏暗中只有眼睛在亮。我喜欢他讲述时的腔调，但我不喜欢这个故事。他长长呼出一口气，忽然以一种毅然的姿态倒在床上，仿佛一座冰山随着他长长呼出的一口气消融崩解。

"怎能这样结束，血污的父亲呢？"我问，他愤恨的眼神扫过我。我掏出烟，递给他一支。他吞吐白烟，眼中愤恨消失，渐渐柔和，最终变得萧索。雨声沙沙，窗外也有野猫在凄厉地叫，也有老槐在风雨中枝叶摩擦。

"这个故事你写了多久？"我其实想问的是，这个开头他写了多久。

李志平疲惫地笑了笑，自言自语般轻声说："我未写过这个故事，也没有写过任何故事。你想听，于是我就给你讲。在给你讲之前，它从来没有存在过。"

我们都沉默着，不知如何继续这个话题，却都装作在听雨。李志平从床上下来，在许多杂物中翻出了一瓶青稞酒，又找了两个一次性纸杯。"喝点吧。"他说。我欣然允诺。

我们喝酒。不知是因为黎明出发，所以我失去了酒量，还是青稞酒太烈，我喝了两口就有飘浮的感觉。我失去了谨慎，喋喋不休地发表对故事的不满："你必须黎明出发！但故事里黎明不过刚刚出现，出发又如何呢？他见到老虎了吗？关键词里有'黑夜'，但是黑夜的氛围并不浓，你说得更多的是雨天。而且，你究竟想要表达什么呢？"

"谁知道？"他一脸厌烦。

"这只是个开头，它不能只是个开头。"我引逗他继续讲下去。

"有本书叫《如果在冬夜，一个旅人》，你可以了解一下。"他反驳道。

我不用了解，我知道卡尔维诺的这本由十个开头组成的小说。他不愿再讲下去，我颇感失望。我能看出故事中的他自己：消失的母亲、赌博的父亲，萎靡失落的生活。但当他尝试混入别的东西时，他难以为继。在讲述真实过往和想象过往的过程中，他失去了重心，叙事的方向无以追寻，他也在故事中无所遁逃。在青稞酒的作用下，我也失去了重心，在飘浮。

"为什么将病未病，既然是讲故事，何必这么含混，为什么不彻底一点儿。"我盯着李志平，说，"彻底一点儿，固执地走向一端，不好吗？"

"不好。"他说，"我不知道如何处理白天和黑夜的分界。你知道的，就算你不眠不休，你也不会知道真正的分界在哪一刻，因为它本身就是含混的。但如果你对生活含混，你就不会对这个问题含混。"

关于黎明的悖论：当你以清澈的眼神凝望黎明时，它是含混的；当你含混地看待黎明时，它是清澈的。我不再说话。我是名哲学教师，知道在悖论面前，更应该保持沉默。将病未病，现实和虚幻渐渐分不清，故事的主人公有两种选择，白天出发或者夜晚出发，走向未病或者走向病，但是他最终是黎明出发，站在了一个分界线上。你必须黎明出发，这句可以写在战旗上的短语，它骨子里是含混的。黎明出发，你依旧站在了一个分界线上。我忽然笑了笑。过度阐释是我的职业病。虽然我的职业生涯堪忧，但不影响我的职业病足斤足两。

"我常想起推着石头的西西弗。在他眼中，究竟是推着的石头更重，还是天边的乌云更重？想不通这个问题，我就不能再继续讲下去，也不能讲下去任何一个故事。"李志平皱着眉头。

我没有说话，只是喝着酒。我在飘浮，继续发表不满："我不喜欢你的故事，黎明出发不能是结局。索因卡也只是把它作为全诗的第一句。我不喜欢故作深奥的东西，它们骨子里都是含混的。关键词里有'危险'，但这个故事并不危险。"我忽然想起自己在每个夜晚里念叨着："你必须黎明出发。"虚构着危险，鄙夷现实中的困难。自己也是含混的，将病未病。

他并不回应我，只是抿酒，想心事。他的样子让我联想到他家楼道中的感应灯，拒绝回应，在越来越深的黑暗中沉默，就像故事里的父亲，最终在沉默中消失。

窗外雨声更大了，房间中更加昏暗，黑夜已至。我从黎明出发，却最终走进黑夜。我如窗外风雨中的老槐，心绪飘零。

我俩喝酒，依旧不说话。我想自己并不会因为成为西西弗而悔恨，我们允许自己成为受难者，而非失败者。"喝吧，喝吧！"李志平开始劝酒。我的舌头变得麻木，但我对它的感受却越来越清晰，它在我的口腔里肿胀，不断延展着自身，突破了牙齿和嘴唇。

"我，我想，"我的舌头真的变大了，我不是佯醉，"我不满意，不满意你的故事，没有……没有我最渴望的，危险。我，我来给你讲！"是的，我不满意。从黎明走进黑夜的我并不满意。在酒精的作用下，我对这个含混的故事竟有饱含悲痛的不满。

"好啊。"李志平笑了，"你准备用第几人称？"

"第……第一人称！"我喝了一大口酒，呛出了眼泪，我用力把杯子扔在地上，它没有发出清脆的破碎声，因为它不过是个一次性的纸杯。我希望在故事中能彻底点，破碎的就让它发出破碎的声音。我要走进五彩的帐篷。

我常常在雨夜端坐，不开灯，只抽烟，身边没有女人。我喜欢听雨，雨让我空旷，让我忧伤。但没人认为我是忧伤的，他们给我取了个外号："老虎"。一天夜里，雨终于停了，有个少年在黎明时分拜访我。我听到渐近的脚步声，于是打开灯，少年站在门口昏黄的灯光中。我用肘弯撑着身体，问：你找我？

少年说：我找老虎。

我微笑：我就是老虎。

少年眼中露出了诧异。

谁带你来的？

一个穿红衣服的小姑娘，她叫……他开始回忆，皱着眉头，忽然眼睛闪亮起来，闪亮的瞬间，我觉得他只是个少年，纯洁如一个只有开头的故事。当然不久后，我就放弃了这个看法。少年用略带欢快的语调说：我想起来了，小棋，她叫小棋！

我点了点头。小棋是我的养女，她聪慧而又危险。我问：她让你来做什么？

少年说：她让我黎明出发，找一只老虎。

我哈哈笑了起来，我从来没有猜中过小棋的心思。我抬起头，看着帐篷的顶部。少年的眼神十分奇怪，既冷漠又亢奋，我没有见过这样的眼神。漫长的春雨终于暂时止歇，这让我忧伤的心态发生微妙变化，我对陌生少年的来访有了些许好奇。我说：那你应该很失望吧。

他说：有一些，我不知道她为什么骗我。

如果你见到一只真的老虎，你说不定会更失望。

他笑了笑，说：我不过是完成了一次黎明时分的出发。

我明白了，少年说的是另一个五彩帐篷里的事情，那是城市的另一端，另一个五彩帐篷里驻扎着马戏团。小棋带他来的吗？还是另一个帐篷里另一个叫小棋的女孩儿。我不清楚。马戏团我没有去过，我长年从事犯罪，本能地逃避那些繁华喧闹的场所，不是害怕危险，而是众声鼎沸的快乐让我孤寂，让我沉没。不怕老虎吗，小伙子？

他眼中满是厌烦，他一定是觉得我把他当作了小孩。他面带不屑地说：我不害怕！相反，我喜欢危险，我在雨夜里渴望危险，危险让我清醒振奋，让我脱离一种将病未病的状态。

他的话让我震惊。这小子有点意思。当我在他这个年纪时，我在一个小镇子上生活。那是个地广人稀的北方小镇，风沙漫卷，生活一成不变。我讨厌无趣的生活，讨厌流言蜚语才能在这里引起轰动的效果。我想一个男子汉总得见识到真正的危险。

我在小镇惹是生非，但那些坏事都缺乏想象力，不值一提。我几乎问遍小镇中所有的居民，怎么才会遇到真正的危险。他们早早想让我滚蛋，于是站在房檐下，迎着落日下昏黄的风沙，压抑着厌烦，装出意味深长的样子指向远处说，只要你走得够远，就一定能遇到危险。

我在黎明离开小镇，在那里我已声名狼藉，没有一盏灯火为我送行。我一路追逐渴望中让人振奋的危险，但我不知道自己是不是遇到了真正的危险：黑夜的大河边我被人足足捅了七刀；我也在酷热的午后从破败的三楼阳台上一跃而下，抓住了一棵槐树的枝丫，但最终依旧摔断了胳膊；我还躲过了两场预谋的车祸和三次警察的围捕。我不知道这算不算真正的危险，但可以确定的是，我自己成为了危险。人人都叫我"老虎"。

少年说：如果说有什么失望的话，那么你叫老虎，我很失望。说完，他转身走了，明亮的月光下他的身影越来越远，渐渐在夜雾中变得空蒙，最终消失。他的身影刚一消失，我就开始怀疑是不是见过他。他身上有一种病态的气质，让人怀疑一切，让人失去力量。

第二天夜里又落雨了，我心中再次泛起空旷的忧伤，哪怕我的五彩帐篷里灯火通明，宾客如云。客人们支起廉价的黄色塑料桌椅，喝着啤酒，玩着各种赌博的游戏，钞票魔术般堆积起来。他们是我熟悉的客人，但几天前，他们认为我抽的份子钱过高，纷纷去了别处。骤雨初歇的一个黎明，他们的新据点被警察端掉了，好几个人都被逮住了。

漏网之鱼中有个中年胖子，是他撺掇大伙去别的地方的。胖子喜欢无理取闹，有那么好几次，我一边在想象中将他剁成肉酱，一边准备去摸身后的匕首。但我听说过他的事情：他老婆跟着别人跑了，自己又下岗，拿着买断工龄的钱在这里赌博。于是我便忍耐起来。我告诉自己：你是个穷凶极恶的罪犯，但你也是老虎，老虎不该慈悲，但它懂得蔑视。有一次那胖子说：我讨厌老虎，恨不得杀了所有的老虎。我冷笑，不去理睬。

少年有时候会在黎明到来，那会儿我的困意已经开始泛滥，一只脚滑入了睡梦的深渊，这让我和他的聊天总处于一种似梦非梦的氛围中。我不怪罪他的惊扰。他有时候絮絮叨叨的，一直说到天亮。但有的时候，他只是站在帐篷口那方昏黄的灯光中，望着我，仿佛我真的是一只可供观赏的动物。

雨夜，胖子闹事，他拧着我的领口跟我说话，嘴里喷着酒臭：你们都他妈是王八蛋，骰子里灌了铅，以为我不知道？你们骗我的钱，这都是我的命换来的钱，知道吗？我在喷涂车间干了二十年，谁都知道喷涂车间里全是有毒气体，都知道！他们废了老子，而你们还想骗我的钱！去他妈的老虎！

我知道这是一个失败者。我喜欢强者，喜欢受难者，但我不喜欢失败者。他们不会给你造成真正的危险，他们就像是阴雨的天气一般，让你难受，但不会给你造成真正的危险。我很快验证了这点，我一把推开了他，然后是一记标准的左勾拳。胖子瘫在地上，吐出一口红色的唾沫，嘴里依旧骂骂咧咧。我抓起一把骰子，捏开他的嘴巴，把骰子塞了进去。咽下去！我喊道。他想要说点什么，却说不出来，眼神在求饶。我掏出匕首，刀尖顶着他又肥又软的肚子。他只好咽下了骰子，然后缓缓站了起来，走到了帐篷门口，他转过身来，一字一顿地说：我的儿子是神经病，他脑子有问题，我会让他杀了你！你就是只死老虎！

说完他就消失了。我忽然觉得累，我拎着刀，走出帐篷，茫然地看着外边的雨点落在荒草上。胖子可怜，可怜得让人厌烦，他所能倚仗的居然只有患有精神疾病的儿子。所有人都散尽了。我等着那个少年，直到天色大白，他也没有出现。

少年曾在帐篷中大谈他渴望中的危险。我曾追求的危险究竟是什么？我也在黎明出发过，讨厌潮湿的生活。可是黎明出发后，依旧是含混的生活。我在帐篷里颓然想到，一个人和他遭遇的危险是同一个当量的。一个失败者遭遇的危险只能是软绵绵的，潮湿的。想到这里，我无比失落，仿佛坠身沼泽。沼泽黏滞、缓慢，并不辽阔。沼泽是你自己的沼泽，危险与你等同，它只吞噬你。我渴望黑夜中刀锋贴近脖颈。

　　不论我是不是黎明出发，不论我走得多远，我都难以遇到真正让我满意的危险，哪怕人人称呼我为老虎。

　　又是一个夜里，我从烦闷喧闹的人声、骰子声、洗牌声中听到雨停了，我让手下看着赌场，一人走进了黑夜里。圆月从乌云中露出来，月光很好，但是天气预报说很快又有雨。看着明月，我忽然觉得遗憾，许多年竟然这么过去了。时间究竟是个什么样的东西：为什么久远的仿佛眼前，眼前的却遥不可及？来赌场的客人中有一位是大学的讲师，他说过，时间是儿童手里的骰子，儿童掌握皇权。那位客人还说，这话是一个叫赫拉克利特的希腊人说的。

　　又过了几日，我在黎明见到少年。他一脸疲惫地站在那里，我想不明白，他黎明从温暖的被窝爬起来，跑来见一个叫"老虎"的人有何意义。我抽着烟，老友般温和地笑：你这几天过得如何，有什么收获？

　　我话一出口，就觉得厌烦。为什么在少年面前，我总是这样子，像是一个老傻瓜，像是多年前小镇高中的那位秃顶的教导主任。

　　我见到了老虎。少年安静地说。

　　我心里一动，盯着少年的眼睛看，少年眼中依旧含混着冷漠与亢奋。我说：你从黎明出发，见到了老虎。但他已经是一个没有用的人了，他深知保全之道，学会了忍耐；你在黎明拜访他，他却神思昏沉，只能感叹时间逝去。

　　少年忽然冷笑，沉默了好久，外边又开始落雨了，雨点打在荒野上，发出沙沙的声响。他说：我见到了老虎，真正的老虎，而不是一个叫"老虎"的中年人。原来，我一直走错了方向，在城市的另一边也有一顶五彩的帐篷，另一顶帐篷也立在荒野上。我远远听到老虎的呼啸。

　　我叹了口气，误会解除了，人人都称呼我"老虎"，但我在少年的心中失去了"老虎"的称号。我在雨中端坐，不开灯，只抽烟，身边没有女人。我喜欢听雨，雨让我空旷，让我忧伤。一个少年在黎明时分拜访我。但我不是老虎。

少年也叹了一口气，他在黑暗中说：但我还是失望，因此又来到了这顶五彩帐篷里。

失望什么？

我看到老虎待在笼中，啃着一只鸡，冷冻鸡发出强烈的臭味，臭味轰鸣着钻进我的身体，这样的食物早已谈不上新鲜。它每天晚上疲惫地在舞台上走来走去，时常被鞭子抽打，就为了那么一只鸡。它的生活无比沉闷，所有该反抗的东西，都显得那么不值得反抗。它毛发脏乱，满身泥垢，像是生活在泥沼中。我渴望一只老虎，老虎却这么琐碎。少年哀叹着这么说，声音美好。

为什么渴望老虎？

少年说：老虎意味着真正的男人的危险。

一个人所能遭遇的危险与他自身等量，我缓缓说道。少年眼中满是疑惑。我接着说，你与你的危险等量！一只磷虾永远不会遭遇来自鲨鱼的危险，鲨鱼的危险指向巨大的蓝鲸。

黑暗中的少年又冷笑了一声。我了解他们这个年纪的男孩的想法，冷笑意味着我的话已经在他心中扎下根了。他沉默地站在那里，注视着我，然后离开。

第二天，雨更加大了。我举着巨大的黑伞在荒野上散步，想起了小棋。我想起她一身暗红色的裙子，站在帐篷边，脚下生着蒲公英、车前子和一簇蕨类植物，阴影覆盖着她的脸，裙子红得耀眼；她面目全非，望着天边的雨云，太阳从云后落下。她身上有一种非人间的气息，我很喜欢。

她冷漠地看着永不停歇的雨。我对她说：那个少年真是有趣，他总在黎明时拜访我，像是一个鬼魂。她不置可否，凝望虚空。我又说：看得出来，你喜欢他。

她终于看了我一眼。我继续说：你们是怎么认识的？小棋皱着眉，盯着我看。我不喜欢她用怀疑的眼神打量我，这让她身上有了一种和年龄不相称的警觉，像是受惊的狐狸，总是低俯在草丛里，看着周围的一切，听风从四面八方吹来。风雨中，她依旧不说话。

不是你领着他过来的吗？

她摇了摇头。

我不知道她摇头的确切含义，她的意思是少年不是她领过来的，或者仅仅表示对无聊问询的无奈。我说，在少年的眼中，你是一个鬼魂。我顿了顿又说，或许，我们都是鬼魂。

小棋或许真的不是少年口中的那个红裙女孩，虽然他口中的红裙女孩也叫作小棋，但这并不是他要找的，正如我不是他想找的那个老虎。一切都被颠倒了。我笑了起来，笑声很快被风雨吹散。我很长时间没有见过那少年。

雨一直下。有天夜里，我又揍了那个胖子一顿。我打落了他的两颗门牙，他趴在地上吐着血，眼中满是血丝。他说：我的儿子是神经病，我会让他杀了你的！你得记得这一点！

那一晚，胖子输掉了所有的钱。他转身走向了雨中。又过了几天，有人在黎明时分来找我，但不是那个少年，而是胖子。我厌烦地瞪着他，他点上了一根烟，帐篷里满是劣质烟草的臭味。他笑了笑，缺少门牙的嘴巴让人觉得不适。他说：我知道的。我想揍他一顿，但是我困了，我瞪着他，想让他滚蛋。他接着说：我知道的，我早就知道的。

赶紧滚蛋，你是嫌嘴巴里牙齿太多吗？

我知道的，我知道的，我知道的。

我心中厌烦异常：你知道什么！？

胖子"嘿嘿嘿"地笑，他说：我知道你，知道你被叫作

"老虎"之前的名字。几年前，我在一张报纸上见过你，但我很快忘了，我家窗户破了，我用报纸糊窗户，你说巧不巧？我家的窗户像是我的嘴巴，开始漏风了。你是公安部 A 级通缉犯，算个人物！我们该好好商量不是？我们得做的像个人物。骰子里灌了铅，我不服气，你把我的钱还我，我的儿子还没上大学呢。要是没钱，我该怎么办？再说了，你现在过得多舒坦啊，犯不着为了这点钱，对吗？其实我在家里是个沉默的人，但在你这里我变得喋喋不休……

胖子走了，别提我有多厌烦了。危险终于来临了，但我的危险居然和一个肥胖没用的中年人联系在了一起。你和你面临的危险同等当量。

我在黑暗中下定决心。我必须黎明出发了！我回顾自己的这么多年经历的危险，我那么渴望危险，但现在满是沉沦之感。一切变成了这个样子。就在很久以前的一个黎明，我从小镇出发，一路追寻危险，期待走得更远，但我终究没能找到自己的证明。我被人们称作"老虎"，但我时时感觉深陷泥沼。我从黎明出发，却最终走进了黑夜。时间是儿童手里的骰子，儿童掌握皇权。赫拉克利特真牛。窗外雨声沙沙，我满怀忧伤。

终于在午夜的荒野上，我完成了最后的罪行。我把胖子埋在那里。回到帐篷里，我竟觉得十分疲惫，一头栽倒在床上，黑暗拖拽着我，我很快走向睡梦的边缘。我被噩梦惊醒，睁开眼看到帐篷里灯火通明，少年站在那里。他脸色惨白，满身都是血污，手里提着一把刀，刀面上有血。我少有地感到了恐惧，却不知是因为噩梦的残余还是少年。我下意识地摸到了刀，刀面上也有血。

你怎么来了？我问，我赶紧坐了起来，盯着他。

他没有搭话，只是喘着粗气，许久他才说：你是个了不起的人物！

为什么这么说？

我仿佛刚从沼泽中爬出来，浑身湿漉漉的，不知身上是汗水还是雨水，我不知道我睡了多久，但我得打起精神来。我握紧了刀，刀柄由海象皮包裹，摸起来紧致而富有弹性。我的思维却随着手指在海象皮上的触感弥散开来。

少年说：前段时间，我们家的玻璃被人打碎了，我爸爸用一张旧报纸糊窗户，上面有你的照片。照片上的你很年轻，充满力量，眼神冷酷偏执，像是个恶人！

我哈哈笑了起来，笑声空洞极了，在笑声中我渐渐回过了神，少年的形象在灯光下才渐渐明晰起来。少年竟然是胖子的儿子，我心里震惊，但是他知道什么了吗？荒野上明明是没有人的。我问，外边雨停了吗？

停了。

刀上为什么有血？我问。

他冷笑着说：这是老虎的血。你的刀上为什么也有血？

我说，一只猪的血。

他笑着说：你曾经说过，一个人和他所面临的危险是相等当量的。

我知道他话里的意思，也确认了他确实不知道我是他的杀父仇人。

他接着说道：那只老虎太可怜了，活在那么琐碎和庸俗的烦恼中，我得去拯救它，让它遇到真正的危险！可惜它每天见识的都是无聊的人类，每天都被驯兽师的皮鞭抽打。当我挑衅它时，它仍然是一副疲惫慵懒的样子。因此，我杀了它，匕首直插进颈动脉，它最后的目光不是愤怒，而是困惑，是忧伤。

所以呢？我漫不经心地问，刀子藏在身后。

少年说：它不是真正的老虎，你才是。

我故作轻松地说：所以你要杀了我？可我是一个无辜的

人，你为什么杀我呢？

我站了起来，眼睛死死盯着他。他没有什么搏斗的经验，这是他的弱项，而且没有少年会无缘无故去杀一个人。他不过是来炫耀，他杀了一只老虎，虽然是一个老迈的，快要死了的马戏团的病虎。我又一次笑了起来。少年不过是想在心态上与我平起平坐，当然他要是愿意听我的命令，以后一定是一个我的好帮手，但危险是他有一天要是知道他的胖父亲是我杀的，他会在我沉入梦乡的时候把我剁个稀巴烂。

少年握紧了刀，说：你不无辜，你是罪犯！小棋让我杀了你，她说她不是你的养女，而是你的奴隶，不论白天还是夜晚。

我看到了他眼中的杀气。小棋，我的养女，我从来都看不穿她。我死了，对她百害而无一利。但此刻我忽然知道她是什么样的人。她和我不一样。我只能看到手上的金钱，眼前的匕首，能听到窗外的雨声，能闻到血腥的味道。但我的养女不一样，她严肃地对待她的虚构。她只要虚构出自己在夜晚被一个外号叫"老虎"的人强暴，那么她就会认真对待这件事。她不是在撒谎，而是在虚构，这是两码事。她永远在虚构中把自己陷入危险悲惨的境地。我和少年都拿着带血的刀，站在一个叫作小棋的女孩虚构的河流之中。我忽然又想起那位在大学中当讲师的客人的话：踏进同一条河流的人，不断遇到新的水流，灵魂也从湿气中蒸发出来。客人还说，这话也是赫拉克利特说的。我在黑夜的危险中，思绪莫明地缥缈起来，我开始琢磨赫拉克利特的这句名言究竟是什么意思。

少年拿着刀逼近了我，持刀的手像是旗杆般笔直。他高昂着头颅，挺着胸膛，傲慢地看着我。我喜欢他此时的风姿，但是我也看到了他还欠缺着经验。我猫着腰，右手持刀，这样刀的力量是向上的，不会误伤自己，而且容易捅死人。我左臂弯曲着，护在胸前，我的双腿弯曲站立，像个猥琐的老头，但我知道这样更容易弹跳发力。我眼中只剩那明晃晃的刀尖，少年的容貌和身体渐渐模糊消失。

我说，其实我没有一个叫作"小棋"的养女。

那刀尖停止了。我接着说：这里有两座五彩帐篷，小棋是另一个帐篷里的女孩子。她和我没有任何关系，就像是我和那只帐篷中的老虎没有关系一样。

少年说：是小棋带我来这里的，而不是另一个帐篷。你在撒谎！

我笑着说：不，根本就没有小棋。一切都是你的幻觉。

少年的刀又开始向我逼近。

我心中得意，准备着致命的一击。少年的脖颈纤细，我的匕首能直接插到颈椎。我开始微笑，双腿半弓，一前一后。我蓄力待发。

少年忽然叹了一口气，说：不错，一切都是我的虚构。那天你问我是谁把我带到了这里，我说是小棋，其实并不是她，是另一个女孩子。但我其实根本不知道有没有这么一个女孩。

你在说什么？

少年说：我的箱子里不光有超人、绿巨人、美国队长和希斯·莱杰扮演的小丑，还有匕首和死去的老虎。

你究竟在说什么？我喊道。我听到了外边的雨声，我想我不喜欢下雨。

少年说：我们早就见过面了，在一个雨天，在一家特殊的医院里。这不是漫长的雨夜，而是未尽的诊疗。

我想说，你他妈的究竟在说什么！但是我的话还没有说出来，刀子就已经插在了我的胸口。我缓缓倒地。我听见雨水落在荒野上，发出沙沙的声音。少年俯视着我，刀子上流着老虎的血和一个被叫作"老虎"的中年人的血。我怀疑这一切是不是真的发生。我忽然想到，少年如果要埋葬我，那不远处的那片野地是绝佳之地，但是那儿已经埋了那个胖子，少年的父亲。当他掘开泥土，准备将老虎埋葬时，他就会看到父亲。

我微笑着闭上眼睛，黑暗降临，一切都在黑暗中旋转。正如我一直以来渴望的那样，匕首在黑夜贴近了我的脖颈。

房间里完全黑了，李志平在黑暗中盯着我看。我扔掉纸杯，躺在了床上。醉酒后的恶心感涌了上来，李志平开了灯。窗外依旧是无边无际的雨。李志平在狭小的房间里走来走去，不时碰到脚下的垃圾，他想要说些什么。终于，他说："这个故事也不好，小棋讲得太少。"

"少便少吧。"我的舌头不再肿胀，但我也失去了对舌头的感觉。

"我没法写作，我难以分清虚构和真实，或者什么样的虚构才真实。"他接着说，"那你告诉我，西西弗的石头和天边乌云相比，哪个更有重量？"

"都有重量。"我翻过身去，心中觉得厌烦。相比于李志平，我的故事更加含混，我很快睡着了。也不知睡了多久，醒来时不免有些恍惚，一时想不起来身在何处，我的脑袋昏昏沉沉的，心中厌烦更甚。过了好一会儿，我终于想起这是在李志平的家里。我轻轻喊了声："李志平。"房间的灯亮了。李志平坐在地上，面前摆着空酒瓶。他站了起来，递给我一杯茶。

李志平说："你做了什么梦？"

我摇了摇头，我什么都想不起来了。

他笑了笑，说："来，我们接着讲故事。"

"没什么意思。"

他得意地说："我说得不错吧。我害怕睡眠，因为一觉醒来什么故事都变得那么虚假。所以我的故事只存在一个晚上，每个早晨，我都要删掉它们。"

"走吧，出去吃点东西。"我不想再谈论什么故事，我厌烦得要死。

我和李志平去深夜的街头寻找食物，路上空荡荡的，我俩一路没有说话，我想打破沉默的尴尬，我的脑袋木木的，什么也想不到。当我看到那家雨中喧闹的烧烤店时，心中竟有莫大的安慰。李志平大概饿坏了，很快他面前摆满了不少竹签。我仍处在酒后的厌烦和不适中，我一支接一支地抽烟，沉默地看着外边的黑夜。吃饱之后的李志平瘫坐在椅子上，劝我再多吃点。我挥了挥手。"我知道你难受，我有个办法：以酒解酒。"他笑着说。

一杯复一杯。我和一个叫李志平的胖子饮酒，小饭馆里环境嘈杂，地上满是垃圾。小饭馆的屋顶上却挂着巨大的造型庸俗的水晶吊灯。李志平又开始讲故事，我能听到外边雨声沙沙。我再次醉了。我知道我失去了雨夜的故事，就像我失去了那个不存在的箱子，失去了故事里的老虎。李志平的眼神也渐渐迷乱。我和他都喝醉了，醒来后什么都不记得，我们都将失去这个雨夜的故事。这个故事之前不存在，之后也不存在。

李志平摇摇晃晃地站了起来，这是我第一次见到他喝醉。他大声喊道："今天真不错！你从黎明出发，从城市一端的五彩帐篷出发，到了另一端的另一座帐篷。我们都有帐篷，我们都有老虎！"

"我们都有老虎！我们都有永不停歇的春雨！"我也大声说。

窗外雨更大了。我在无边的春雨里，坐在一家小烧烤店里，我渴望烈日，期待烈日的光芒刺穿我，一切鬼魂、失落、老虎还有前女友都烟消云散。我渴望能在赤裸的、红土的高山上张开双臂，像一只鸟。我看着太阳，与它对视，直到黑夜降临。在黑夜中我想要握紧那把匕首，然后再次念叨着：你必须黎明出发。

"你必须黎明出发！"我苦笑着说。我从黎明出发，最终走进了黑夜。

我们趴在桌子上，哈哈笑了起来，周围都是鄙夷的目光，仿佛我们有病，仿佛我们装病。李志平愤愤地说："你的那个故事不好！小棋出现得太少！奥卡姆说，如无必要，勿增实体。按着这个准则，你简直应该把小棋的那一小部分全都删掉。契诃夫说，如果故事的开头里，出现了一把枪，那么在故事结束前，枪口一定要射出子弹。按照这个道理，你应该在故事的最后让小棋再度出场！"

"你还在那里关心你的故事！我告诉你，过了这个夜晚，故事将不存在。不但故事不存在，我们的这个夜晚也不复存在了！"我提高了声音，用呼喊口号的气势，喊道，"故事不会存在，这个夜晚不会存在，都不存在！"

李志平笑了起来。我们拍打着桌子。故事不复存在，这个夜晚也不复存在。

当我走出小店时，烧烤店老板拦住了我。我问他：你认识老虎？

我不认识，但是认不认识都该买单，对不对？

我掏出钱包，数了好几次，都数不清钱，后来干脆把那几张都扔给了老板，并告诉他不用找了。老板笑了，赶忙拿过我和李志平的雨伞。李志平收伞，而我把伞扔进雨中，摇摇晃晃地说：给我一把刀吧。

老板说：你喝醉了，我给你叫个车吧。

我和李志平走在街头上，忽然我看到了小棋。在雨中的巷子里，她一身红衣站在那里。她看到了我，转身走去。我追了上去，李志平在后面喊我。巷子又细又长，仿佛黎明通往白昼的一截肠道。小巷的尽头，是无边的荒野，一个漂亮的五彩帐篷矗立在那里，雨中却燃烧着篝火。我听到了人们在欢笑，他们像是不曾经历过任何不如意。

我回头，不见了我的朋友李志平。我的衣服湿透了，我不该扔掉那把伞。

来火边吧！小棋喊我，她眼波流转，映着火光。她忽然说：你从来都没有爱过我！

我怎么不爱！可是我怀疑各种爱的方式！我喊了起来，我接着说道：我知道恋爱中的套路，就像我的朋友李志平知道小说的各种技巧，但是我们不知道这种东西有什么意义！我们为什么这么做？我为什么要写那些扯淡的论文，为什么要拍院长的马屁！我为什么要和小男生一样不分昼夜地对你说着又甜又黏的话，我知道要上进，可上进的道路究竟有什么意义！

小棋脸色变得很难看。我心里十分难受，我觉得我哭了，我大概是哭了。篝火温暖着我。她说：意义？你想要什么意义？爱一个人是不需要理由的，而你却在思考意义？你根本不爱我。

我爱你，当然爱你！我该怎么证明？站在这里，我只有一个问题。

什么问题？她疑惑地看着我。我喜欢她这样的表情，眉头皱着，眼中有光，世界像是和她终于有了关联。

我说：西西弗推着的巨石和天边的阴云究竟哪个更有重量？

她眼中满是厌恶，美丽的胸脯起伏着，过了好久，她喃喃地说：你要是想要证明，一切都是爱的证明。

我讨厌这种满是网络鸡汤文风格的句子。我讨厌庸俗！我说：你只要能说出一个不俗套的证明方式，我立马给你证明！

小棋忽然笑了，她走进了帐篷。帐篷里涌出了一群人，他们把我包围。我浑身湿淋淋的，落汤鸡一般。我讨厌潮湿，喜爱干燥的灵魂，我爱赫拉克利特。篝火不够温暖，我要太阳的光！小棋的红裙子出现在我的面前。她掏出了一把手枪，用枪指着我，另一只手指着遥远的东方，她大声喊着。人们都听到了小棋的话，只有我听不到。大家都欢呼着，雨夜充满了欢乐的气氛。

我看到了那个叫"老虎"的人站在人群里，他忘了自己的孤独，他身后匍匐着一只真正的老虎。我还看到了那个胖子，他张开空洞的嘴巴笑着，而他的儿子提着一把刀，眼睛纯洁无瑕。精神病院的大夫们统一穿着白大褂，在人群的最后，温和地注视着我。

风忽然大了起来，小棋的红裙摇曳如花。这次我听清了她银铃般的声音：去吧，你必须黎明出发！看看这一次，你将从黎明走到白昼，还是走向黑夜？

我迎着大雨向着东方走去，四周一片漆黑，但我知道按照时间划分，此时此刻毫无疑问属于黎明。我回过头，每个人都在笑，他们唱着欢乐的歌谣，小棋也在微笑，她没有歌唱，枪口依旧指向我。我向着太阳升起的方向走去，欢乐的人群渐渐被我落在了身后。风雨中只有小棋的美妙的声音传来，她说：快点走吧，我也想知道，故事的最后，枪口是否有子弹射出，是否真有一个黎明？

重　逢

　　这个故事是我的朋友徐小星告诉我的。徐小星和我之间只有一个共同的朋友，孔雪笠。他和孔雪笠是小学和初中同学，而我和孔雪笠是高中同学。自然，这个故事是关于孔雪笠的。徐小星说，整件事情是他听马杰说的，孔雪笠终于找到了父亲。

　　我和徐小星因孔雪笠而结识，上了大学之后三人常常聚在一起高谈阔论。但我和孔雪笠的交情并不算深。不过高中时两家住得不远，上学放学，常常同去同归。后来因他高考后去了外地，又搬了家，便没了联系。读高中时，人人都以为我和孔雪笠是好友。那时，我每天刻苦学习，读书三年，目不窥园；而他性格潇洒散漫，又是单亲家庭，管教少，加上长相俊美，身边围绕着许多红裙粉裙。他一学期收到的情书，大约比我的数学习题册还要厚一些。我们并不是一路人。

　　有段时间，我暗恋隔壁班的一个名叫郭琪的小女生。每每当我读书困倦时，抬起头来，总能在黑暗的玻璃窗上看到郭琪的笑颜。记得有一天放学，我和孔雪笠坐在公交车上，当时正值晚高峰，我和他抓着吊环挤在人群中。他单手从书包中掏出一本书来，我心想车辆颠簸，哪能看得了书，无非是他演员本性的发作。他打开书，取出一张湖绿色的信纸来，递给我，说："看，又是一封。真无聊，她应该多读读《左传》，或者对她行文有帮助。"我知是情书，心中忽然不忿起来。这时公交车后门打开，我忽然冲了下去，他在车上大喊："柳思明，还没到呢！"我捏着那封情书，一个人专挑偏僻的小路走。暮色淡薄而清澈，仿佛流水。深秋时节，黄叶在寒凉的晚风中飘散，小路上行人三三两两，如同杯底缓慢摇晃的渣滓。我看着情书上娟秀的字迹，仿佛看到了郭姓佳人秀丽的面庞。信的落款自然不是郭琪，两行泪水却从我脸颊上流过。自此，我与孔雪笠交往更少了。后来，三天两头逃课的孔雪笠考到了一所知名院校，而我高考失利留在了本地。人人眼中的好朋友，相互之间居然没有留下任何联系方式。

在大学期间，我偶尔会想起孔雪笠。首先想到的就是他那令人嫉妒的桃花运，而他俊美的面容渐渐模糊，仿佛烟霞般在记忆中消失。只依稀记得他身形高挑儿瘦弱，总给人一种病态的衰弱感。留在记忆中的还有他没有还我的那一套《天龙八部》。这几乎就是在我记忆中孔雪笠的全部了。一个遥远而纤弱的剪影式的人物。

我和徐小星反倒谈得来，他常提起孔雪笠。在他讲述中，孔雪笠是一个传奇。孔雪笠的真名叫孔敏，但我和徐小星谈论他时总要这样称呼他。孔雪笠，其实是他父亲的名字。但他总想着一天能够做出了不起的事迹来。当他成为英雄，别人询问他的名字时，他就会报上"孔雪笠"三个字。他要做英雄，以父之名。所以，我在这里谈起他时，也想用上这个名字。

孔雪笠很小的时候，他父亲就消失了。徐小星说，孔雪笠常常回忆那一个清晨。"快活，就是快快地活！不要准备，不要迟疑，现在就奔跑吧，冲过去！"孔雪笠的父亲曾这样给孔雪笠说。那是一个雨后的清晨，他和老孔站在湿漉漉的操场上。看台上的惨白的灯忽然都闭上了眼睛。远处是模糊的蓝色的人影，几只雨燕低飞过。他父亲说，这是他们新生活的第一天，要以跑步开始。父子俩的跑步没有坚持多久，父亲就失踪了。他再也没有见到过他。那时孔雪笠五岁，由于过量跑步所导致的肌肉拉伤至今还没有完全康复。

孔雪笠很早就猜到他父亲吸毒。每当电视上出现吸毒的镜头时，他的妈妈就会面容扭曲，赶紧换频道。初中毕业的那个漫长暑假的一个午后，他妈妈告诉他，他的父亲是因为吸毒而被抓进去，自此消失。他并没有表现出震惊，他站了起来，拉开窗帘。明晃晃的阳光一下从窗外照了进来，他妈妈的笑容显得虚弱。他伸下懒腰，说：我讨厌夏天。他妈妈尴尬地笑着，点着头，走开了。

孔雪笠曾经是一个名牌大学的学生，一个几经起伏的赌徒，一个月薪十万的销售，两家火锅店的老板，一次声势浩大的群殴事件的主谋和漏网之鱼。他现在的身份是积蓄散尽的无业游民。正在这个时候，他从别处得知了他父亲的消息。经过了一个礼拜的失眠，他决定去找自己的父亲。

他的父亲住在西区，距离他住的地方有十五公里远。他起了个大早，认真地洗漱，然后穿上了他做销售时的那套名牌西装。他没有坐车，而是向着父亲所在的位置走去。当他走到时，已经快到中午了。他的汗水已经浸透了雪白的衬衣，汗水湿了又干，他有些后悔穿得如此正式。他本来想给父亲留下一个阳光健康的形象，可是当他在一家服装店门口的镜子里看到自己时，觉得自己前所未有的落魄。

那是一家破旧的老厂。锈迹斑斑的大门开着，长长的铁链上挂着一个巨大的铁锁。青砖建成的高大厂房是六十年前中苏友谊的见证，厂区比街道上更加安静，零零散散的工人走来走去。厂区里的路是铺着细沙和石子的土路，路两边的悬铃木和槐树绿叶成荫。他在小路上，慢慢走着，打量着，等待保安拦住他，问他找谁。他绕着厂子走了一圈，最后甚至走进了车间。车间里的工人靠着不知关闭多久的机器，悠闲地吸烟。他只好走上前，问一个老师傅，保安到哪里去了。老师傅掐灭烟头，看了眼他，推开窗户，大喊了声："何宝！何宝！有人找！"这时，从围墙那边的房子里走出一个人来。老师傅指了指，说："就他了。"

孔雪笠走出车间。那个叫何宝的保安嘴里叼着烟，一边系着扣子，一边眯着眼向他走来。"你找我什么事？"他问。

他赶紧掏出一包烟，抽了一支递给何宝，何宝看了看牌子，就吐掉嘴里的烟，接了过来。他对何宝说："我找个人，他姓孔，在这里当保安。"

"哦，老孔啊。"何宝点上烟，说，"他昨天走的，到别处了。他年龄早到了，死皮赖脸在这儿耗了好多年，昨天被打发了。"

孔雪笠赶紧问："那你知不知道他现在在哪里啊？"

何宝说："我哪管他！他一个孤老头，家里人听说都死绝了。难道还让我管他。"

"那你有没有他的联系方式，或者你觉得谁有他的住址？"

何宝摇了摇头："谁有啊，老孔是个怪人，和谁都不交往。你是第一个来找他的人。"

"你再想想嘛。"他语气焦急起来。

"我想想啊。"何宝眯着眼睛，做出思考的样子。他扔掉烟头，一脚踩灭。孔雪笠赶紧又递上了烟，给何宝点上。

他看得出何宝根本就没有在思考，而是假装思考。正这时，后面又传来"何宝！何宝！"的叫声。

何宝回过头，对着那人招了招手。那人走了过来，说："何宝，我的那一箱书到哪儿去了？"

这时，孔雪笠才看清来人的长相。那人穿着干干净净的旧衬衣，一头花白的头发，脚上的劳保皮鞋上蒙着一层薄薄的灰尘。何宝给孔雪笠递了个眼色，意思是给来人发根烟。孔雪笠赶紧又掏出烟来，递过去。那人烦躁地挥了挥手，没有看孔雪笠，对着何宝说："我那一箱子书去哪儿了？"

何宝笑着说："卖废纸了！那么一大箱书就够两包烟钱，你说你买那么多书有什么用？"

来人脸上有些不高兴，又问："真卖了？"

何宝没有说话，笑着看着他，那人瞪着何宝。三人都不说话了，孔雪笠这时才听到树上的蝉鸣声，他后悔没有早几天来，父亲消失了。

来人忽然冷笑了一声，转身就走了。孔雪笠自己点上了一支烟，慢慢地吸着，他的眼神中满是乞求的神色，他问何宝："你再想想，他去哪儿了？"

何宝忽然一笑，从孔雪笠手中的烟盒中又抽出一支来，夹在了耳朵上。他转过身，指着刚刚离开的那人："他就是老孔！"

孔雪笠赶紧就追了上去。等他和父亲相距不到三米时，他慢下了脚步，保持和他父亲相同的速度。他的父亲也听见了身后的脚步声，但是没有在意。他和父亲就一直保持着三米左右的距离。两人前后脚出了工厂大门，老孔左绕右绕，进了一个很窄的巷子，巷子两边密集地排列着各种小旅馆、澡堂和洗头房，穿过小巷子，便是一个菜市场。老孔明显放慢了速度，他打量着各个摊位上的新鲜蔬菜，但是什么都没有买。出了菜市场，他又穿过一条小巷子，就是河边了。孔雪笠闻到了河流淡淡的腥臭味。他觉得自己的心脏快速而有力地撞击着胸膛，就像是黑夜里有人用锤子敲打着墙壁。他紧张地观察着前面的那个头发花白的男人。河面上的风吹散了他父亲的头发，他湿漉漉的衬衣也被凉风吹干，析出了一层薄薄的盐。

他父亲走到了河边的一个小院子前，开始掏钥匙。孔雪笠站住鼓足了勇气，想喊一声"爸"，最终喊出来的是他父亲的名字。老孔站住了，回过头，问："你找我？"

他点了点头，报上了自己的名字。他觉得自己的嘴巴干极了，汗水再次从额头流了下来。老孔看着他，半天说了句："进来吧。"

小院子中央是一棵老梨树，已经有乒乓球大小的梨子挂在枝头了，靠门那边还有一个小花圃，火红的大丽花开得正旺。老孔走到西边的一间小房子门口，说："这间是我租的，房子很小，进来吧。"

房间十分拥挤，一张床一个高低柜一张桌子就占了整个房间三分之二的面积。床是行军床，脏兮兮的被子乱堆在床尾，枕边放着一个黑皮笔记本。高低柜绿漆斑驳，大概是很久以前置办的东西了，高柜上镶着一面镜子，镜子上有一个暗红色的双喜，低柜上摆着一台十四英寸的电视。柜子前是一张木桌，上面堆满了杂物：窝成一团的蓝色衬衫，两本掉了封皮的书，一个满是茶垢的玻璃杯。他还看到了书旁边的绿色塑料袋里装着半个馒头，两只苍蝇落在上面。房间里有一股淡淡的馊味。

老孔给儿子找了把椅子，让他坐下。然后他就打开了电视机，电视杂音很大，满是雪花点。电视里演的是一部古装剧。老孔说："我很喜欢这部电视剧，可惜中间有好几集没有看到。"说完，老孔就坐在床边上，认真地看起电视来，眼睛再没向孔雪笠的方向移动。

孔雪笠曾想象了各式各样父子重逢的画面，他害怕那种过于动情的场面的出现。可是他没有想到，他的父亲就像个没事人一样坐那里看着古装剧。直到他看到老孔的喉结不断上下移动，才知道父亲也是紧张的。

电视剧中男主人公英俊潇洒，背着一把宝剑，正打马走过一片竹林，光影斑驳。这时忽然传来一声呼救声，主人公循着声音，他看到不远处的小木屋前，三个匪徒正绑架一位妙龄少女。少女一身鹅黄长裙，面容甜美。"呔！"主人公大喝一声，下了马，抽出了马鞍上的宝剑。一个匪徒走了过来，拿出鬼头大刀，道："哪儿来的公子哥儿，不知天高地厚，却来找死！……"

孔雪笠说："我听妈妈说，你以前是省剧团的编剧。"

老孔说："做过七年，写了不少本子，不过都没有搬上舞台。好在那时候大家都吃大锅饭，也没人理会安安静静混饭吃的人。"

"为什么没上呢，理由是什么？"

"不为什么。"老孔笑了笑。他继续看着电视，不再说话。

过了会儿，孔雪笠问："你下午要不要上班？"

老孔说："我现在是无业游民了。"

"我也是。"

老孔转过头，看着儿子，过了半天，说："你给我讲讲你的经历吧。"

孔雪笠在过去一个礼拜的不眠之夜中反复思考见到父亲时应该如何讲述自己的故事。作为一个不到三十岁的男人，他经历的可不算少。他想讲自己孤独的童年时光，讲自己一个已经死去的朋友的故事，讲自己在赌场上的历险和生意场上的风光，讲自己和前女友阿洋的纠缠……可是面对父亲时，他又张不开口说。

老孔站起来关掉了电视。他在桌子下面找出了暖壶，又从柜子里取出一只杯子和一包茶叶，杯是一次性的纸杯，茶是陈年的春尖。他为儿子泡好了茶。"我本来有很多话要说的，可是不知道怎么讲起。"话刚出口，他就后悔，自己一肚子故事，怎么张开却是这样一句陈词滥调，还不如那句烂大街的歌词："有人问我，我就会讲，嘴巴却在养青苔。"想到这里，他的思想开始不合时宜地缥缈，心底开始轻轻地哼唱那句歌。

老孔坐在床沿上，盯着儿子看。孔雪笠发现他父亲面容苍老得厉害，完全不像是五十多岁的人，脸上沟壑纵横，简直是一副黄土高原的缩略图。可是老孔的眼睛却清亮，遍历红尘超然出世的感觉。

"你呢？"孔雪笠忽然反问，"你为什么不回来？"

老孔说："一从戒毒所出来，我就和你妈妈离了婚，我们约在民政局门口见面。我当时心里很乱，不想见你。后来，我就到处找工作，总想着有那么一天，自己觉得自己不再像是个失败者时，我就去见见你。我们父子俩坐在一家高档的咖啡馆里，一边听着音乐，一边聊着各自的人生；不仅仅是父子聊天，更像是两个久别重逢的男人，回忆着过去。可是我每天都觉得自己比前一天更像是一个失败者。我现在是无业游民了。"

"这么些年，你就做保安吗？"

"不只是保安，我还卖过菜，发过传单，有段时间也捡垃圾，不过那段时间很短。那会儿，我实在找不到工作。保安是我干过的最好的工作。"

孔雪笠叹了口气。老孔站了起来，从柜子里取出几个本子，说："如果有闲暇，我还是会写点东西。不过凭良心来说，写得并不好，但我没有更多的娱乐方式。"

"你都写了些什么？"孔雪笠问。

老孔笑着说："这些东西的主人公都是你。我经常在深夜里想象着你的生活。是的，只想象你的生活，我从来不愿想象你的妈妈。我和她之间一切消耗尽了。我把这些想象写下来，可是我顶多写一个开头。这些厚本子是数不清的关于你的故事的开头。我不敢写下去。有时候，是因为知道你在这座城市里，我怕写出来的东西比现实的你更好或更坏。有时候，又是因为你不在我的生活中了，我甚至会觉得我写出来的故事就是你的人生故事，怕自己写不好。"

"在你那些想象中，我一定是一个特别乖长不大的孩子吧。"孔雪笠笑着说。他知道自己一直以来都不是什么好孩子。

老孔说："是的，你是个乖孩子。我常常想起你我去师大校园跑步的那个早晨。你很倔强，我跑多少圈，你就要跑多少圈。"

"你还记得你当时说了什么吗？你说，快活，就是快快地活！现在就奔跑，不要迟疑，不要准备。"

"哈哈，是吗？那时候我常常发这样一些感慨。"老孔站起身来，关上了窗户，外边起了风，院子里两只黑色塑料袋和几片纸屑随风盘旋飞起。关上了窗户，风声更加明显了。老孔坐下来，取过玻璃杯。孔雪笠取过暖壶，给父亲的杯子里倒上热水。老孔接着说："不过在我写你的那些故事中，有时忽然有种阴郁的情绪控制住我。当我发现了这一点以后，我会赶紧停下笔来。"

"你都写了些什么，举几个例子吧。"孔雪笠笑着说，他喜欢这样的谈话，两人没有了最开始的紧张和局促，又没有立即陷入到一种激烈的感情中去，平平淡淡，像是多少年并没分开过。

老孔说："有一个故事，我写了很久，写你上大学的故事。大学里的你很用功，学习也不错，追你的女孩子很多，你可不是没见过阵仗的愣头小伙子，平庸的女孩儿没一个得手。课余时间，你会读书，读很多很多的书。你的朋友会比较少，因为你太优秀，太容易让别的男孩子嫉妒了。"

孔雪笠又开始苦笑，心中涌出一种异样的感觉：既惭愧又感动，既有久别之后的隔阂和冷，还有一种淡淡的熟悉的暖来自血液。

老孔接着说："我每天晚上都在描写你快乐的校园时光，一直写了好几万字。不过是简单情节的重复，可是我不在乎。我希望现实中的你也每天都这样，简单而快乐。可是有天晚上，我忽然写到了你的堕落，你沾染上了赌博的恶习。我一边写，眼前就仿佛出现了你在乌烟瘴气的赌场消耗掉一夜夜时光的景象。"

孔雪笠赶紧问："后来呢，在这个故事中的我呢？"

"天一亮，我就赶紧停下了笔。我觉得太可怕了，我怎么写出这样一个你呢？我把笔记本扔到了一边，这个故事也就没有了结尾。"

"是啊，真是可怕。"孔雪笠长长叹了口气。他听到父亲说"赌博"二字时，心中便开始慌张，转过脸，窗外传来了呼呼的风声，还有梨树枝叶摩擦的沙沙声。天变得阴沉，淡墨色的云彩不知何时涌上了天际。

"我知道你不是这样的孩子，所以写完之后，我有了一种强烈的负罪感。我觉得这是我对看不见的你的一种冒犯，后来很久我都没有再动过笔了。你一个年轻人听着我说这些莫名其妙的话，是不是有些不高兴。"老孔从口袋里掏烟，孔雪笠赶紧掏出自己的烟。

"你抽烟？"老孔盯着他。

孔雪笠摇了摇头："我没烟瘾，但是隔上十天半个月也会来上一支。"他给老孔把烟点上，犹豫了下，自己也点上了烟。父子俩抽着烟，又不说话了。老孔眼中有些后悔，他或许觉得自己不应该提自己写的那些扯淡东西。

孔雪笠打破了沉默，说："我来讲结局吧。我沉迷赌博两年多，老虎机、百家乐都玩过，赢得最多的时候赢了二十多万，最后一文不名。其间，我有过几次挣扎，直到毕业回来才算真正戒了赌。"

老孔睁大了眼睛，站了起来："你真的赌过？"

"是的。"

老孔喷出几口白烟，又叹了口气，说："赌博是最难戒的。"

"是的，"孔雪笠说，"但是当时我想到了你，想到如果我戒不了赌，那么你也就戒不了毒瘾。就这样，我终于戒了赌。"

老孔露出了笑容，伸出了手，摸了摸孔雪笠的脑袋，说："你讲讲这段经历吧。"

孔雪笠掐灭烟头，从头开始讲起。

他说，赌博开始于大三那年，那会儿妈妈的生意正红火，每月给他不少生活费。有天晚上，有一个同学说要带他长长见识，于是他们去了一家赌场。那晚他输了三千多，这对于一个学生来讲，数字并不小。可他当时觉得也无所谓，只要给妈妈打个电话，唠唠家常，妈妈就会心照不宣地给他再打一些钱过来。到凌晨三点，他没有给赌桌旁的同学打招呼，一个人就回了学校，他并不觉得这种游戏有什么趣味。可是过了一个月之后，他又忽然想起了赌场，于是他一个人打车去了赌场。

赌场光线昏暗，二手烟仿佛薄雾一般笼罩着赌场里的人，一切都是影影绰绰的。有人玩牌，有人玩老虎机，有人玩转盘。他天性不爱人多，便一个人坐在了老虎机前。这时一个服务生走了过来，静静地立在了他身边。这一夜他有输有赢，到了天亮去兑换筹码，发现自己赢了五百块。第二天晚上一入夜，他又一次来到赌场。自此夜夜流连，不到一个礼拜，积蓄快花完了。

有天晚上，他碰到了数学院的何老师，他上过何老师的课。何老师问他什么时候开始赌的，他说一个礼拜了。老师说，作为一个学生，他也算是有钱了，说完就走了。

那天回去之后，他给妈妈打了电话。妈妈的声音疲惫而低沉，他后来才知道她的生意那会儿出了点问题。不过，过了不到一个小时，他的银行卡上又多了一万块钱。他把自己关在了宿舍里，足不出户，午饭、晚饭也由室友给他带回来。这样过了十天左右，他又一次坐车去了赌场。那晚上不到两点，他就已经在老虎机前输了六千块。他不敢再玩，但又舍不得离去，便在各个赌桌机器前晃来晃去，这时他在一台老虎机前看到了何老师。何老师手气很好，他在何老师身后站了不到十分钟，看他赢了一千多。这时何老师站了起来，看到了他，打了个招呼，两人走出赌场。春风潮湿温润，何老师一边抽着烟，一边打量着他。何老师身上并没有赌徒的那种急躁，他很安静。何老师说：前段时间没有见你，以为你是输怕了，不会再来了，今晚怎么又见你了？他说，不甘心。何老师点了点头，说：在这个地方，人们赢了不会走，输了也不会走，只有输干了才会走，当他想走的时候，发现自己已经没地方可去了。

他知道何老师在劝他，可是何老师自己不就沉迷赌场吗？他心中有些不屑。何老师那晚兴致很好，接着说道：我一直以为赌博是天道，天道循环，无善无恶，它公道而冷酷，就像是数学，这正是它的美，可是现在我不这么想了。今晚你我有缘，我就告诉你一个道理吧。

他问道：什么道理？

何老师说：《道德经》上讲，天之道，损有余而补不足；人之道不然，损不足以奉有余。

他点头，装作心有所得的样子，心中却觉得何老师是那种自己得意便向失败者讲人生感慨的人，可是何老师后来的话，却改变了他。何老师接着说：赌博是天道，可是它既然由人来玩，那便又是人道了！天道，损有余而补不足，所以是阳长阴消，否极泰来；而人道必然是富裕的人更容易赚钱，穷人更是打拼不易。你听懂了吗？

他迷惑地看着何老师。何老师说：我对你的印象很深，你是那个班上最聪明的学生，你对数学的感觉很好，我以为你会懂我的话，可是你好像很迷茫。我说的是大道理，可是也说的是今晚的事，赌场的事。何老师叹了口气，又接着说：我最后再提点你一句吧。天道在具体的事情上并不是必然的，而人道掺杂欲望，必然有迹可循，谁都知道自己的欲望，可是你还得知道别人的欲望。

何老师说完便走了。他像是看到了什么，他觉得自己大脑在飞速运转，企图追上何老师那番话里透露的一丝光亮。等到远处天边透露出一丝发白的迹象时，他觉得自己悟到了些什么。纸牌游戏和大转盘上筹码来去交换，一眼可知总量并没有变化，这是天道。而老虎机上不过是一串数字，又有谁算过那些数字的总和呢？这样的赌博看似随机，可其实是有定律的，定律就是老板必然会赚。如果老板必然会赚，那么也可以反其道而用之，他也会赚，问题就是发现这条定律。

他返回赌场，开始在那些老虎机前转来转去。那晚有八台机子是开着的。他没有关注一两个人的输赢，而是将这些人的输赢的总量默默记在心中。果然，观察了一个小时之后，他终于发现了规律：这些人每台机子上的输赢看来是随机的，可是当输的总量达到一万点的时候，赢的概率忽然会变大，机器开始吐钱。他立马试验，默默观察，等到那些人一共输了一万点时，他才开始玩。果然一把就赢了两千块。赢了一把他就收手，再次观察，等待。那天直到天色大亮，赌场关门，他一共赢了一万多。

孔雪笠讲到这里时眼神中透露出了一丝兴奋，外边已经开始落雨。他说：“这段经历，我还没给别人讲过呢。”

老孔叹了口气，说：“我以为我的儿子是一张白纸，当我在笔记本上书写时，觉得这是一种玷污，可是你不是白纸，你接着讲吧。"

　　孔雪笠看到窗外大雨瓢泼，院子里已经积了水，小箭一般的雨射在水面上，击出一个个眼睛似的泡。他接着讲起那段时光。

　　到了那一学期结束，他的卡上已经有了二十多万，如果他只按照发现的规律去赌，那数字一定还要大得多，可是他总是忍不住，想要试试自己真正的运气如何。暑假，他回到了这里。妈妈的生意不太景气，可她的心情忽然变得无比灿烂。没过几天，他就知道了，原来妈妈恋爱了。对方是一个姓许的四十多的离异男子。许先生在做工程，似乎很有些积蓄。有一次，他见到了这名许姓男子，说实话，他自己也很喜欢这位许先生，许先生很有些八十年代的台湾男明星的风格，谦谦君子，温润如玉。在暑假的时候，他赌瘾发作就会去本地的一些小赌场消遣几把，反正手头有钱，也是输赢不计的。

　　终于熬到了开学，他回到学校，又一次开始夜夜赌博。他开始反感老虎机，想玩点别的。他第一次玩百家乐的时候，对面坐的正是何老师。一夜下来，他输了好几千。结束后，何老师问他，为什么不去玩老虎机，而要玩百家乐？他回道：我也想见识见识天道。何老师笑了笑，没有再说话。其实他是觉得坐在老虎机前，一个小时赢一两千，实在太慢，他恨不得一把就能赚个盆满钵满。

　　百家乐很是刺激，十副扑克放在一起，不知能生出多少变化来。他有时赢有时输，一晃好几个月就过去了。那段时间中，他可从来没有想过戒赌。有一天，他终于发现卡里没钱了。他一想到自己将再次坐在老虎机前，一个小时挣一两千，他就觉得厌烦。这意味着一切都重新开始了。这太缓慢了。他不敢再从家里要钱了，他要钱过于频繁，以至于妈妈怀疑他在吸毒。如果妈妈怀疑加深，那她一定会绝望地自杀的。他只好去找朋友借，因为他平日里待人大方，倒是有不少朋友愿意借他仨瓜俩枣的。这样也凑了一万多块钱。不想，这十几个朋友的一万多，他一晚上就输了个干干净净。过了几天，他借了高利贷，一共借了两万四，还款需还三万，借期一个月。他手机也被放高利贷的人抢去，复制了一份通信录，然后又还给了他。

那几天，他的手气很差。当他输完最后的钱时，他的脸比赌场惨白的灯还要白。何老师拍了拍他的肩膀说：孩子，该到回去的时候了。他猛地甩开了何老师的手，冲了出去。午夜时分，他一个人摇摇晃晃仿佛喝醉一般，向着学校方向走去，他没钱打车。在路上，他抽完了口袋中最后一支中华。他抽得很干净，最后一口烟已经完全是一股怪味，那是过滤嘴烧焦的味道。回到宿舍中，室友们还在睡梦之中。他心想就算还不了钱，顶多被他们剁掉一根手指，可是自己手机的通信录已经被他们复制了，他们说不定会给妈妈打电话，他心中无限后悔。但那个时候，他仍然没有想到戒赌，还在想如何弄些钱，在赌场上把输了的东西再次赢回来。

可是，他再也借不到钱了，周围的朋友都躲着他，也有主动找上门的，不过是来讨债的。他渴望自己再有些钱，再去一趟赌场，那他一定会稳扎稳打，在老虎机前捞些钱。可是，他找不到钱，每日的午饭、晚饭都得靠室友接济。他对室友说：你既然能请我吃饭，那你再行行好，借我点钱吧。室友说：我请你午饭晚饭，是因为情谊，不借你钱，也是情谊。他说：我不吃饭会死，没有钱也会死，我不吃你的饭了，你滚吧。他说着就把饭盒扔进了垃圾桶。和室友翻了脸之后，他只得去食堂门口蹲着，等碰到熟人就搭讪过去，假意共进午餐，等到刷饭卡的时候，才装作恍然想起没钱的事实。

吃饱之后，他便开始游说别人借钱给他。他给他们承诺了很多回报，可他们并不为之所动。也正是那段时间，让他练就了一张厚脸皮和一副三寸不烂之舌，这对他后来做销售做生意起了很大的帮助。那段时间，他常常失眠，大半夜便打开台灯读书，刚开始也是胡乱看，后来渐渐喜欢读佛经，他常常捧着《楞伽经》《金刚经》读得如痴如醉，仿佛在看一部情节激烈的通俗小说。他忽然悟到，原来很多智慧你之前不知道，并不是因为你不够聪明，而是因为你不够痛苦。

有一天，他去郊区一座名山上拜佛。他没钱坐车，只好步行前往，还好学校也在郊区，他中午迎着毛毛雨出了门。到了傍晚时分，终于到了山下，斜风细雨，兀自未息。南方的山名声虽大，大多却不高，他很快登顶，进到寺庙中。他用手擦掉脸上的雨珠，静静地跪在蒲团上，直到暮色四合。他要出庙门时，一个和尚走过来，对他说，夜色渐浓，又加上山路湿滑，下山怕是不方便，不如在客舍留宿。他心中犹豫，怕寺院收费，口袋里可是掏不出一个子儿了。和尚似乎看出他的心事，便告诉他，客舍是免费的，不必担心。

当晚，他住在了山上，晚上听到外边的松涛声，不禁心潮起伏，许多旧事浮现眼前，他想起了自己的妈妈和失踪的爸爸。他这时第一次后悔赌博。可是逼到眼前的高利贷，又该怎么办呢？到了后半夜，他还没有睡着，一个人在寺院中走来走去，忽然看到了宝殿门口的积善箱。他想到箱中的香火钱如果有一千，那他用这钱做赌注，一定能将输掉的钱捞回来，等他有了钱，就捐给寺庙两万块钱，以弥补今日盗窃的罪过。可他的手摸到箱子时，又开始犹豫，说不定箱子是空的，每晚寺庙的和尚说不定会将里面的钱收起来；况且寺庙好意留宿，自己不仅没有给钱，反而偷盗人家的香火钱，那不成了恩将仇报的人了嘛。但他转念又想，如果没有钱，自己只有死路一条，今天来这里，说不定也是佛祖想要救自己的意思。他心中正这样犹豫，就听见远处沙沙声，他一回头，就看见一个小和尚拿着长长的扫帚，扫着地上的枯叶。他走过去和小和尚打招呼，问小和尚为什么大半夜扫地。小和尚说，现在已经三点了，平时他就是这个点开始扫地的，再过半个时辰，大家也都起来了，如果要喝粥，可得等到五点以后了。

他只好回到房间，钱没有得手，心中反而安静了下来，不一会儿就昏昏睡去了。醒来已经早上十点，他向庙里的和尚道了谢，就下了山。等回到学校，已是下午了。他一回宿舍，就看到两个人正在等自己，一个又高又壮，一脸煞气，一个瘦瘦小小的，看起来很是精明。他知道这两人是谁了，他们是高利贷公司的。瘦小个儿说，后天就到还钱的日子了，他们亲自来这里提醒他一下。他吃惊地说，说好了一个月的期限，还有一个礼拜呢，你们是不是记错了。那人说，没记错，我们借钱，说的一个月，就是二十四天，这是这行的惯例，要是没钱，就拿你的爪子顶账吧。两人走后，他心中又急又怕，他想到晚上去赌场找何老师借钱。他又怕自己今晚落个空，又找人问了何老师的电话，电话打过去，没有人接。他心想，何老师或许在开会，于是又发了短信过去，说明了情况。过了半个小时，何老师回了短信，说自己在海南度假，借钱一事，怕是不行。

他心里大骂何老师无情无义，却不想自己和人家本来就是点头之交而已。这时，他想到了自己的一个叫何西的朋友。他和何西是初中相识，一直相处不错。何西高考作弊，被取消了考试成绩和考试资格，去了南方打工，而自己上了名牌大学，也觉得和何西不是一路人，便渐渐少了联系。电话终于接通，电话那头何西很是高兴，和他絮絮叨叨地说自己打工这些年的经历。他心中不耐烦，可毕竟有求于人，只好耐着性子听。何西问他最近怎么样，他只好把自己的窘况说给何西听。何西沉默了一会儿，就告诉他，自己现在打工的地方其实正是一个赌场，如果他来上海，他就可以帮助他。然后何西就在电话上告诉了他一个计划。

孔雪笠讲到这里时，眼前仿佛再次出现了上海的那个惊心动魄的夜晚。老孔的眼睛睁得大大的，儿子的经历让他的心一次次揪住。老孔说："没想到你还经历过这样的故事，听着就叫人觉得心痛，你的这段经历真像我吸毒的那段岁月。那时候，为了钱，我也想尽了办法。在清醒的时候，我也和你一样，会拿起一本佛经来读。"

"不知道为什么，在那么荒唐的时候，我读佛经容易读进去，现在读着反而觉得不知所云。"孔雪笠说，他看到自己的故事在老孔眼中引起的痛苦和慌乱，有些后悔，何必因为过去的事让他的父亲难受呢，为什么不扮演一个父亲理想中的儿子呢？可是故事已经讲了一半了，只能继续讲完了。窗外雨声更大了，仿佛泼水一般，从屋内可以看到那一股股的清澈的水流从房顶飞落下来。

老孔焦急地等待着接下来的故事。孔雪笠说道："那天晚上的上海，雨比现在还要大，像是有人在高处拿着无数的水管在喷洒一样。"

那晚的上海雨确实很大，他一下火车就被浇透了，他没有伞。几个小时前，他在宿舍楼道里挨个敲门，不论认识或者不认识，他就向人家借钱，十块二十也不嫌少。最终，他凑齐了四百块钱，买了一张去上海的高铁票。几经辗转，他才找到了何西，到赌场已经是晚上十一点左右了。何西黑西装白衬衣，打着一把黑伞，从赌场门口走出来，手里提着一个黑色塑料袋。何西递给他袋子。他打开袋子，发现里面是钱。

何西说，这是一千六百块钱，赌场吧台上的零钱，大钱在经理那儿，这是客人买烟买饮料的钱，这些就是他今晚的赌注。接着何西又从口袋里，掏出了一把小钥匙，递给他，说，这是钥匙，插进去，转三圈就好了。

　　他说道：万一到中途，赌场发现这把钥匙不见了，那岂不是很容易怀疑到你我？

　　何西笑了笑，说：这是复制的钥匙，我下午躲到厕所里，用橡皮泥复制的模具。何西叹了口气，接着说：这是我在上海的最后一个晚上了，没什么可感慨的，反正我也不想干了！狗日的上海，再见了！你出来之后，去这附近的弄堂找我吧，我也不知道我会待在哪条弄堂，一切不好说。好了，就这样吧，祝你好运！何西和他握了握手，便走向了雨幕中，他看到何西将西装脱下，扔进了街旁的垃圾桶，然后悠闲地走向了远处。

　　他将塑料袋中的钱塞进了自己的口袋，然后找了一家便利店，买了包中华，让老板帮忙给他换了些整钱。然后他点着烟，走进了赌场。上海的那家赌场并不比他之前去的赌场更大，毕竟这不是能放在明面上的场所。

　　他在吧台上换了一千五百块钱的筹码，留了一百块在口袋里。当他坐在老虎机前时，两名服务生站在了他身旁。他知道这些服务生表面上是在服务，其实是在监督客人，以防作弊。他先玩了几把，不到两个小时，一千五百块钱就不到三百了。他心里开始急，但是两个服务生像是雕塑一样稳稳站在他身边。他转过身，从口袋里掏出唯一的一张一百块，对一个服务生说：你去给我买包云烟印象吧，中华太硬了，这会儿嗓子疼。他之前在吧台问过了，这里并没有云烟印象。服务生恭恭敬敬地给他鞠了个躬，说，好的，先生。

　　他正想把另一个服务生也支开，没想到之前那个服务生又回来了。服务生说道：我的同事会为先生服务的，请先生稍等。过了会儿，一个穿粉红衬衫的服务生走了过来，将烟递给了他。

　　他觉得自己顶多再输两把，机子上的钱就会变成零。他觉得自己嘴巴又干又苦，他想买瓶饮料，可是他没钱了。他想象着何西这时正躲在黑暗的小弄堂里的情景。这时他又赢了一把，可是赢的钱很快就又输了。如果没有机会，自己顶多能在赌场再待半个小时。他感觉到自己的大脑有些晕眩，他准备去趟洗手间，正这时，一个他没有想到的机会来了。不远处一位客人欢呼了起来，周围顾客听到欢呼声，都走过去围观。

他知道那位客人是中了大奖，中大奖的概率很低，赌场之中，也很少见，所以大家都很好奇。他抬起头，果然看到他的机器前的两位服务生都伸长了脖子向那边看去。他猛地一个激灵，掏出了钥匙，插进了老虎机屏幕旁边的钥匙孔里。这钥匙右转清零，左转上分。老虎机每次换了客人之后，赌场都用它来清零。他将钥匙左转三下，机器上的积分就会一直往上飙。他一边看着积分，心里一边数着数。他知道自己的时间并不多。不远处中大奖的那台机器正在播放过关动画，他知道动画一共有十秒钟的时间，动画播完，大家也就会散了。一、二、三！他数了三秒钟，然后突然猛地一拍机器，大声喊道：我中了个更大的！

这时，那两个服务生才转过头来。他一边大笑一边站了起来，他发现自己的腿开始发抖，他扶着机器，大笑着。之前围观的人又赶紧跑到了他这里来，他听见自己的笑声很陌生。机器开始放过关动画和庆祝的音乐。他听到右手的那个服务生轻声说了句，操，真好运！

他转身对服务生说：是很好运！去给我拿一瓶可乐来！他说着去掏钱，这时才想起来口袋是空的。这时，围观的人群中一个中年汉子，喊道：我请这位幸运星，沾沾运气！服务生！服务生！

他之后又玩了五六把，也是赢多输少，围观的人都感叹他手气之佳。不过，积分都不多，渐渐围观的人也就散了。他看到没人关注自己了，于是站起来，去了趟洗手间，洗了把脸，他看到镜子中的自己脸色惨白得可怕。他对自己说，坚持，快要结束了。

他走到吧台前面，要求结账，接待他的是赌场的经理。经理笑着说：先生好运气啊！我们赌场很久都没见过这样的大奖了。他说，是啊，是啊。经理却没有给他取钱，而是让他稍等，然后就上楼了。

他看到经理的背影，忽然一阵凉意涌上心头。他想起何西在电话上告诉他：如果经理在吧台旁边的小房子里去取钱，那你就拿上钱，如果经理上了二楼，那你就赶紧跑，能跑多快就跑多快，因为二楼是监控室，经理很有可能是上去查看监控了。

他站在吧台前，心想如果作弊被发现，自己一定会被赌场的人狠狠揍一顿，落个残疾或者丢掉性命都是有可能的事情，可是如果自己现在跑掉，就还不了高利贷了。他心一横，挨揍就挨揍吧！过了一会儿，经理下了楼。经理笑着说：先生，久等了。说着，经理给他递上两条中华烟。经理解释道：这是我们赌场的规矩，如果有顾客中这么大的奖，我们要送他烟的。经理又取出一个黑色塑料袋，里面是十万零三千七百块钱。

他这才知道，经理上楼原来是去取烟了，心里的石头也落了地。他一出赌场，就狂奔起来。他在弄堂里找到了何西，何西虽然打着伞，但是裤子和衬衣已经湿透了，一阵凉风吹来，何西瑟瑟发抖。何西一看到他，就问情况如何。他把黑色塑料袋扔给何西，说：你猜猜里面是多少？何西掂了掂，说，十万过一点儿。

何西说，赌场里已经派人在找他了。两人躲在弄堂里，一直到早上五点，打车去了车站，两人坐上了最早的一趟高铁。回去之后，他将何西安顿在一家宾馆，自己回了宿舍，发现宿舍里一个室友正在看书。室友告诉他，今天是毕业清考的日子。这时他才想起来，自己马上要毕业了，而且还挂着一门课。如果清考过不了，那也就拿不到毕业证了。他赶紧找到厚厚的教材，复习自然是来不及了，他赶紧掏出纸笔，做起了夹带。早上十点半，他去参加了清考。一夜奔波，可是他大脑却异常清醒。那天晚上，他请何西一起吃饭，饭桌上，他给何西五万块。那天他喝了不少酒，回到房间之后，终于支撑不住，沉沉睡着了。人生中最漫长的一天就这样度过了。

孔雪笠讲完这段经历时，窗外的瓢泼大雨已变小了，淅淅沥沥的，天上的乌云也慢慢散开，透出光明来。院中的梨树叶子上挂着晶莹的雨滴。孔雪笠看到房顶白色的墙上被雨水洇了一大片，如果雨再大些，房间里估计就会开始下小雨。孔雪笠发现老孔一言不发。他心想，父亲一定对自己是失望的。他觉得尴尬，去拿桌子上的烟，老孔拍在了他的手背上，说："别抽了，这样抽烟迟早会有烟瘾的，有了烟瘾就很难戒了。"

"你大概对我很是失望吧。"孔雪笠说，他期待父亲说一句"没有，不失望"。

可是老孔说道："是的，有些失望。我希望我的儿子有一个简单快乐阳光的过去。你的故事如果讲给一个初识的女孩子的话，她会对你好奇，说不定还会喜欢上你，觉得你是个有故事的男人。可是你给我讲这个故事，我只能觉得痛心。这故事对我来说，太可怕了。我并不为你最后冒险得来的十多万而感到自豪，也不觉得这是英雄的行为。"

孔雪笠忽然恼恨了起来，他压低声音，冷冷地说："阳光快乐，那不过是你的希望而已。"他当时忽然开始恨面前的这个男人。他和父亲分开二十多年，这是他第一次恨父亲。在以前，他总是把父亲作为一个遥远的偶像来崇拜，不论妈妈曾经说过父亲多少坏话。甚至，正是因为妈妈的诋毁，他更加叛逆地觉得父亲是个了不起的英雄。可是现在呢，当父亲的似乎并不珍视儿子的不平凡的经历，他希望儿子普通简单。可是能够给予这种的简单人生的父亲这些年去哪儿了呢。他想：我的家庭就是不普通的，我又怎么能普通呢？你在我人生中缺席了二十多年，你没有付出却来谈自己的希望，这样的希望有多重呢？

老孔还沉浸在儿子的那段故事中，没有感觉到孔雪笠情绪的变化。他长久地吸烟，看着窗外。

孔雪笠转念又想，如果父亲真的为他的过去击节叫好，那和那些坐一起吹牛聊天的所谓哥们儿又有什么区别呢？正是因为担心自己，所以父亲才会如此不满。他心中虽然这样想，但是还是有些失望。

老孔说："唉，不说这些了。你妈妈和那个许先生最后怎么样了？"

孔雪笠说："我毕业回家之后，才知道我妈被那个许先生骗走了五十万。妈妈说，她心情糟糕透了，一个人站在桥边，看着河水流过。有个年轻人一直观察她，后来年轻人走上前来，告诉妈妈他是晨报的一名记者，如果有什么想不通的事情能不能和他讲讲。妈妈和那个年轻人聊了很久。据她说，她回来之后，心情忽然又好了起来，她又一次信心满满地规划未来。"

"她的心理素质以前就很好的。"

孔雪笠说："妈妈说，她的心理素质是你养成的。"

老孔一脸的惭愧，说："你在上海赌场上的表现也证明你的心理素质很好，可见是遗传。"

孔雪笠笑着说："不是遗传，我的心理素质也是你养成的。在赌场上最关键的一刻，我忽然不害怕了，我把自己当作是演员。"

"演员？"

"是的。我当时想，我的父亲是编剧，我就是演员。当我这样想的时候，我真的不再怕了，我有了表演的兴奋。当我狂奔着去找何西的时候，我脑海中闪现的正是小时候，我们一起去跑步的场景。你站在操场上，大声喊道：不要准备，不要迟疑，现在就奔跑吧，冲过去！"孔雪笠说。

老孔听了孔雪笠的话，有些感动，站了起来，亲昵地拍了拍他的脑袋。老孔掏出手机，看了看时间，说："快五点了，我们出去吃点东西吧。"

孔雪笠说："我也饿了，中午什么都没吃呢。"

两人出了房间，老孔锁了院门。走到河边时，雨后湿冷的风吹了过来。走在路上，孔雪笠问他父亲，还写过什么的关于儿子的开头。老孔笑了笑，不愿多说。孔雪笠好奇，继续问。老孔说，还有他的恋爱的故事。孔雪笠问，女一号叫什么？老孔说，叫阿琪。孔雪笠大笑了起来，说：阿琪是我高中一个同学暗恋女生的名字。他又问老孔，这个故事的开头是什么样的？老孔说：大概是从你高中开始讲起的，那时候，你很受班上的女生喜欢，每个学期情书都能收厚厚一沓，可是你真正的恋爱很晚，不过对象还是你高中的同学。孔雪笠惊叹起来：说，是啊是啊，不过这个女生名字叫阿洋，不叫阿琪，我和她谈了七年，不过已经分手了。然后孔雪笠又开始讲自己和阿洋的感情故事。

两人随便在一家小川菜馆点了几个菜，两人一边吃一边聊。吃完之后，两人又坐在一起聊。孔雪笠讲完他和阿洋的故事之后，又问老孔还写过什么样的开头。

老孔说，有一个开头是关于他出国求学的经历的。孔雪笠自然没有出过国，又问老孔别的开头。老孔说还有一个开头，讲的是他在一家大公司的工作经历。孔雪笠接着这个开头又讲自己毕业之后在一个五百强企业做销售的经历，在这段经历中，他又讲到了自己好朋友何西的死。后来他还讲到自己积累了不少钱之后，投资做生意的事情。等到讲完时，已经凌晨两点多了。两人都还没有困意，决定出门走走。

两人走到了河边的马路上，正这时起了大风，河边的柳树槐树黑影起伏，树上的枯叶也被大风卷起，飞上了天际。天上的云彩也被风吹散，一轮圆月挂在天心。老孔忽然提议："我们跑步吧。"

孔雪笠问："这么晚了，你不怕累吗？"

老孔说："有什么累的，我虽然快六十了，可是体质还是很不错。反正今晚也睡不着，我们跑步吧，就跟以前一样。"

孔雪笠知道他说的以前是二十五年前的以前了。他看到老孔已经迈开了步子，向前方跑去。他赶紧追上。他听见耳畔狂风呼啸，风中的枯叶不断拍在自己的脸上，眼前仿佛再次看到了二十五年前的那个清晨。那时候的父亲也不过三十来岁，那么年轻，和现在的自己年纪相当。

那天父亲站在操场上对着他大喊："快活，就是快快地活！不要准备，不要迟疑，现在就奔跑吧，冲过去！"看台上的惨白的灯忽然都闭上了眼睛。远处是模糊的蓝色的人影，几只雨燕低飞过。

这就是徐小星给我讲的故事的全部了。关于赌博的那段经历，徐小星讲述得很简练。不过我在马杰那儿听到了这个精彩故事的全部，我觉得孔雪笠见到父亲讲的一定是这个精彩的版本。

在我记忆中的孔雪笠不过是个长相俊美的庸俗男生，可是我听到的孔雪笠，可是有很多故事的男人。随着时间流逝，我越来越觉得听到的那个孔雪笠才是真实的，而我曾经接触过的那个孔雪笠必将完全消失在我的记忆中。后来，我见到了马杰。我问起孔雪笠和他父亲的故事。马杰又讲了几个小时，他说自己是听孔雪笠亲自讲的。我问马杰，那孔雪笠在见到父亲之后，究竟心里是怎么想的呢？马杰说孔雪笠当时给他说过，他模仿着孔雪笠的声音和语调说：

"二十五年没有见到的父亲，确实给我很大的想象空间。我曾经把父子相逢的一幕想象得很煽情，也曾想得很冷漠。这两种情况都是可能的。但是真正见面之后，发现和想象中的任何一种感觉都不一样。不煽情，也不冷漠。感觉又奇怪又熟悉，我也说不准。总之，老头儿人不错，有时候也很智慧。有天，阿洋又给我打电话，希望复合。我有些犹豫。老头儿给我说，你这次跟她怎么分的，下次还得怎么分，别费那劲了，这是过来人的经验。我觉得他太智慧了！要是有人早几年给我这样的建议，我觉得人生一定能快活好多。等我找到工作后，我就租一间大房子，我和他住在一起。有时候反而是他的好会激起我的怨恨，忽然那么一下子，就会开始恨他，心底咒骂他。你既然这么好，为什么要失踪呢？不过很快就过去了。这种忽然涌出来的怨恨可能还得持续很久的时间吧。我和他是一样的人。我们每天晚上一起在河边跑步，这是个好习惯……"

原载于《延河》下半月刊 2017 年第 4 期

兰若寺

　　我的头发竟然白了，这似乎是一夜之间的事情。我看着镜中的自己，心中涌起一种厌烦的感情。妻子还在床榻上呻吟。她挣扎着坐起来，打开了窗户。窗外晨雾淡薄，隐隐可见远处的兰若寺，我看着兰若寺，渐渐陷入了无边无际的遐想中。妻明明笑了。我看着她的时候，她却已经一副苦相。"我大概是活不久了。"她喘着气说。

　　"哦，是吗？"我漫不经心地说。

　　"关上窗户吧，我身体很冷。以前只是手脚冷，后来便是膝盖冷，现在胸腹间也开始冒寒气了，听人说，等到心窝冒寒气，就是阎罗王来找了。不远了。深夜里，我听见身体里的怪响，咯吱咯吱，咕嘟咕嘟。我已经朽坏了。"

　　"那是夜里老鼠的声音，我也能听见。咕嘟咕嘟的声音，是老鼠掉进了水缸，今天早上，我还听见秀在外边喊呢。"我安慰她道。

　　"不是的，是我身体里的声音！"她愤怒地喊了起来。

"好吧，是你身体里的声音。"

她听了我的话，忽然微笑了起来。我看着铜镜，说："我居然生出了这么些白发，我一直都不知道。"

"哦，是吗？"她的语调同我安慰她时的语调一模一样。她抓起一把黑发，在手心中打量着。"我也能看到呢，那些白发在发芽。"

"哪有的事。"

"你看不到的，只有快死了的人才可以看到这些未发生的事。昨天，我在外边晒太阳，我盯着太阳看，我看到了淡淡的黑影在太阳里面。隔壁的孙妈尖叫了起来，说，只有快死的人才能够盯着太阳看啊。"她不无得意地说。

"别乱想了。"我挥了挥手，走出房间。

我突然发现自己的身体虚弱了，刚刚走出房门，就觉得双膝酸软，走下台阶时，我猛地摔在了地上。孙妈和娘在门前聊着。我挣扎着站起来，心想，还好，娘没有看到我这样子，不然她又该担心了。当我站起来时，才发现娘和孙妈已经盯着看了好久了，可她们仍然在若无其事地聊天。当我站稳向她们走去时，她们才像是看到了我。我拍打着身上的泥土。孙妈说："哎呀呀，采臣起来了啊。现在年轻人都起得晚，归根结底是晚上贪欢，身子又吃不消。采臣起得这么早，身体真是好啊。"

我觉得口渴，走到井边的水槽中，舀起凉水便喝了起来。娘说："采臣的身体打小就极好的。不过我家儿媳妇倒是个病秧子，我也一把年纪了，一家子都得靠他撑着了。可他还要读书的。"

水槽中的水渐渐平静下来，我看见头上的白发似乎比刚才更多了。我向娘和孙妈打了招呼，便向林子中走去。当我转身，她俩的对话也就停止了。我猛然一回头，看见她们面色沉重地看着井边的水槽。

天还未亮，林中的雾气游荡着，不时露出古木黑色的远影。草窠中惊起一只黑鸟，黑鸟箭一般冲出白雾，飞出森林，飞到了灰蒙蒙的天上。雾中似乎有什么东西渐渐靠近我，我向后退去，站在了一块岩石上，白色的雾气在身边环绕。那东西在雾气中最先露出的是它白色的脸。它猛地一跺脚，身边的雾气就完全散尽了，它抖了抖身上，温和地看着我。原来是一匹白马。它毛色纯净，比普通的马身材高大许多，马眼极黑，仿佛不见底的深渊。真是一匹神驹啊，我心想。我摸了摸它的耳朵，它猛地打了个响鼻，向后退了两步，眼睛中飘逸出丝丝缕缕的白雾。

到中午时分林中雾气还未消散干净，淡淡的白光从枝叶间洒下。我看到轻云蒙着的太阳，仿佛一块发光的白玉。白马跟着我，马掌踩在林间石子上，发出清脆的声音。快走出树林时，它看着清澈的阳光忽然驻足不前，它抬头望着太阳，忽然嘶鸣一声，反身跑进了树林深处，白色的残雾为它让出了一条通道。

回到家中时，天色又一次阴沉下来，刮起了大风。破败的小屋仿佛在风中摇晃着，娘养的几只母鸡扑打着翅膀，一只跳上了矮小的柴垛，麦秆在风中飞舞起来。远处的妻背着背篓走了过来，背篓中的青草高耸，远远望去，像是背负着绿色的小塔。她没有看到我，完全被那只在柴垛上舞蹈的母鸡所吸引，反手从背篓里抽出一把镰刀，果断抛出。我听见镰刀在风中传来尖锐的破空之声。母鸡咯咯叫着，跳下柴垛。镰刀盘旋飞舞，砍在了柴垛后的老榆树上，镰刀柄微微颤抖。我走过去，拔下镰刀。妻看到我，似乎很震惊，身子慢慢佝偻下去。我走过去，将镰刀插进了她背篓中的猪草里。她慢慢蹲下身子，喘息着："我不行了，我累得要死。你快帮帮我。"

　　我帮她背起背篓，眼前忽然一黑，冷汗从头上流了下来。我竟然已经这样虚弱了吗？妻冷笑说："不要装腔了，我一个快死的人每天为了生计奔波，你身体这样好，何苦这样。"我一肚子的愤懑。我将背篓放在门口，母亲和孙妈还坐在那里，她们看到我回来，就又开始聊起天来。

　　孙妈说："哎呀呀，采臣真是好身体，一膀子力气。"

　　"这算什么，他以前经常练石锁，一次能举好几百下，村里的人都说，这气力，就不该读什么四书，考个武举才是正道。"娘笑吟吟地说。

　　我用衣袖擦了擦汗。妻让我帮她做饭，我说："书中并没有让男人下厨房的道理。"

　　妻说："我活不久了，你就愿意看着我今天死在这里吗？"

　　我没话可答，便在昏暗的厨房中给她帮忙。她慵懒地斜靠在门边，伸出手指，指东指西，教导我。不一会儿，我又开始犯晕，妻便开始抱怨，到后来，变成了大声的呵责。我抬起窗户，看到娘和孙妈一脸凝重地看着天空上的浮云。我喊了声"菜好了！"孙妈赶紧站起身来，匆匆离去，她走到门口时忽然回过头来，向娘点了点头，娘也向她点头。

　　我们三人围着桌子吃饭，只吃了半碗饭，我就觉得很饱了。妻子连着吃了四碗。第四碗饭吃完后，她打了一个响亮的饱嗝，然后手中的空碗掉在了脏旧的木桌上。"哎，我虚弱得连碗都端不住了。"她眼泪汪汪地说。娘放下手中的饭碗，她已经吃了五碗了，她用长满老年斑的手抚摸着妻的后背，说："我的儿啊，你这是太操劳了啊。哎，我那命苦的儿啊！"她说着说着，竟然也掉下了眼泪。两个人先是小声啜泣，后来竟是号啕大哭起来。孙妈在院子里大骂道："宁采臣，你这个混账东西，你不孝啊！你娘那样辛苦，你是怎样对待你娘的，不给她吃不给她喝，真是畜生啊！再看看你的妻子，那样贤惠，那么勤俭，可是你把她糟蹋成了什么样子啊？宁采臣，你这个挨千刀的畜生……"

孙妈在院中大骂着。我一拍桌子，站起来，想出去教训教训这个可恶的老妇人。娘一把抓住我的衣袖，妻也跪下来，抱住了我的大腿。妻哭号着说："你不能这样啊！"

娘抹着鼻涕眼泪说："我的儿啊，你听我说啊，你不能这个样子，你这辈子做的亏心事还少吗？你再不能这样了啊！"

我坐了下来。女人们的哭号声、辱骂声渐渐小了起来，我听见了风声。那凌乱的风声中传来了坚定的脚步声。哒、哒、哒……清亮的脚步声仿佛一道光出现在了我的心中，我混乱的脑海忽然变得清明了起来。脚步声停了下来，我听见窗户发出了吱吱的声响。"啪"，窗户碎了，从外边伸进来一只巨大的马头，是那匹纯白色的马。它注视着我们。娘和妻还在痛哭。我静静地看着它，脸上露出了笑容。

我冲到院子中去，娘和妻都没有阻拦我。孙妈已经离开了。大风吹起白马的鬃毛，它走向门口，回头再次看着我。我微笑。它离开了我家的小院子，仿佛从来没有来过。我回到屋子中时，娘懊恼地说："看来老天都要欺负我一个老太婆，大风居然吹破了窗户。这些都是你造的孽啊。"

晚上，我躺在床上久久不能入眠，身边的妻子已经鼾声如雷了。我知道，明天早起，她依旧要抱怨她的睡眠了。我觉得心中又是烦躁又是孤寂。我回想起小时候的事情来，随便一件小小的事情，都会让我在黑夜中落下眼泪。我坐起来，对着沉睡的妻子说："我的妻，你今夜就死在梦里面吧。"睡梦中的妻像是点了点头。我开心极了，无声地笑着。

我下了床，打开窗户。天上的阴云不知何时已经散尽，一轮圆月挂在天心，明亮的月光下，院落中的一切都清晰可见。我看见远处小山上的兰若寺，小小的寺庙在月光中显得那样的迷人。"兰若寺。"我低声说，仿佛随着这三个字，一个遥远的沉钝的梦境在心中开始慢慢苏醒，可是我和那个梦之间还隔着厚厚的白雾。"白马！白马！白马！"我大喊了起来，声音在月夜中回荡着。妻子没有反应。难道她真的死在了梦里？我身上寒毛倒立了起来。"白马！白马！白马！"我用尽全身力气大喊着，妻子仍然没有反应。我面对着窗户，不敢回头，我怕看见死人。我看着院外的老榆树的枯枝在夜风中微微摇晃，枝头的最后的枯叶终于一片片飞落。一声凄厉的鸣叫响彻，我看到那只黑鸟站在了老榆树的顶端，它纯黑的羽毛反射着月的光华。我紧紧盯着那只黑鸟，确信是早上在林中见到的那只。直到过了很久，我又一次听到了妻子的鼾声，我如释重负，却又怅然若失。我苦笑着转过身，看到了静静立在身后的妻子！

她闭着双眼，缓缓举起右手，这时我才看到了她手中的镰刀。镰刀不是放在柴房吗？我惊异地看着她。她左手抚摸着刀刃，脸上露出了满意的笑容。我赶紧绕到了她的身后，担心她给我的脖子上忽然来那么一下。她向后退了一步，我还未看清，她手中的镰刀已经脱手。镰刀在月光中，画出一道曲线，黑鸟高叫着，飞向了金黄的满月。镰刀削断了榆树的枯枝，继续飞向远处。远处传来了一声高亢的马嘶声。妻低着头，微微笑着，像是在品味一件开心而隐秘的往事，然后她走到床边，掀开被子，躺了下来。

第二天，我在铜镜中看到了更多的白发，泪水便滚落了下来。床上的妻子撑起身子来，带着无限哀伤的语气，说："我大概是真的活不久了，你去找村头的赵家，让他家的小儿子为我打一口棺材吧。"

"好。"

我身体更加虚弱了，眼前似乎总是飘荡着一片黑云。走出房门，天依旧阴沉着，孙妈和娘还坐在那里聊天，孙妈似乎忘记了昨天她在我们院子中对我的辱骂，她亲热地向我打招呼，再次夸赞我的体质。娘也温和地笑着。我走进了树林，树林中的白雾似乎更加浓密了，在这迷雾中，我几乎看不到自己的手脚。我几次被脚下的石头绊倒，还好，地面上是厚厚的枯叶。我听不到白马的脚步和嘶鸣，也感受不到它的呼吸。我在白雾中摸索着，仿佛走在黑夜。出了树林，我很快就找到了赵木匠家。那已经是快中午了。

赵木匠的儿子是个十六七岁少年老成的小伙子。

"找我？"小赵木匠问。

"是的，我们家要打一口棺材。我的妻子长年身体不好，可是我觉得还不到时候。但有时这样做，她反而会心定些，这或者对她有好处……"我还未说完，他就打断了我的话。

"柏木？"他斜眼看着我。

"松木吧，松木便宜些，不是吗？"

"好的，我收拾下东西就过去。"

"不不，你先做吧，做好送过来就好。"我慌忙说道。

"这是规矩。"他说着转过了身，走进房间开始收拾东西。

晚上，小赵木匠出现在了我家院门里，他一句话不说，便开始锯木头。我听着锯子的声音一晚上又没有睡着。

日子就这样一天天过去了，妻子的棺材似乎永远不会完工了。我的头发终于一片雪白了，身子也开始佝偻，走几步路就开始大口大口喘气。我比村子中的任何一个人都显得衰老。娘和妻每日训斥我，当我蜷缩在墙脚下时，妻就开始拿树枝抽打我，我要是顶撞她，娘就和她抱在一起痛哭，隔壁的孙妈也立马出来帮腔。日子就这么一天天过去了。我从来没有看到过晴天，每日天都是阴沉沉的，午饭以后，就开始刮大风。天上从来没有落过雪，门前的榆树也没有再发过新叶。我也不知道时间过了多久了，反正日子就这么一天天过去了。我再也没有见过那匹白马。

不知道从什么时候开始，我忽然觉得自己有罪，是自己对不起妻子和娘，这样想的时候，身上会忽然涌出一股力量来。我努力在家里做事，娘和妻子对我的辱骂也会少一些。我变得喜欢哭泣，为自己的罪过哭泣，也为娘和妻子的善良和包容。我常常晕厥，只要身体还能动，我就拼了命去干活，我每天做的事和她们比起来真是少得可怜。

有一日傍晚，门外忽然热闹了起来，我拄着拐颤巍巍地走出房门，看到了一群人站在门口，小赵木匠给那群人一个手势。他们拿出了唢呐、二胡这些东西演奏了起来。我听着悲凉的音乐，心中忽然涌出了一种安详。我渴望音乐中透露着死亡暗示的悲凉意境。

"这是什么啊？"我问小赵木匠。

"吹鼓手。"他冷冷地说着。

"哦，那他们是来做什么的呢？"

"送行。"

"啊，真好听。好多年都没听过了。"我微笑着。

娘从院子里走来，她看着这些吹鼓手，也开心地笑着。她走过来，抚摸着我的头："儿子啊，你真是有福气啊。"

我尴尬地笑着。

妻子也出来了，她招呼大家进门。我们家从来没有这么热闹过了。他们亲热地交谈，打闹。娘和妻子端出了茶水和面饼，我赶紧去帮忙。妻子温柔地笑着说："这里不需要你了，你去休息吧。"

小赵木匠也坐在人群中，他旁边的一个黑胖汉子问他："小赵啊，你的棺材打造了这么久，可现在还是一堆木屑和长长短短的木板，你什么时候能做完啊。"

小赵木匠冷笑着，说："不耽误事。"

　　"得嘞，我们老哥们几个就看你有多神通广大！"黑胖汉子一巴掌拍在了小赵木匠的肩膀上，小赵木匠半边身子一斜，差点儿倒在了地上，他狠狠地瞪着黑胖汉子。

　　院子中分外热闹，可是没有人理我。我很孤独，窝在墙脚那里哭泣。我忽然又一次想起了兰若寺。兰若寺，仿佛什么东西在我心底搅动着，究竟是什么呢？夜深了，小赵木匠不知道哪里去了，那些吹鼓手都斜斜歪歪地睡在了院子里。我打开了柴房的门，看到了那把镰刀，忽然间心里有个声音对我说："快拿起它，拿起它。"我犹豫了一会儿，便拿起镰刀，我又怕妻子找不到镰刀怎么办，我便将一根和刀柄差不多粗细的柴火放在了那里。我看到我和妻子的房间中的灯亮了，烛影摇曳，她的影子像是倒映在波纹上一般。这时，娘的房间的灯也亮了，她的苍老的身影在窗纸上荡漾。隔着窗户纸，但是我能感觉到她们在看我。

　　我的心再次被愧疚包围，我手持镰刀，立在院落中。"兰若寺！"我虚弱的声音连我自己都快听不到了。疲惫感洪水一般涌来，我仰起头，圆月渐渐变得模糊了起来，我知道自己很快要晕厥了。"当啷"，镰刀掉在了地上，我猛地惊醒过来，听到了外边的马嘶声，我弯腰捡起镰刀，力气开始恢复，我走出院门。

　　沐浴在皎洁月光中的白马正看着我。我翻身上马，一手抱住马脖子，一手抓紧镰刀。白马仿佛踩着月光，向着远方奔跑。"兰若寺！"我大喊了一声。忽然我后背一阵疼痛，我被什么东西击中了，我喊了声。我转过头，看到地上的那根和镰刀柄一般粗细的柴火。白马驮着满头银发的我，直奔兰若寺。这时身后传来了唢呐和二胡的声音，悲凉的调子在月光中反复回荡。我开心地笑着。

　　"送行咯！"风中是缥缈的人声。

白马穿过树林，夜晚中的树林一片静谧，月光从枝叶间照进来，地面上滚动着薄薄的雾气，黑鸟在枝头看着我。穿过树林，白马蹚过村头的溪流，水声哗哗作响，翻起银子般的小浪。我只觉得所见的一切景物听到的一切声响，都在加强我的力气。我精神焕发。到小山下时，圆月正好被小山挡住，山顶上的兰若寺一片黑影。我下了马，向着山顶走去。我一直盯着黑魆魆的兰若寺，视线随着身体摇晃，兰若寺也开始摇晃。我全然不顾脚下被踩死的水蛭，坚定地向着兰若寺走去。渐渐地，圆月又从兰若寺的屋脊上露出半边来。

庙门虚掩着，我轻轻一推，便发出了"咯吱咯吱"的声响，院落中几只小兽听到声音窜进了厢房。这里不知多久没有来人了。院落中杂草丛生，当中一个小池塘中生着几朵早已开败的莲花，干枯的莲叶漂在水上，月光洒在院子中。我心里又一次感到了孤独，我回头向山下看去，白马早已不见了。这时，我听到了人的声响。我再一次感到了恐惧，我听到自己的脚步声那样的明显。

穿过前院，进到后院，我看到了摇曳的灯火。一个少年将一块木板搭在长凳上，一只脚踩着木板的一端，一只手在木板上比画着，然后拿起锯子，便开始锯起来。他听见了我的声音，但是没有回头，不过我已经知道他是谁了。我向后退去。他淡淡地说道："我说了不要担心，我不会耽误事情的。棺材一定会在天亮前打好的。"……

原载于《青年文学》2016 年第 10 期

迷宫里的直播

你每天都在看新闻。总有人交好运，发大财，升官出名之类，宝马香车，倚红搂翠。也有人倒大霉，横死乡野，锒铛入狱，或者人间蒸发。这很奇妙。但你并不惊怪，因你每天都在看新闻，报纸上网络上电视上大都是这么档子事儿。可当有一天，你发现有篇新闻的主人公是你的朋友，你一遍遍重读文章，像有阅读障碍般，你读得很慢。你怀疑是不是认识这么个家伙。因这则新闻，你的朋友变得遥不可及了，你得慢慢回忆他的一点一滴。你向后倒去，转椅的靠背挡住了你。你看着天花板，长长叹了口气，心想，这世界真他妈怪。

"世界真他妈怪！"我当时看着天花板这么感慨着。旁边的小马说："柳哥怎么了？"我没说话。小马又问："股票又跌了？"我嗯了声，心里还在想那篇不可思议的新闻，其实这样的新闻在市民小报中随处可见，可我还是觉得怪。

我的这个朋友叫黄湖，是我大学同学。

他学冷战史，我学明史。冷战史是历史院的王牌，可他不喜欢。他说，赫鲁晓夫、波兰危机、苏共二十大、杜鲁门、古巴导弹危机、铁幕演说、马歇尔……书本上的人和事虽有趣，但已写在了那本厚厚的《冷战史》上面，就算他不去读完，结局也已印在了最后。他年年挂科，几乎不能毕业。我当时并不喜欢黄湖，当得知黄湖补考都擦线过关，我在宿舍感叹地说："哎，大明朝终究是亡了！"黄湖毕业之后在一家很不错的报纸做了记者，每天都在和那些还未曾写上去的事物打交道。

我抬头看着天花板，仿佛那则新闻的标题被投影在了上边。"某知名记者和高中女生私奔"，黄湖当然不算什么知名记者了，如果他是知名记者，那么标题上就不会写"某知名记者"，而是直接写上他的大名。新闻上说，这个叫黄湖的记者平时喜欢上一些社交软件，假装成功人士来欺骗一些不谙世事的小姑娘，这次更是变本加厉，直接拐带了一名高中女生。六月十一日，两人见面后，黄湖在明知该女生还是高中生的情况下，给女生灌酒，自己却称开车不能喝酒。饭后，两人便上了车，黄湖开车狂奔，远到新疆与内蒙古的交界处。该女生来自单亲家庭，父亲常年在外做生意，无暇管教女儿，直到一个月后，才发现女儿离家出走。这个焦急的父亲报了警，警察认为该女生已经成年，而且离家出走纯属自愿，并非挟持，所以不立案。父亲自己去找女儿。一个礼拜后，女儿终于回到了家。而黄湖因为长时间旷工，已被单位辞退。

我给黄湖打电话，黄湖没有接。第二天，我给他打电话，他还是没有接。又过了几天，我也忘了这则新闻。后来有次老同学聚餐，我想起这条新闻，随便提一个头，大家又开始议论起来。大家都纷纷说出自己记忆中的黄湖，大家像是忽然变得敏锐和深刻起来，从过去一两件小事上，剖析出黄湖堕落至此的根源。刚开始，我总觉得这么说有些不厚道，毕竟也是朋友一场嘛，但是在座的谁又不是黄湖的朋友呢？大家都说，这厮已经毁了。还有人感叹说，黄湖其实在报社发展很好，去年还被提名什么新闻奖，如果获奖，那就是该奖项历史上最年轻的得主了。大家都说可惜了。最后有人总结了黄湖人生失败的缘由，那就是：小聪明固然有用，但是人这一生终究还是要踏实本分，这样才能不断走人生的上坡路嘛。大家都说有道理，都感觉自己人生境界有了升华。

参加完聚会，我再给黄湖打电话，依旧没有打通。回到家中，看着家里温暖的灯光，听妻子说着单位的鸡毛蒜皮，我心里涌上一种幸福感：不折腾的人生真好！

时间过得真快。朋友上新闻这种事情给我的震惊已经完全消散了，黄湖和我每日都看到的新闻中的主人公已经没有任何区别了。一年后，我再次拨打黄湖的电话号码，依旧没有人接。我从通信录中删掉了"黄湖"这个名字。我的生活里没有什么新奇的事物，哪怕"爆炸""杀人""韩国政坛动荡""美国火星探测器"……这些词语充斥着各种媒体，我还是觉得世界毫无变化。我每天上班下班吃饭睡觉，像是孩子期待假期一样期待着每月八号的到来，因为那是发工资的日期。如何给我的时间给出一个意象呢？我觉得是涟漪。无数个同心圆，内密外疏，在涟漪里，记忆和遗忘是没有区别的，今天和昨天也没有区别，因每个同心圆都是相似的。

一个冬季的傍晚，暮雪纷飞，我一个人走在路上。街道两边亮起了霓虹，路上行人稀少，湿漉漉的路面映着红绿的光影，一派凄清的景象。我一个人在街上晃荡，夜色渐浓，雪也大了起来，飘飘洒洒，有了浩荡的感觉。我的手冻得通红，却无意回家，因妻子出差，回去无聊，倒不如在外边呼吸冷空气。

我一个人不知不觉便走到了河边。当时快到新年，桥上挂满了红灯笼。这铁桥是清末洋务派所建，距今已过去百年，铁

桥不能行车，只能走人。雪夜风大，铁桥上不见人影。桥上红
灯笼同时亮起。灯笼随风狂摆，撞在铁桥上，发出"嘭嘭"的
声响，不一会儿灯笼灭了不少。我一人走在桥上，抽烟，看河
水，想事情。我掏出手机，九点一刻，该回家了。我一回头，
看见远处也有一人在看河水。那人看了会儿，爬上了栏杆。我
赶紧走过去，那人听见脚步声，从栏杆上下来，他站在暗处，
喊了声："老柳！"

我一听声音就知是黄湖，有些震惊，说："你刚干什么呢？"

黄湖笑了笑，说："我在看河水看雪花，可惜天太黑，看
不清。"

我掏出香烟，给他递上一支，说："人嘛，难免有挫折，
何必想不开呢？"

"我知道我说我在看雪花你不会相信。"黄湖脸上挂着笑。
那夜气温已到了摄氏零下五六度，他身上却还单薄，只穿着一
件淡蓝色的夹克，胡子也多少天没刮，一脸沧桑。我手搭在他
肩膀上，问他吃了没？他说吃过了。

我感慨地说："不想在这儿碰到了你。"

"你是不是觉得我从人间消失了？"

"走吧，我们坐坐吧。"

他摇了摇头，说："这是今年第一场雪，我可不想回。你
要是觉得冷，你就先回吧。"

我想，黄湖肯定是想等我走开，再去投河。我拉着他胳
膊，说："你觉得遇到初雪是难得的事情，可我觉得遇到你才
难得，今天我们一定要好好聊聊。"

他想了想，说："好吧，那走吧。"

我和黄湖坐在了一家小酒馆。我心里最好奇的自然是他与
小姑娘私奔那件事，但又不好开口。万一他正因那事想不开，
我这一提，他要是再趴在河边栏杆上，那我岂不惹事上身。我

们先从各自近况聊起来。黄湖说，他现在在一家公司做文案，公司虽小，但是领导赏识，前途似乎可以展望。我又问他是否成家，他摇了摇头。我看他衣衫单薄，觉得他是见了老同学不好意思说自己落魄。两人聊了不到半个小时便词穷了，他几次想要离开，我怕他又去河边，又死死拉住他，不让他走。两人相对无言，只好嗑瓜子，喝啤酒。喝了几瓶之后，他的脸变得红润起来，眼睛也明亮了。他说："我顶多干到明年，我已经攒了一万多，等攒到两万，我就辞职。"那天我刚领了两万的奖金，和黄湖这么一对比，又有了幸福感。

我说："这不挺好的工作嘛，辞什么？我们毕竟本科学历，不好找工作的。"

他摇了摇头。

他眼中的光彩又黯淡下去了。我听他谈起明年的计划，就知是我想多了，他不会跳河，他可能真是在看雪花呢。

等到快十一点时，我有些坐不住了，想着怎么道别。这时，他忽然说："两年前，我算是火了一把，那之后再也没见过以前的熟人了。"

我知道他要提那件事了，我说："是啊，那件事之后，大家都很担心你。究竟是怎么一回事呢？"

他笑了起来。小酒馆光线昏暗，他向后一倒，靠在椅子上，点上一根烟，微笑着，半天没有说话。我趴在桌子上靠了过去，他的眼睛忽然变得遥远了起来。"巴赫的《十二平均律》。"他说。

"什么？"

"我是说这支曲子是巴赫的《十二平均律》，里赫特晚年在意大利演奏的现场版。"

这时我才从吆五喝六的划拳声、高谈阔论声中听到了一丝丝"叮叮咚咚"的钢琴声。

黄湖笑着，像是沉浸在钢琴声中。不知是一曲终了，还是吵闹声终于全面压制住了钢琴声，耳边再也听不到一丝丝音乐了。他掐灭了烟头，扔在了地上。他说："巴赫的音乐合适冬夜，单调、凛冽，似乎只有黑白两色。它又像一个个几何图形。我见过最完美的几何图形的组合，可不是在巴赫的音乐中，而是一幅迷宫图。几何图形之间完美的相似性，让你不断陷入遗忘中。没人一开始就会喜欢迷宫，它让人焦灼。如果你每天都看迷宫图，从不尝试着走出来，那你会渐渐喜欢上它。它构图美妙，让人赞叹，你要想在里面找出一条出路，你就会陷入到晕眩中。但是如果，你只是看着它，你会知道迷宫图可是世界上最稳定的构图了。两年前，我尝试着走出一座迷宫。"

"然后，你就走上了新闻头条？"我笑着说，我怕他越扯越远，想给他点儿提示。黄湖，赶快讲讲那个狗血故事吧。

他笑着，并未受我影响，依旧用一种悠长的语调讲着。那天，他讲的故事，我几乎能全文复述。这倒不是吹嘘，我们学历史的，天天背东西，这点儿记忆力还是有的。另外，我也很兴奋，下次同学聚会，我就可以把这些故事原封不动地讲给别人了。

我的朋友说，两年前，他还在那家报纸上班。新闻，他最爱那个"新"字了。他喜欢那些还未写上的事物。可工作了几年后，他觉得厌烦。冲天的火焰是新的吗？人的一生能经历几次火灾？但他采访过十一场火灾了。第一场是在一家大型超市，那是晚上，黑烟冲天而起，像一只巨大的手，裸露着红色的血肉。一排消防车停在旁边，水柱齐齐冲向火焰，空气中弥漫着刺鼻的毒烟。第二场是在一个城中村，第三场是在一家洗浴中心。再后来的火灾，他就只能记得新闻稿的标题了，至于现场如何，则是模糊不清。

未曾写上的东西和那些已经写上的又有什么区别呢？我的朋友十分苦恼，最初的激情已经完全耗尽，他每天心如止水不动声色地写着那些企图让别人惊讶的文字。谋杀、落马、交通事故、某人悲惨的经历……他奔波在城市的各个地方，他熟悉这座城市的每个角落，就像他熟悉一幅叫作《K》的迷宫图里的每条线条。可是他从来都没有走出去过。

有天，我的朋友把这苦恼和领导交流，他的领导压抑着不耐烦，微笑着告诉他："小黄，都是这样，我们都这样。不光是我们，你去问问你的同学们，他们也这样。每个人从学校到工作都是抱有着美好的幻想。但是生活不是这样的，不是拍电影演话剧，你要适应这种从学生到社会人的角色转变。你的痛苦在于，你逃避具体的生活，你耽于幻想。生活是实的、沉重的、繁琐的。我们不能耽于幻想，那是不成熟的表现。"

我的朋友黄湖听了之后，低头沉默着。主任瞄了眼手表，又翻阅起一沓文件，又瞄了眼手表。我的朋友依旧不说话。主任嘴巴刚张开，大概是要下逐客令了。黄湖说："张主任，我想说的并不是这样。"

张主任笑了笑，侧着脑袋，看着黄湖，细长的眼睛缝里露出一丝嘲弄的神情。"那你想说什么？"

黄湖说："写新闻给我一种重复感。卡夫卡有篇寓言故事，说，房间里有只小老鼠每天都顺时针奔跑，有天它被猫逮住了，它对猫说：你要吃我，我认命，但我有个问题想要问你。猫说，什么问题？小老鼠说：我每天都沿着顺时针在这个房间奔跑，可是为什么我觉得房间越来越小了，最终小得只有您的爪子那么大。猫笑说：如果你换个方向说不定房间就会变得大了起来。主任，我想说的是，我每天都在各个现场之间奔波，可是当我写作的时候，我觉得我是待在一个距离地面十公里的深井里面……"

张主任哈哈笑了起来："你没有听懂我在说什么。"

"可是当我写新闻的时候，总有这种感觉。"

张主任又一次翻阅起文件，说："新闻嘛，不就是那么些东西嘛。"

我的朋友离开领导办公室的时候，心里十分沮丧，回到办公室他找出了那幅《K》。《K》的作者是一个美国人，师从著名的幻觉艺术家埃舍尔。埃舍尔的作品后来被做成了一个火遍全球的游戏《纪念碑谷》，他是通过这个游戏才知道了埃舍尔，从而知道了这幅号称超越了埃舍尔的《K》。黄湖细细看着迷宫图，迷宫图美轮美奂，可是当他的目光想要从里面找出一条道路时，他就陷入晕眩。他想，生活就像是这迷宫图，只要你不细究，它也不会为难你，可是你想要和它对视时，它非把你搞晕了不可。

黄湖觉得瞬间轻松了不少。他又开始积极工作，每当心里涌现出那种厌烦和不甘心的时候，他就想起迷宫图，他对自个儿说，千万不要和迷宫对视，不要和生活对视。

有天下着雨，他又一次去了火灾现场。那是一家老旧的电池厂，废品仓库发生了爆炸，烧死了好几个仓管。他在去现场的路上，心里已然写好了那篇新闻稿，只需最后核实几个数字。采访很顺利，救援也都按部就班井然有序，有关部门的大领导做了批示，小领导亲临现场。黄湖曾经采访过其中一位小领导，那人一眼认出黄湖，亲热地招呼他。黄湖和这位领导在火光中在细雨中，谈笑风生。黄湖稿子写得很快，这是平凡的一天。可等黄湖回去之后，忽然想起了十几年前的一件新闻，这家电池厂十几年前也曾爆炸过，当时原料泄漏，渗入到了地下，污染了水源，当时整个城市都陷入了恐慌。他赶紧给张主任说了自己的担忧，张主任抽了根烟，想了想，说："这事你不要管。"

"可是万一水源被污染了呢？"

张主任笑着说："有人操心这种事情，你别瞎操心。不是还有那个有关部门嘛，嗯？省点心，我们不能给政府添乱。"

黄湖有些着急："可是，我们搞新闻的……"

"新闻嘛，不就那么些事嘛。"张主任挥了挥手。

黄湖回到家中，心里还在想这件事，一晚上他都没有睡着。过了两天，新华社出了关于水污染的新闻，城市陷入了疯狂。黄湖也加入了抢购矿泉水的队伍中，他走街串巷，见到每个商铺老板都问：有水吗？商铺老板厌烦地挥挥手。

黄湖十分疲惫，每晚都睡不好。他不想和生活对视，可是水在哪里呢？他每天都喝苏打水、可乐和啤酒，很久已经没有喝过干净的水了。黄湖觉得自己的脑海中似乎有许多人在争吵，其中有个声音在说："黄湖，你已经废了！"有天晚上，脑子里的各种声音吵得他睡不着觉，他就在手机上看直播。女主播名叫小叶，穿着宽大的 T 恤，扎着马尾，身长脸白，善做媚笑，只是眼睛有时会变得冷冷的，和那微笑很不相符。黄湖觉得看看直播也挺好，能让他忘记烦恼，也能让他脑海中那些声音渐渐平息。小叶对着镜头哼着歌。黄湖问，这是什么歌？

"《世界末日你不在我身边》。"小叶说。

黄湖说："真好听。"然后黄湖就在歌声中入睡。有天，他坐在办公室里，窗外起了沙尘暴，一排排柳树在昏黄的天地中摇曳。狂风呼啸，沙砾打在窗户上，仿佛落雨声。门窗虽然紧闭，但黄湖能闻到一股淡淡的土腥味。黄湖心里满是空虚。快到下班时，张主任喊黄湖去了他办公室。张主任问黄湖是否会开车。黄湖说，不常开。主任点了点头，说道："是这样的，有这么一件事，我本来要亲自办的，可是我晚上有个饭局推不开。"

黄湖说："主任，您就说什么事吧。"

张主任笑了笑："你开我的车，去外地买些矿泉水吧。去远点儿的地方，附近县城肯定也没水了。不要买散装的，整箱整箱买，散装不好看。我要送市里的领导。你也顺便给自己买一些吧。路上小心，明天不用来上班，我放你假。"

我的朋友心里感慨，张主任是随时能把危机转换成机遇，平日就算给那些领导送名烟名酒，哪有此刻送水的情谊真呢？他在那一刻又想起了卡夫卡的寓言故事，他觉得自己是老鼠，而主任是那只笑嘻嘻地抓着自己的猫。

黄湖开着主任的车，一路走到一座小土山下面，他下了车。此时街边的路灯亮了起来，他抬头看着小山，半山上有一处小房子，昏黄的天地间亮着灯，像是一只疲惫的眼。黄湖慢慢走上山，走到小房子门口，点上了一根烟，连着抽了两根烟，才敲了敲门。开门的是小叶，小叶依旧穿着那身宽大的 T 恤，她一脸茫然："你是？"

黄湖说："我算是你的'粉丝'，我每天都看你的直播。"

小叶眼睛睁得大大的，说："'粉丝'？呵，那你怎么知道这儿的？"

"有天傍晚你直播，看着夕阳唱歌，我觉得那副画面很好看，我截了图，放大之后，我在上边看到了门牌号。"

小叶笑了笑，低头一甩头发，斜眼看着黄湖说："你是做什么的呀？"

"记者。"黄湖掏出了证件。

这个身份显然引起了小叶的好奇。做生意的人心中大概以为记者都是财经记者，而这些想当网红的小姑娘心中所有的记者都是娱乐记者。小叶开了门，赶紧收拾起了房间。房间很乱，被子推在床脚，衣服散落在床上，靠墙放着两箱矿泉水。

小叶一边收拾东西一边问："你来做什么呢？"

黄湖也不知道自己来做什么，他说："我准备去找水源，想找个人同去。"

小叶停下来，抬起头说："你们要做一期这样的节目吗？"

他笑了笑，说："算是吧，你可以直播我们寻找水源的过程。"

我的朋友说，每当回忆起这一场景时，他依旧觉得奇妙。那天下午，虽然他知道了工作就是那只抓着自己的猫，可是他根本没想着换个方向跑。可是没想到这个小叶完全没有心机，听了自己的想法之后，居然欣然同意。我的朋友黄湖忽然变得兴奋起来，觉得自己摆脱了长久以来的无力和厌烦。他又一次想起了那张迷宫图。这次一定要走出去，不然永远都不会走出去了。他请小叶共进晚饭。饭桌上，小叶喝着啤酒说："我觉得你很中二。"

"什么是中二？"

小叶抿着嘴笑了，眼睛里的光仿佛青烟一般缥缈，仿佛随时都会随风而逝。"中二就是国中二年级的意思。"

"国中二年级？"

"是啊。台湾一些校园剧里的主人公就设定为国中二年级，就相当于我们的高二。中二就是说他，嗯，有些幼稚，不成熟。"小叶说。

黄湖说："那你呢？"

小叶哈哈大笑了起来，她的身体剧烈抖动着，仿佛她的笑声是一团火焰，而她的身体是一堆易燃物。小叶擦了擦眼角笑出的泪水，说："我当然中二啊，因为我在读高二。"

黄湖没想到小叶居然还是高中生，自己带着一个高中生到处乱跑，这样不但不道德，而且很容易生出很多麻烦。我的朋友心里有些紧张。

小叶似乎一眼就看穿了他的心思。她取过黄湖面前的烟盒，给自己点上了一根烟，她眯着眼睛，冷冷地说："怕了？"

"我不和未成年人一起玩。"他在读大学时的文学偶像是安德烈·纪德，但在那一刻，他可不想做一个背德者。

小叶说："我成年了。我考了两年高中，都没考上，现在虽然是高二，但那他妈是艺校。"

"家里怎么办？"

小叶说："我是单亲家庭，我爸长年在外做生意，不必管。你有什么顾虑？"

黄湖说："问你一句，你为什么同意和我一起出去？"

小叶冷笑，说："大叔，你这个人很没有意思啊，这样可就不好玩了，难道你觉得我是要吃你豆腐，还是十八九岁血气方刚，想和你发生点什么？"

黄湖的脸一下红透了。两人吃完了饭，就上了车。在车上，小叶又要做直播，说是没有流量了，让黄湖给她开个热点。黄湖开了热点，将手机放在了仪表台上。他听见小叶举着手机，对着屏幕说：各位亲们，我现在在和节目组做一档节目，关于寻找水源的。好的，谢谢，双击 666，谢谢布加迪威龙，谢谢各位亲，礼物刷起来……

车快要出城时，黄湖不知道该走哪一条路。他下了车，从口袋里取出了那张《K》，掏出了打火机，点燃。小叶已经做完了直播，问："嗨，大叔，这是烧纸送小鬼？你们这个年纪的人讲究挺多哈。"

黄湖说："是张图，现在不需要了。"

我的朋友烧掉图纸，想起曾看到过的一篇关于迷宫的文章，上边写：迷宫法则第一条就是用手摸着墙，沿着一个方向走，最终就可以走出迷宫。该法则适用于单迷宫，但如果是复迷宫，则有可能陷入到死循环。

他上了车，说："我知道怎么走了。"

公路上车很少，车灯照着路上，如一艘潜水艇向着大海的最深处沉去。黄湖打开车窗，窗外是凉爽的风，远处山峦起伏，仿佛海怪的剪影。黄湖不去注意道路两边的指示牌，他只想沿着一个方向，走到路的尽头。

晚上十二点，张主任给他打了电话，问他到哪儿了。黄湖听得出来，主任已醉了。黄湖说：我快到路的尽头了。主任说：好啊，好啊，多买点，注意安全，回来请你吃饭。

黄湖挂了电话。小叶已然睡着了。到了凌晨五点左右，黄湖感到了困意，就从一个出口下了高速。天边一轮圆月从云彩中露出一角，素冷的光辉照在了小路上。小路曲折坎坷，黄湖找寻停车的地方，看到一处圆形的平地反着微光。黄湖心想，那里是一块水泥地。他想把车停那里，刚一拐弯，车子猛地一颠，又向下陷了陷。黄湖打开车门，借着天上的微光，这才知道，是掉在了路边一片收割后的麦地里。他关上车门，车窗留着一个小缝，调低了座椅，很快就睡着了。

他醒来时，天已经完全亮了。外边有人声、犬声和牛叫声。他揉揉眼睛，看着窗外。自己果然是停在农民家的地里。他从车里出来，看见一片田野的尽头是无尽的山，那山红彤彤的，十分好看。他知道这是丹霞地貌，但自己究竟到了哪里，却不知道。不远处是一摊碧水，周围杂树生花，树下有一户人家。黄湖忽然想起来昨晚自己看到的平坦反光的地原来是这么一摊水。幸好自己没有把车子停在那里。他打开车门，兴奋地说："小叶，你看，世界是新的！"小叶却不见了踪影。

黄湖走上小路，四下张望着，大声喊道："小叶！小叶！"远处田野几个劳作的农民直起了腰，看着他。黄湖上车，费了好大劲才把车子重新开到路上。他开车走到一农家院前的空地上。一个手里拿着铁锹的中年男子正好站在那儿，好奇地看着黄湖的车。黄湖说："不好意思，我把车先停这儿。"

中年男子笑了笑，说："没事，你停嘛。城市里停车收钱嘞，这里随便停，不收钱。"

黄湖下了车递给男子一支烟。男子看了看，说："好烟。"又问黄湖来这儿干啥。黄湖说："随便逛逛。"

黄湖问："有没有看到一个穿白色 T 恤的小姑娘，和我一起来的，这会儿不知去哪儿了。"

男子说："见了呢。早上我刚起来，天还没亮呢，灰蒙蒙的，我就看着一个小姑娘站在苞谷地里，脸白白的，一见我，又躲进了苞谷地里，吓了我一跳。我喊了声，她没理我，就听见苞谷地里窸窸窣窣的，然后就见她从苞谷地另一头出去了，然后上了公路，往县城的方向走了。我一早上都感觉怪怪的，以为见鬼了呢，你这一说，我心里才安稳嘞。"

黄湖问："县城是哪个方向？"

男子指了指，又问："咋了嘛，闹矛盾了？"

黄湖说："不知道。"黄湖道了谢，又上了车。身后一声悠扬的鸡鸣。黄湖一路向着县城方向开去，路过一个加油站时，停了下来，加满了汽油。这时手机来了短信，他刚掏出手机，加油站的工作人员说，这里不让打手机，出去了再打。黄湖只好等着加完油，开出了加油站才掏出手机。

短信上说：我是小叶。不要好奇我怎么知道你的手机号码，昨晚你给我开热点的时候，我记下了你手机的解锁密码。你醒了吗？昨晚你问我，为什么同意和你一起出来。我的答案是，我觉得有趣。我受够了平时的生活，只要让我出来，我就高兴。今早我醒来的时候，你还睡着，梦里都有疲惫的叹息声。车窗开着一个缝，正好一束光照在你的脸上。说实话，那一刻，你的脸苍老极了。我讨厌这样的脸。这么说，你或许会不高兴。你可能算是个成功人士，但是我不喜欢，我要的是和年轻的人们在一起。年轻人虽然烦，幼稚，但是我和他们一起我不会有沉到水底的感觉。哈哈，你是不是觉得我很怪？像你这样年纪的人大概觉得我应该是简单的，幼稚的，想法是可以被你猜到的，对吗？你是记者，大概觉得事事都在你的计算中。或许你的年纪并不大，我不知道，但我觉得可能有四十吧。也许你并不老，只是那一束光的缘故。而且，我觉得你并不是去找水源，你大概就那么说说，对吗？我已经搭上了一辆顺风车。我喜欢这样的游戏。谢谢，再见。

黄湖拨电话过去，小叶却挂断了电话。

我的朋友说，在那一刻，他忽然感觉到了一种反讽。这一天的清晨，他刚刚感觉到生命的新鲜劲，觉得自个儿载着一个不认识的小姑娘是一场诗意的逃亡。可是在小姑娘的眼中呢，他似乎已然是暮色苍茫了。他抬起头，看着天空叹气。他抽了根烟，继续向着小县城的方向开去。

中午，他正吃着当地的特色面食，那是一种放了很多洋葱香菜很少牛肉的汤面，吃起来怪怪的，并不好吃。这时张主任的电话来了。张主任问："小黄啊，你回来了没？"

黄湖说："没呢。"

张主任着急地说："还没回来？都没水吗？"

黄湖说："有吧，我不知道。我有点私事，可能迟些时间回来，向您请几天假。"

"请多久？"

"先请两个礼拜吧，还不一定呢。"

"那我车呢？"

黄湖说："等我回来给您吧。"

黄湖听到主任擤了下鼻子，沉默了会儿，主任挂掉了电话。

黄湖又一次上了车，汽车沿着公路狂奔。天上忽然聚集着黑色的云彩，天空仿佛墨染。路上几乎没有车辆，路通向哪里呢？暴雨落下，眼前一片白色雨帘。黄湖几乎看不到前面的路面，他放慢了速度。他心里想着，该去哪儿呢，一切都似乎乱了。眼前笔直的道路不也是一个迷宫吗？他想起了曾经采访几个山区的民歌艺人，他们即兴演唱，当灵感还未附体新鲜的歌词还没涌现在脑海中时，他们的嘴巴也不停歇，他们用婉转曲折的调子，唱着："哎……"随着悠扬的调子，一时间群山寂静，山泉淙淙，当时的黄湖深受感动。他握着方向盘，也大声唱了起来："哎……"外边的雨声压住了他的声音。走下去吧，他对自个儿说，就按照迷宫的第一法则。

日暮时分，大雨停了下来，他把车停在了路边。远处是褐色的石头山脉，上边不见寸草，反射着雨后的斜晖。天上还残存着几片黑色的云，云边镶着暗红的边，仿佛陈旧的血痂。这是一片戈壁，雨后空气清新，氧气充足。他下了车，沿着路边走着。一团团死去的蓬草在潮湿的风中缓缓滚动。他似乎闻到了淡淡的腥臭味，如同置身海边。他弯下腰，看到一截白骨，不知是兽骨还是人骨。他走了几步，又看到脚下两粒小拇指头大小的海螺，他捡起海螺。海螺早已死亡，只剩这曾经的居所留存，前面不远处还散落着一些小小的贝壳，大多已经破碎。黄湖知道戈壁原是亿万年前死去的海。

远山的阴影慢慢斜移过来，天空变得幽深起来，只剩天的边缘还变幻着色彩。黄湖看着这天地光影的变化。阴影覆盖住了远处路边的一座小庙，庙前一杆高高的黄底红边的龙旗还在夕晖中飘扬。他上车，车到庙门边时，汽车的前轮陷在了路边的水坑中。黄湖下车，庙门紧锁着，矮矮的红色围墙上挂着一长串三角道旗，庙门一侧有一个小小的石龛，里面供奉着土地公。黄湖给石龛里的小神磕了头，站起身，看到围墙一闪而逝的半张脸。他仔细去看，却再也不见，心想是幻觉。

黄湖回到车上，车子却像一头跪地不起的黄牛一般，只是呼呼地喘息，却不从水坑中移步。他下了车，看有没有别的办法。如果有块木板，在下边垫着，或许能行。他正这么想着，小庙那里走出一个年轻人，好奇地看着他。黄湖向年轻人招了招手，说："哥们儿，帮个忙，推下车嘛。"

年轻人慢慢走了过来，说："我一个人，推不了。"

"我们一起推，很容易的。"

年轻人摸了摸脑袋，说："好嘛，不过你也得帮我一个忙。"

"行啊。"黄湖爽快地答应了，没有一丝犹疑。我的朋友事后回忆起这一举动时，认为是这个年轻人的口音让他备生好感。年轻人的音色并不算动听，甚至有些粗粝的质感，普通话也不标准，但年轻人像是意识到自己不标准的发音，因此每个字都咬得很重，这让黄湖觉得这年轻人有种严肃而可爱的风度。

两人把车子推出水坑，年轻人坐在了副驾驶上，扣好了安全带。黄湖说："去哪儿，我捎你一程。"

年轻人说："往前走，不远处有个朋友在等。"年轻人说完，掏出手机，打起了电话。年轻人先是哈哈笑起来，然后操着方言开心地说着。年轻人的声音既尖锐又粗犷，仿佛如刀的风掠过荒原。黄湖没有听懂完整的一句话，但他知道这是哪里的方言，原来自己已到了古凉州的地界。年轻人陌生的语调让黄湖心生安稳。

年轻人打完电话。黄湖和年轻人聊了起来。年轻人说自己姓马，父亲在村子里做兽医，母亲务农，他大专毕业正待业。他每日十分烦恼，想出去闯闯，但是学历太低，又不愿去南方打工。南方太热了，想想就觉得可怕，而且还会发洪水。

黄湖问，小马，那座庙里面供奉的是什么神？小马说，是龙王庙，供的是龙王。今天他去求签，说他宜远行，大利北方。

黄湖笑着说："这里就已经是北方了，远行还能去哪里？"

小马说："更北的地方。"正聊着，小马让黄湖停下车，小马拉开车门，挥了挥胳膊，大声喊了起来。黄湖看到一个染着黄发的瘦高小子在淡薄的夜色中跑了过来。小马又坐上了车，黄毛坐在了后面。黄毛一上车，就叽里咕噜地说了起来，黄湖不知着黄毛小子说的是什么，只听到黄毛每句话开头都说一个"操"字。

小马笑着转身和黄毛聊着，黄毛捂着脸，似乎十分痛苦，声音却是欢快的。小马转过身来，对黄湖说："走，进城！"语气居然不容置疑。黄湖苦笑。他本来也没什么计划，不知该去哪儿，于是便说好。

进了凉州城，小马唱起歌来："一根竹竿子一十二个节，小男子出了门一十二个月；天上刮的冷风地上下的雪，谁知道小男子冷么热？敬上十杯儿酒了再出门！"曲调苍茫悠长，恍若北地风雪。

黄湖说："真好听，这是远行的歌。"

黄毛用蹩脚的普通话对黄湖说："操，小马就是个烧包，平时就爱唱这些酸曲曲。"

小马说："我想过了，迟走不如早走，今晚就算开张吧。"

黄毛哈哈笑起来，说："操，这位大哥还好心带你一路，你就是忘恩负义的东西！"黄毛用普通话说，显然是说给黄湖听的。黄湖嗅出了危险的味道，他听见风在凉州城的上方刮过，心里有些恍惚，自己为什么会在这里呢？

小马从夹克口袋里掏出一把折叠刀，对着黄湖说："大哥，你割过阑尾没？"

黄湖一愣，说："没割过。"

"我是医专毕业。我们老师上课讲过，这东西不割，迟早得发炎。"说着小马拿刀子顶了顶黄湖的肚子。

黄毛笑着说："操，你别割错了，阑尾在肚子里面长着嘞，就你那水平别把这大哥尿尿的东西割掉了。"说完就哈哈哈笑了起来。

　　黄湖吸了口凉气，说："你想要什么？"他说完就觉得自己说的是废话。

　　小马挠了挠脑袋，说："挣点手术费呗。"

　　黄湖掏出了钱包，递给小马。

　　小马拿刀子又顶了顶黄湖的肚皮，说："手机。"

　　黄湖又把手机掏给了小马。黄毛说了句："操，手机不错啊，老子的手机是小米，你这顶我十个。"

　　黄湖说："这手机不好卖，没法破解。"

　　"屏幕抠下来，能卖六百！"小马拿刀在手机背面划了两下，又问："我不懂车，你这车多少钱买的？"

　　"车不是我的。"

　　黄毛拍了拍小马的肩膀，说："操，你要车做什么？咱俩都不会开，总不能推着车去卖吧。"

　　小马说："也对，车就不要了。"说着他和黄毛下了车。小马忽然又拉开了车门，一把揪出黄湖，一拳打在了黄湖的脸上。黄湖伸手格挡。小马的力气并不大，可是有股子狠劲。那个黄毛看了一会儿，也参与进来，两人拳打脚踢，黄湖抱着头，蜷缩在地上。不远处是一个烧烤摊，几个客人站起来，沉默地观望着。

　　小马有些累了，黄毛还在用力踹。小马说："差不多了。"然后从黄湖的钱包里掏出三十块钱和身份证，甩在了黄湖脸上，说："大哥，这是打车的钱，谢谢啦。"说完两人跑开了。黄湖站了起来，看到两人消失在前面的小巷子中。烧烤摊上的客人们又坐了下来，侧眼看着黄湖。他听见风从凉州城的上方刮过。

　　黄湖把钱和身份证放在了口袋里。他看到了车窗反光中的自己，脸上倒没什么瘀青，胳膊上乌紫了一片。他拍了拍身上的土，又用毛巾擦了擦脸。黄湖一腔怒火，开着车在小城中转

来转去，希望能再碰到小马两人，抢回自己的东西。他想起了
七八年前，自己在大学时曾参加过搏击俱乐部，那时的自己似
乎浑身都是力量，夜深人静的时候他甚至会期待着抢劫之类的
意外发生，他坚信自己的力量可以击败任何歹徒。曾有一个地
下擂台的老板邀请他去打黑拳，他拒绝了。这才几年工夫，自
己竟然懦弱到这样的地步。夜渐深了，路上行人稀少。

　　不过开车一个小时，黄湖已将小城转了个遍。黄湖下车找
洗手间时，忽然看到了小马两人。小马和黄毛蹲坐在一个小巷
子里。路灯昏黄的光洒在两人身上。两人目不转睛地看着手
机，没有发现黄湖。黄湖蹲下身子捡起一块石头，悄悄地逼近
两人。黄毛用蹩脚的普通话取笑着小马："马总，您这直播真
能挣到钱？"

　　小马食指竖在嘴唇前，示意黄毛小声。小马说："挣不了
钱。"他也在用普通话说。两个年轻的抢劫犯在面对手机上小
小的镜头时，都不约而同使用着普通话，严肃而拘谨。小马抬
起头，看着飞蛾环绕的路灯，轻声说："我就是想看看有谁在
看着我。"

　　我的朋友黄湖退了出来，悄悄回到车上，之前的怒气忽然
不见了。他买了块面包，买了可乐，走进一家小网吧。这网
吧是农家小院改成的，一栋二层小楼用来做网吧，几间平房住
人。黄湖打开直播软件，登上账号，小叶却没有直播。他看着
窗外天上的乌云，心中蓦然怅惘。"我就是想看看有谁在看着
我。"黄湖再次想起了小马的话。他盯着直播软件的界面，界
面上展示着琳琅满目的男女鲜肉，仿佛超市货架上一般排列。
黄湖心想：我应该看着谁？我的朋友黄湖说，在那段难忘的旅
途里，他经过了戈壁和沙漠，城市与村庄，但是他常常回忆起
坐在小网吧的那个时刻。那个时刻，他有了失重的感觉。小马
说："我就是想看看有谁在看着我。"小叶说："那一刻，你的

脸苍老极了。"黄湖说，他感觉到自己在悬浮。

凌晨两点，小叶开始了直播。小叶还是穿着那件白色的T恤，抱着膝盖，蹲坐在一张洁白的大床上。小叶微笑着，眼神却缥缈，望着屏幕，仿佛满怀心事的小女孩望着星空一般。黄湖问："小叶，你在哪儿，我去找你！"

小叶说："大叔，你找不到我的。"

"你回去了吗？"

小叶笑着说："没有，我去了更远的地方。"

黄湖问："你如果想回去，我去接你，我们一起回。"

小叶没有说话，用手撩了撩头发，眼睛看着天花板。

黄湖说："我手机丢了，你说个确切的地方，我去找你。"

小叶努着嘴说："真可怜。"然后唱起了歌，不再理会黄湖。

黄湖说："你为什么做直播，是想知道谁在看着你吗？"

小叶说："无所谓谁看谁，我是个消极的人。"

"我受伤了。"

……

"我也想直播，迷宫里直播。别人隔着手机屏幕电脑屏幕看我，就像是隔着玻璃围墙看犯人越狱。"

……

"你有男朋友吗？"

……

"没错，苍老极了。"

……

小叶没有理他，他就不断地打字，屏幕上一行行的留言都是他写的，我的朋友说，他觉得那一行行留言像是一首苍老、迷惘的抒情诗。小叶一直唱歌到凌晨三点，才下了直播。

黄湖走出网吧，上了车。他车开得很慢，走着走着，他看到一座白色的木质佛塔，佛塔是圆塔，大概两三层楼那么高。黄湖把车停在了木塔下，车窗留缝，他从车窗缝隙里看到了木塔，不久就睡着了。

第二天早晨他被饿醒。他想到这座小城里也有他们报纸的记者站，如去说明情况，大概是可以借到些钱的，但他不愿这样。他在破旧的小城市里慢慢开着车，结果有个女人向他招了招手。他停下车，女人拉开车门，说："师傅，去第二医院。"黄湖告诉女人自己不知道路，但女人似乎很着急，说她知道路，然后扔给了黄湖一百块钱。

我的朋友说这件事给了他启发，送完女人后，他去饭馆吃了两大碗面条，然后又接了几单生意。那天晚上他住在宾馆中，洗了热水澡。

如此，也不知道过去了几天，他攒了好几百块，然后给汽车加满了油，沿着公路再次出发。公路两边生着蒲草和蓬草，远处是连绵的山，山顶覆盖着皑皑白雪，不远处有胡杨，公路上跑过一只黄羊。黄湖的车一直跑了一整天，等到夜里，他躺在座椅上，买的食物早已吃完，他觉得有些晕眩，他打开车窗，看着戈壁上的星光。身体累得要死，我的朋友说，他那一刻只想在那儿躺上整整一千零一个夜晚。

第二天下午，他看到公路两边有了树木，就知道很快就要出戈壁了。路的尽头是一座比凉州稍大的城市。夜晚他吃了饭，去一家小酒吧喝酒。小酒吧光线昏暗，小舞台上一个西北男子吼着摇滚。他正好坐在了音响附近，他恍然间觉得狭小的空间里藏着一个巨大的黑暗的心脏在"咚咚咚"地跳跃着。

过了不久音乐停了，几对青年男女簇拥着一个高瘦男子走了进来。他们坐在一桌，高谈阔论。黄湖听到他们在说着里尔克和保罗策兰，还有海子和李白。这让他不免好奇。那一群人看到了黄湖在看他们，黄湖举起酒瓶示意。"哥们儿，过来一起吧。"高瘦男人说。黄湖坐了过去。高瘦男人说："你不像是本地人。"

黄湖说："是的。"

高瘦男人说："他们都叫我诗人。我们怎么称呼你。"

黄湖笑了笑："你可以叫我弥诺陶洛斯。"黄湖说，他那一刻想起了古希腊迷宫中的那个怪物。

诗人说："什么什么斯？这名字太难记，就叫你荒芜者吧。"

那几对男男女女喧闹起来，都说这个名字取得好，诗人毕竟是诗人。

黄湖问道："今天是几号？"

一个瘦女孩说："今天立秋。"

黄湖想起了里尔克的《秋日》，他背诵道：

> "主呵，是时候了。
> 夏天盛极一时。
> 把你的阴影置于日晷上，
> 让风吹过牧场。"

诗人说："这是你写的？"

黄湖没想到这么多谈论里尔克的人，居然会不知道这首《秋日》。诗人接着说："你这诗不好，太平了，不够跳跃。诗歌不是日常语言，诗歌要砸碎语言的铁链，诗歌让语言消解在了语言中……"

黄湖笑着，举起酒杯。诗人似乎十分赏识黄湖，说："你有自由的精神，你配谈诗。"

大家喝着酒，一直到凌晨。酒吧老板趴在桌子上熟睡。黄湖看到了窗外微微的光亮，他站起来，说："我还有很长的路要走，就此分别了，谢谢各位。"酒吧老板也睁开了眼，伸了伸懒腰。

诗人摇摇晃晃站了起来，说："不，你需要的是温暖，太阳快要升起了。灵魂或者肉体的温暖，你得先占有一个。在座的这些女孩儿都是自由的信徒，她们不愿受世俗意见的支配，来吧，带走你的女孩吧。"

一个又矮又瘦的女孩站了起来，说："不行，他起码得有一件雨衣。"

众人哈哈大笑，笑声猥琐而尖锐。黄湖知道雨衣一词在他们的话语体系中一定含有某种情色的隐喻，但他对此不感兴趣。他说，黎明与色情并不兼容。

黄湖走出了酒吧，脑袋晕晕乎乎，脚下一软就从台阶上摔了下去。他浑身刺痛，却睁不开眼睛，又迷迷糊糊睡着了。

醒来时，身边一大摊自己的呕吐物。诗人和那些男男女女早已经不见了。他站起来，脱下衬衫，阳光已经变成秋日的了。他知道自己是不能再开车了，于是找了间小宾馆，洗了热水澡，又将衣服洗干净。他觉得疲惫不堪。晚上他裸体躺在并不洁白的床单上，他看着自己的身体，觉得自己仿佛是一具空洞的躯壳。这时窗外起了大风，他猛地拉开窗帘，站在了窗前。风声尖锐而凶猛，仿佛许多看不见的野兽在外边咆哮。我的朋友关上了灯，赤裸着身子站在那里。小城灯火稀疏，夜空中的星辰仿佛在大风之中摇摇欲坠。

他忽然看到一个年轻人在楼下抢劫，被抢的女人尖叫了声，年轻人亮出了匕首，女人蹲坐在了地上，肩头耸动，不知是因为哭泣还是因为紧张而颤抖。年轻人快步跑开。女人抬起了头，向黄湖的方向望了过来。黄湖向后退了两步，他这才想起房间的灯是灭着的，女人不可能看到自己。黄湖再次走向窗前时，年轻的劫匪已然不见了，只剩女人离场。黄湖说，那一时刻，他想起了小马，想起小马比北方更北的远方，想起小马说的那句"我就是想看看谁在看我"。黄湖说，如果有机会再见到小马，他愿意不计前嫌，请小马喝酒。

我的朋友说，在那座小城他又待了好几天。他整天说的话超不过五句，他一个人有时步行，有时驾车，走在小城的每个角落。他觉得那个什么狗屁诗人称呼自己为"荒芜者"是正确的。他悬浮着，如时光水杯中被搅起来的渣滓。他想起自己最初时的兴奋，恍然如梦。自己为什么会不远千里，来到此处呢？他几次想要放弃，但他每次都想到迷宫的第一法则。

有时候，他会去一些小酒馆喝酒，酒酣之际，会与邻桌搭讪，有时他还会遇到主动的小姑娘，她们猜测黄湖的职业，说他像是流浪的艺术家。借着酒劲，黄湖说："跟我走吧！"小姑娘微笑着摇晃脑袋，说："不行啊，大叔，你太老了！"

有时他会在网吧看直播，有时小叶在线。小叶唱着那首《世界末日你不在我身边》，身后是洁白宽敞的大床。有次，他看到一个男子出现在直播里。他问小叶："刚刚走过去的那人是谁？"

小叶说："这两天新找的男朋友。"

直播房间中有人不断发言："贵圈真乱。""乱到爆炸啊！""是新找的金主吗？""我也有钱啊，什么时候我也找你啊？送你布加迪威龙怎么样？"……

黄湖敲字："我带你回去。"

屏幕上留言太多，小叶似乎没有看到黄湖的话。黄湖又发了一遍。小叶说："不需要。"黄湖不知道小叶是在对谁说话，是不需要带她回去，还是不需要布加迪威龙。

黄湖又问："你真的喜欢这样的生活吗？"

小叶说："说不上喜欢，也说不上不喜欢。这就是我的态度，不光是对这段时间的生活，我对整个生活也是这样的态度。"

有天早上，黄湖醒来的很早，天还黑着。他再也睡不着，起身抽烟，看着窗外，然后转身收拾好东西，下楼退房，再次上路。他回忆着迷宫的第一法则，但他心里早已清楚，法则已然失效了。沿着路的一边一直走下去，就能走出迷宫。是的，但是我的朋友说，他早已经不知道路的一边究竟是哪一边了。

黄湖说，那天路上的景色十分棒。上路不久，夜色渐渐稀薄，夜晚像是一张油浸过的纸张，白天就在那张纸后面，这张纸终于被山头的太阳捅破。阳光几乎是一刹那间洒满了大地。他看到远处雪山上反射着金灿灿的阳光，一派圣洁的景象。出了戈壁，便是沙漠了。笔直的公路穿过沙丘，路边只有低矮的柽柳。沙砾打在车窗上。黄湖想起了自己逃出来的那座城市，他想，原来每年春季的风沙是来自这里。他紧紧盯着前面，想起了海市蜃楼，那由光线折射造成的迷宫，但他没有遇到。公路上没有别的车辆，路边只有不断重复的沙丘，黄湖的车速也越来越快。

当晚黄湖睡在了车里。黄湖做了一个梦，梦见沙丘上躺着生锈的铁锚，铁锚越陷越深，沙子并不掩盖铁锚，而是形成锚形的巨大空洞。他就站在沙丘上，看着那不断向地心沉下去的铁锚。忽然间，他似乎成了那片沙丘，而那铁锚是他的骨骼，骨骼从身体中不断下沉，直至地心。在梦中，黄湖感到了巨大的疲惫。

第二天，他继续向前走。一路上还是单调的沙漠，远处出现了一排排巨大的机器，他知道那是钻探石油的机器，大家都叫它"磕头机"。油田上插着红旗，黄沙漫卷，红旗招展。到了中午，黄湖进了城。我的朋友说，那座城给他留下了强烈的冲击，因为那是一座真正的无人之城。

主干道两边长满了荒草。理发馆、拉面馆都空着，门上了锁，窗户上的玻璃早已破碎，只剩下一个个大窟窿，像是被掏出眼球的眼眶，漠然地迎着风。路上不时走过去几只野狗，追在车后狂吠。黄湖从未想到过，还有这样的城市存在。一家宾馆的门大开着，他下了车。两只野狗站在他身后，耸着身子，发出低沉的吼声。黄湖捡起一块石头，手一抬，野狗吓得向后退了两步，仍盯着他。黄湖低下身子，又捡起一块石头。猛地抛出石头，正砸在了野狗的肚子上，野狗"嘤咛"叫了声，卧倒，又站起。黄湖假装要追击，两只野狗头也不回地跑掉了。

黄湖走进宾馆，电梯自然是不能用，他沿着楼梯向上走去。楼道黑暗悠长，堆满垃圾。房门上的房号牌大多脱落。黄湖推开一扇房门。房间只剩一张大床，床上却没有被褥，墙上的电视也被取掉，只剩一个空框。黄湖走进洗手间，打开水龙头，没有水。面前的一面镜子上满是尘土，黄湖用手擦去尘土，看到镜子中一张疲惫的脸，那张脸显得苍老不堪。他长长叹了口气。他走到破损的窗前，看到阳光照射着这座无主之城。黄湖看着这座空城，心想要是手机还在的话，他也想做一场直播。他忽然想起了两年前的一则新闻：油田枯竭，石油小城整体搬迁。

黄湖下了楼，他看到路边一块蓝色指示牌上写着："新城，37.5km"。指示牌上用粉笔写着两行小字："此处是尽头？""你信吗？"字体稚嫩，像是小孩手笔。黄湖出了城，沿着公路继续向前。傍晚时分，他又到了一座小城，用最后的钱给汽车加油，他问工作人员，这里是不是石油城的新城？工作人员问：你从哪儿来的？黄湖说，老城。

工作人员说："你走错方向了。"

在小城里，黄湖又做起了黑车的生意，待了大概一个礼拜，他再次上路。汽车走了半天就到了一座城市。他觉得疲惫，每天在城市里晃荡，夜晚就去酒吧喝上两杯，和陌生的人聊天。

有天晚上，他在酒吧的吧台上喝着啤酒，他看到窗外一个人影闪过，像是小叶，他追了出去。在拐角处，他追上了那人，果然是小叶。黄湖弯着腰，喘着粗气，笑着说："好巧，没想到还会遇到你。"

小叶说："是啊，你还没找到水源吗？"

黄湖说："没找到。"

小叶甩了甩头发说："我爸开始找我了。你想不想回去？"

两人走在小街上，路两边种满了柳树。立秋刚过，此地的柳树已有黄叶了，夜风一吹，黄叶就在风中翻转飞舞。走到一家宾馆前，黄湖说："我们上去吧，钱不够，我们就住一间房吧。"

小叶看了黄湖一眼，说："刷卡啊。"

黄湖说："卡丢了。"

小叶笑了笑。两人进了房间，小叶去洗澡，黄湖听着哗哗的水声，他看着镜中的自己，觉得自己确实十分苍老。窗外飞过一只鸽子，他心想，迷宫永远不会对鸟儿构成生存的困境，因为它们可以依照天上的星辰和地球的磁场来把握自己的方向。黄湖躺在床上，听着水声，不一会儿就睡着了。

回去的路上，小叶用手机导航。有时没有钱了，黄湖就捎带两个顺路的人。

回程用了大概十来天的时间。小叶常常在夜晚做直播，这时就会让黄湖待在厕所里不要出来，以防出现在镜头里。有时直播房间中一个人也没有，小叶对着镜头哼着歌，黄湖就坐在她旁边，沉默地看着镜头。黄湖想再去一趟废弃的石油小城，可是再也没有找到。

有时黄湖会从黑暗中醒来，他皮肤冰冷，他摸着自己的皮肤，像是摸着铁皮的玩具。我的朋友说，在黑暗中他睁着眼睛，反复地想起那幅《K》。他忽然想，《K》或许不是最复杂的迷宫，最复杂的迷宫不过是一条直线，从生到死。出生入死，如此说来，如果人生是迷宫，死亡岂不是入口，生才是出口？等到天亮，他想起夜晚纷乱的思绪，觉得全是扯淡。但他每每从黑夜中醒来时，他总是想到死亡。黄湖听到旁边小叶轻柔的呼吸声时，总是想到小叶说过的话：那一刻，你苍老极了。他便注视着小叶，看她的脸出现在晨光中，让他失望的是，光照射到她脸上时，她依然显得年轻。

黄湖和小叶在进城后很快分手，黄湖摇下车窗，对小叶说："再见。"

小叶说："大叔，再见。"说完她站在路边拦下一辆出租车，就消失不见了。

这座城市的水危机早已经过去了，大街上一片喧闹和繁忙景象。我的朋友说，水危机似乎没有在时间里留下一丝痕迹，这让他感觉到城市的时间是黏稠的，是充满着胶原蛋白的，一切破损都会很快复原。他猛地站住了，他看到一栋高楼上挂着的巨幅广告，那是一支唇膏的广告，图案里没有红唇的女人，只有那幅《K》，这让他感到了荒诞。水危机中的出逃算是什么呢？一切都愈合了，城市和《K》一样稳定。我的朋友在第二天早上回到了单位，同事们对他微笑点头，并不惊怪他的再次出现。

张主任不见了，原来的李副主任坐在了张主任的办公室。李主任坐在椅子上，笑眼看着他，说："十分抱歉地告诉你一个坏消息，你已经被开除了。"

黄湖坐在椅子上，点了点头。

李主任说："这个结果是我们都不愿意看到的，但是没办法，我们有我们的规章制度。"

我的朋友说："理解。"

李主任说："像你这个年纪大概已经听不进去我们这些人讲道理了，但是有些话我还是想给你说说。"然后李主任给我的朋友讲授了一大通人生道理，告诉他，今后不论在什么样的工作岗位，都应该安分工作，切不可胡作非为。

"张主任呢？"黄湖问。

李主任笑了笑，他和张主任一样只要是说话就要在脸上挂着笑："哦，张主任他住院了，肿瘤医院，他快不行了。"他话音刚落，笑也收回了。

黄湖去了肿瘤医院，看到了张主任。张主任躺在洁白的病床上，阳光从窗外正照在他的脸上，他的身下铺着两层护理垫，露出被子的一角上有黄色的小点。他缓慢地睁开眼，吃力地点头。黄湖找了个凳子坐在了张主任身边。

张主任笑着说："我一直在等你。"

我的朋友说："我手机钱包丢了，用您的车这么长时间，实在对不起。"

"小事！你是家里有事还是？"

"就是自己出去逛了逛。"

张主任说："我猜也是。你之前找我聊天，跟我讲了那个猫和老鼠的故事。当时我不觉得这故事有什么好。你走之后没几天，我就病倒了。和市委的一个处长喝完酒，半夜就觉得胸口疼，扛了两天，扛不住，去了医院。嗨，结果是这样。我躺在病床上，想着卡夫卡的故事，心想自己就算是换个方向，也是没有机会了。而且就算是换个方向，能跑到哪儿去呢？我就整天想啊想，我想到了你，你或许已经跑了，换了个方向跑了。"

黄湖不知该如何说，一时间沉默了起来。

张主任闭上了眼睛。黄湖不知道他是睡着了还是只是休息，他等了会儿，然后站起身来，准备离开。张主任又睁开了眼睛，说："小黄，部门李主任向我问过你的情况，问是不是可以通融，给你算个事假什么的，等你回来批评教育下就行了，毕竟我们培养一名记者不容易。是我主张开除，他才这么决定的。"

黄湖低下头，不说话。

　　张主任又闭上了眼睛，积攒着说话的力气。

　　过了会儿，张主任半睁眼睛，气若游丝地说："如果是我没生病的时候，不用李主任问我，我一定全力保你。人说，人之将死，其言也善。可这不一定。我当时只有一个想法，我就想看看你的反应，看你会不会事后后悔。你后悔吗？"

　　黄湖说："我不后悔。"

　　张主任闭上了眼睛，嘴角慢慢露出了笑，他说："你真的逃出去了吗？"

　　"没有。"

　　"没有？"

　　我的朋友给病床上的张主任讲起了迷宫的第一法则：如果沿着一个方向，手摸着迷宫的墙壁，迟早就会走出这个迷宫。他沿着一个方向走啊走啊。但是他心里满是疲惫和厌烦。他没有觉得快乐，也没有觉得这样的出逃会带来什么救赎，什么都没有，就像是悬浮。黄湖不断地重复最后一句话："对，什么都没有，就像是悬浮。"

　　张主任失望地看着黄湖。病房里弥漫着难闻的气味，阳光照在了输液管上，折射着亮光。"那老鼠怎么办？"张主任的声音纤细而软弱，像极了一个无助的小孩子在和父亲说话。我的朋友说，张主任的语调让他觉得又恶心又可怜。

　　黄湖说："我不知道。"

　　张主任漠然地看着他，说："你走吧，我累了。"

　　黄湖走出病房，在电梯中遇到张主任的老婆，张主任老婆并没有认出他来，正激动地和旁边一个病人家属聊天。张主任老婆说：我们家那个都到这个时候，鬼心眼还多得很，我就不信他就那么些钱了，还有车不知道给了谁，说是借给同事了，谁信啊，那么小气的人。

　　黄湖走出医院，心情十分压抑，一人走回了房间。过了几

天，他看到了那条关于自己的新闻，是一位姓刘的记者写的
稿，这位刘记者曾经借调到报社，后来没能留下来，一直觉得
是当时正在实习的黄湖打压了他。黄湖看着新闻，笑了笑，他
想起了张主任的那句口头禅：新闻嘛，不就那么些事嘛。后来
他找到一家文化公司，在里面做文案工作，半年后离职去了一
家广告公司，直到现在。

　　黄湖讲完自己的故事时已经是凌晨了。他抽着烟躺在靠椅
上。我觉得他的故事有替自己洗白的嫌疑，他和那个什么小叶
之间一定有一些劲爆的故事发生，但他没有讲。酒吧里只剩下
了我俩，老板坐在吧台上用手机看着电视剧，等着我俩滚蛋。

　　我也点上了一根烟，抽了两口，觉得恶心，又赶紧掐灭，
夜太深了。我问道："我就一个问题，你究竟得到了什么？灵
魂得救？"

　　黄湖笑了笑，说："得救？我没想过。我当时只是觉得生
活不该如此。得到什么？我也不知道。说实话，真正走出去之
后，我其实更加痛苦，那种悬浮感好像失重一样难受。"

　　"那你后悔吗？"

　　"不后悔。"黄湖笑了笑说，"那次出逃是对生活的越轨，
但它实际发生之后，并没有什么太值得书写留恋的地方，没有
古希腊史诗中的奇迹，也没有凯鲁亚克《在路上》的壮阔。但
是起码在那段时间里，我觉得时间变慢了。或许，我们应该相
信迷宫第一法则，就得沿着一个方向走，走出去。"

　　我认为他是在为自己的失败开脱。我实在着急回家，我
说："先走出这家酒吧，各回各家，然后再想迷宫吧。"

　　他点了点头，站了起来。我结了账，他也不客气。外边又
起了风雪，他像是还在回忆自己的故事，低着头一言不发。我
忽然说："这世上哪有迷宫嘛，迷宫都是人建造的，所以说，

走出迷宫还是走进迷宫，这都是自己给自己找的麻烦。"我十分得意忽然冒出的这么一句话，可是黄湖像是没有听见，依旧低着头。走到一个路口时，他抬起头，说："谢谢你，我走了。"我伸出手，握了握手，看他消失在了前面。

我的生活一帆风顺，一年后女儿出生，再后来我做了主管。时间越过越快。但我喜欢这样的感觉。有次，我们同学间聚会，我因升了主管，大家都推我上座。我又一次提起了黄湖，黄湖给我讲的故事在我脑海中闪现，但我并没有给大家讲述这个故事，因为在我心中这个故事还不如小报上的狗血故事来的精彩。大家纷纷表达了自己的观点，依旧是上次那些陈词滥调，很快黄湖就像是被大家口中嚼烂的渣滓一般，又被吐了出来。忽然有个同学说，黄湖这厮现在还做直播。大家便哈哈笑起来。有人说，没想到我们班还有网红，历史院的同学都在创造学院的历史嘛。我问那个同学，黄湖的直播收入怎么样？那同学说，我也是听别人说的，听说几乎没有人看。那人又说，黄湖直播能做什么嘛，那是小鲜肉们的世界，他能给别人讲古巴导弹危机，还是苏共二十大？大家都又笑起来，饭桌上对于黄湖的热情又一次被提了起来。

一个夏日的黄昏，我走在街上，左右手都提着大西瓜。空气黏稠凝滞，阳光中一股焦灼的气味。我看着来往的车辆，心里浮躁。这可是几十年不遇的酷暑，但是妻子、女儿要吃西瓜，又有什么办法呢。公司空降了一名总监，这让我心里很不爽。这时，我看到了一个奇怪的人。那人在大热天里穿着厚厚的深蓝色登山装，背着黄褐色的大包裹，戴着墨镜，手里挂着登山杖。登山杖敲击在地面上，发出"笃笃"的声响，仿佛寺院中的木鱼声。

我看着这个奇怪的人。我虽知盯着别人看是不礼貌的，但还是抑制不住自己的好奇心。这人大概是有神经病，不然这样的天气穿着这样的衣服，岂不中暑？还是我遇到了一场精心策划的行为艺术？奇怪的是，周围的行人仿佛看不见这人似的，都各自擦汗，一脸厌烦。那人走过了我身边，过了斑马线。那人走路时，弯着腰，一手挡着额头前，一手拄着登山杖。他每一步都走的十分缓慢，脚掌落地时发出沉重的声音。他仿佛在用尽全身力气抵挡着一场看不见的风雪。

我忽然想到了黄湖，我喊了声："黄湖！"那人并没有停顿和回头。我仔细打量那人的身形，确定那并不是黄湖。可我为什么忽然间会有这样的错觉呢？不是被热糊涂了，就是被那个新来的总监气的。

那人越走越远，终于消失不见了。

回到家中，我问，女儿呢？妻子说，睡着了。我放下手中的西瓜，擦了擦头上的汗。妻子抱起西瓜进了厨房。刀刚切进西瓜，西瓜就炸开了。妻子转头对我笑着说："是个好瓜呢！咦，你怎么一脸不高兴。"

我靠在门框上，长长叹了口气。"我太累了，而且好像，"我脑海中又浮现出那个似乎抵抗着看不见的风雪的奇怪男子，"我好像出现了幻觉。"

原载于《上海文学》2019 年第 12 期

修改练习

　　"对不起，我是警察。"模仿了一小时梁朝伟的沉默后，我开口说话。客人很少，调酒师坐我对面，百无聊赖，用白手帕不停擦拭高脚杯。他抬眼说："是吗？这行很辛苦的。警察天天来酒吧，查酒驾？"他没看过《无间道》，不知道这句台词，我很失望。女歌手唱了首《倩女幽魂》，是老烟嗓，歌声苍凉粗粝，像极了北方的冬夜。"多谢！"女歌手用粤语说道，抱着吉他从台上下来，没有掌声。调酒师说："我挺喜欢这歌。"他哼唱起来。我没搭理他。"瞧那女孩，"调酒师挂起高脚杯，俯下身，低声给我说，"她在你左后方，看了你好一会儿了。"我转过头，左后方果然有个女孩。她一个人坐着，桌上摆着一杯橙汁。她并没看我，而是低头玩手机。"我觉得今晚你能带走她。真的，我这方面有经验，别信她的外表，看着是挺纯的，但肯定不是那么回事。你得请她喝一杯。"调酒师的声音很小，字吐得飞快，仿佛嘴里的话是夜的拉链，他在快速地拉开它。他轻轻一拍调酒台，说："差点儿忘了，你是警察，对吗？"我喝了一口酒。他指指眼角，问："执行任务时留下的？"我说："是。"他端详了会儿，说："生活不易。"说完，他取下刚挂上的那只高脚杯，用白手帕擦拭起来。

我不是警察，这不过是和调酒师开的玩笑。不知为什么，我只要喝点酒，就喜欢和陌生人开玩笑。酒精作用下，我觉得玩笑是我和世界发生联系的唯一方式。我并不擅长玩笑，喜欢归喜欢，擅长归擅长，这是两码事。在另一条街道，另一个酒吧，另一个夜里，我喝醉了，坐在吧台前，和旁边的人开了另一个玩笑。什么玩笑，我不记得了。几个混混站起来，昏光里女歌手同样怀抱吉他。他们把我架出酒吧，在巷子揍了我一顿。眼角的伤疤就是那次留下的，他们说我"嘴欠"。我像虾米一样蜷着身子，他们骂骂咧咧地离开了。我渐渐舒展身体，望着夜空犯困。我忽然想，自己不能睡着，冻死了怎么办？醉酒后，除了爱开玩笑，我还爱自己的命。我爬起来回了家，继续写那篇叫作《修改练习》的小说。我忍着恶心和疼痛写。写作是唯一可以使败坏的生活变废为宝的技艺，电视上有个老头这么说过。这话吸引着我，让我觉得只要我不断地写啊写啊，生活就不会发出"嘣"的一声响。我写得很糟。海明威曾教导："第一稿永远是堆臭狗屎。"我写了好几稿，都很糟。臭狗屎是臭狗屎，海明威是海明威。

时间还早，我买了单。调酒师说："我最近在练一款新的鸡尾酒，下次你可以试试。""好的。"我裹紧夹克出了门。我没喝多，在喧闹的人群里，我保持摇晃的姿态。我经过一家酒馆，酒馆正挂红灯笼。一个女孩抬头望着灯笼。她穿着朱红色的中式裙褂，梳着丫鬟头，眼神清澈纯净，与世无争，美好、庄严、温顺，像夜里的画眉鸟。有人注视着女孩，有人蹲在地上拍照。我知道庄严和温顺都来自被注视，只有美好属于她自己。碎雪在光里飞，灯笼在夜空的背景下显得虚幻。这些都很美好，但和我无关。我摇晃到钢厂附近，点上一支烟，看了会儿高炉。钢厂倒闭了，高炉不会再吐白烟了，我替它吐了会儿。

两边路灯都黑着，阅报栏的玻璃碎了，过期报纸在风里翻飞。我向前走去，高炉甩在了我身后。这时，我发现有人跟踪我。当我走快时，身后的脚步声也密集起来；当我停下时，身后的人也停了下来。我一下子清醒了不少，有人注视着我。当我想到这点时，我不再摇晃，尽量挺直身板，步履匆匆，像有要事等我处理。我想让自己变得庄严起来，就像那个仰头看灯的汉服女孩。被人注视时，我没有美好，但或许还有庄严。夜风吹过，当我清醒到一定程度时，才想到危险。我和世界要发生关联了，但可能是以一种危险的方式。这附近治安不好。几天前的深夜，一个女人在拐角处横死。墙上写着"拆"字，地上白色的现场尸体痕迹固定线已经不见了。匆匆走过斑马线后，我抑制不住好奇，猛然转身。我看到了一个女孩，二十出头的样子。她穿着红色大衣，梳着马尾，眼神茫然而紧张，进退为难。她最终走了过来，一言不发，向远处主干道方向走去，面向隐约的光亮。我在脑海中搜索她的形象，搜索无果。但这说明不了什么，我本来就有点儿脸盲。我也向主干道走去，夜风忽然大了起来，碎雪扑面，槐树枝叶摩擦，沙沙作响，纸屑和塑料袋加速起飞。女孩停下脚步，转过身来，风中大喊着："我知道的！你应该送我回家。我知道的！"

我问："你知道什么？"你知道什么，就让你在风中疾呼？她的刘海被风吹乱，神情说不上是坚定还是愤怒。但我清楚只要风再吹，沉默继续，她的坚定就会消散。果然，她再度张口时声音变得怯懦："我在酒吧里听到了。我知道你没有喝醉，你应该送我回家。你会的，对吗？"我知道了。我有想哭的冲动，酒还没有醒。我向陌生人说玩笑话，有人听到了，而且当了真。我想起来了，在酒吧里，她坐我的左后方，桌上摆一杯橙汁。我说："好的，我送你回家。"她说："谢谢。"我严肃地说："职责所在，不必言谢。"路上，女孩告诉我，她叫作赵小枝，刚失业，第一次去酒吧，身上所有的钱都花完了，因此没法打车。"鲜榨南美柳橙汁，定价：38.00 RMB。"酒水单上这么写着。如果她没有撒谎，她所说的"身上所有的钱"也就区区三十八元了。她忽然故作成熟："干这行几年了？"我说："刚干不久，快从良了。"她瞪圆眼睛瞧我。我想着把玩笑开下去："我是一名卧底，快归队了。"她努了努嘴，说："哦，放心吧，我会保密的。"

我和赵小枝走了一个多小时。其间，我几次提出打车，她都拒绝了。夜风时大时小。风大时，我俩竖起衣领，相互远离；风小时，我们并肩聊天。路过广场时，她忽然问我："当卧底什么感觉？"我想了想，说："像被时间开除了一样。"她又问："你平时有什么爱好？逛街吗？还是喜欢看电影？玩游戏？男生都爱玩游戏。"我说："都不喜欢。我有时会写点东西，干我们这行，得有点爱好。《盗梦空间》看过吧，莱昂纳多主演的，他能在梦境穿行，他擅长这个，但副作用是他把现实和梦境搞混了。所以他有个陀螺。他掏出陀螺，转一下，过会儿陀螺倒了，他就知道是在现实中。干我们这一行也得有个陀螺，它告诉我们，这是假的。你被时间开除了，但你得回去，迟早的事，别忘了。"说完这么一番话，我有些被自己打动了。赵小枝说："那你写什么呢？玄幻，言情，还是穿越？有个叫什么土豆西红柿的，写得挺好。"我对她的失望超过对调酒师的失望。我想说，都不是，不是那样的小说，我想写的小说是关于时间的，它很慢很慢……风又变大了，她竖起领子，神情阴冷，匆匆走在了前面。我什么都没说。

　　城市是起伏着的。我送赵小枝到小区门口，那里是一个巨大的褶皱，拥挤脏乱，没有风。街道被各式摊贩挤占。这里有二十元一件的衣服，五毛一串的烧烤，还有五块钱半米的"金"项链。树下摆几桌台球，一元一把。到处是熙熙攘攘的人，满地是垃圾。街边站着个中年女人，穿着艳丽的服装，化着廉价浓妆，如一株有毒的植物，在向我笑。赵小枝轻轻拽住我的袖子，低声说："别看，她是干那个的。"进了小区，她站住了，双手背在身后，问："讲讲你的小说吧。"我看得出来，她不关心小说，不过是想再聊会儿天，消磨时间。我说："还在修改，下次吧。"

　　我步行回家，冷风吹得脑壳疼，酒渐渐醒了。再次经过高炉时，我看了眼手腕上的天王表，时针指向十二点。手表是钢厂厂庆时发的，男职工一人一块天王表，女职工则是一整套安利洗漱品。但钢厂倒闭了，在两个月前。钢厂倒闭的那个夜里，我和几个同事举着酒瓶，仰望高炉。夜里有雾，或是霾。黑夜如熔化的玻璃，高炉飘浮其上。当我意识到厂子的倒闭时，高炉不再飘浮，在一瞬间。它矗立在黑暗中，像巨大的时针，永远停在了午夜零时。我们喝一口酒，骂一句娘。我们围着火堆，大声说话，砸碎每个空酒瓶，怕寂静包围。有个同事哭了，他说，谁都没听到那"嘣"的一声响，生活怎么就塌了呢？他哭得那么伤心，我以为他会夜夜烂醉下去。失业后，我开始害怕白天，窗外小山上是残雪和萧索的树影，看上去寂寞极了。我看不到高炉，但我知道它就在身后。失业的头几天，我们几个同事每晚都聚一起。没过一个礼拜，他们都去找工作了，满怀对新生活的向往，期待时间重启。夜夜烂醉的是我。

　　看到高炉，我便会觉得伤感，但我还是决定往好的方面想，比如今晚是特别的。虽然我是被时间开除的人，但今晚我开了个玩笑，有人听到了，并且当真了。我渐渐兴奋起来。我回到房间，关了灯，躺在床上，听夜风呼啸，一阵紧似一阵，把我心中的兴奋全部吹尽了。我又一次厌烦。失业是寻常事，以前的同事们开始向新生活努力，他们的时间重新开始了。而我为什么表现得过分颓废？我不是被时间开除了，我是不愿意回去。

到了后半夜，我起床，打开电脑，又开始写起那篇叫作《修改练习》的小说。只要我不断地写啊写啊，生活就不会发出"嘣"的一声响。我在想，我究竟爱不爱小说这门技艺呢？答案是：算不上爱。我不知道自己爱什么。我哪怕在这上面耗费再多的时间，也都算不得爱，只不过是在玩罢了。就像是贪官们为情妇身败名裂，但他们未必爱那些女人，不过是在玩，在耗费时间。《修改练习》从未真正地开始。换句话说，这篇小说没有动过。它只是在描摹一个个静止的画面，没有冲突，没有主题，人和人之间没有交集，象征物和象征物之间也没有联系。毫无疑问，注定失败的写法。但我迷恋于此，不断修改它，但每次不过是给主人公换个新的身份：教师、科学家、官员、巫师、杀手、赌徒……主人公不会因为职业变化而变化，他永远茫茫然地闲逛，在夜里看到一个个无关联的象征物。这次我又开始修改，把主人公的职业换成了卧底。

写着写着，我想起了小时候的事：我们几个小孩在夜里爬山，在荒野上燃起高高的火堆。火让黑夜更高，我们仰着头，看着星星。时间无始无终，我们并不孤独。我看到祖父在火光中。我流下了眼泪。我在键盘上敲着字，期待黎明不再有风。

第二天醒来，我破天荒在房间里锻炼起来，做俯卧撑、深蹲和仰卧起坐。锻炼完，我开始看书，喝茶。夜晚到来，我不再出去喝酒，风像是一列长长的列车，准时从窗前呼啸而过。如此规律的生活持续了半个月，不能不说是个小小的奇迹。我心想，这是因为酒吧里的玩笑，有了这句玩笑，我才送赵小枝回家，如此像是和世界又有了联系。但我还是没有去找工作。
我为自己辩解：时间重新开始是庄严的，它需要一个事件的启
动。有天，我读到一句诗："他走在时间的裂缝里／被自己的
伤口照亮。"我想到自己现在就是在时间的裂缝里，但我没有
伤口。我在晚上写作，写那篇《修改练习》，依旧写得糟糕。
我只是不断地写啊写啊。

有个夜晚，小马约我出去喝酒，地点在他的出租屋里。我
冒风雪前去。我们五人围着圆桌落座。我们都在钢厂上过班，
且在一个部门，从任何角度来看，我们都该算是朋友。桌上摆
两铝盆卤菜，全是些海带结、土豆片、豆干之类，一盆里还有
三四个鸭头。桌下码着三箱本地啤酒，还有一瓶一斤半的杜康
酒。白炽灯在我们头顶"嘶嘶"作响。

小马新找了工作，地点在邻省省会，很快就会离开。我们
祝贺小马。大家又问起我。我说，还没找工作，在家闲待。小
马说："毕业后我们天天奔命，哪有过这么长的假期，应该享
受。况且你有才，不像我们这些俗人，可怜巴巴地求人赏饭，
怕赶晚了，没口热的。"我听了他的话，心里不痛快，很快就
醉了，话也多起来。

大家问我，待家无聊不？我说，不无聊。小马说，他就
跟聊斋里的书生一样，一到晚上就假装读书，其实是在等什
么。我凑过去问，我能等什么呢？他说：你等个鬼！大家拍桌
子笑，泪都笑出来了。又有人提起我向厂报投稿的事。那是刚
入职的事，稿子没过审，我提着酒瓶去厂报编辑部闹。我脸拉
了下来。他们说，要是厂报发表，我们还能读一读，现在厂子
倒闭了，还没读过大作，不如今晚讲讲吧。我喝醉了，心里憋
火，知道他们大多找了新工作，有些张狂，瞧不起我。我应该
站起来走人，嘴上却说"好"。小马问："题目叫啥啊？"我顺
着他的话，说：《修改练习》。"他问："都啥内容啊？"我说：

"内容一直在修改。"他又问:"那你想要表达什么主题呢,总
有主题吧。"我说:"我想表达时间,但我搞不清楚。我一直
在修改。"他们又大笑起来。这次我不生气,反而羞愧,觉得
自己犯了错。小马说:"你讲讲嘛。"我喝了口酒,忘了拍案
而去这件事。在一瞬间,我想起前段时间在酒吧,我喝得烂
醉,跟陌生人开了个玩笑,他们把我架到小巷子里,一个混混
扇我耳光。红灯笼在风雪中摇摆,朱红裙褂的女孩望着它,她
有被人注视的庄严和优雅。荒野上一道道光柱交错,祖父消失
在黑夜里,时间静止。或者,祖父消失在了时间里,黑夜静
止。小马递给我香烟,我伸手接烟,打翻了纸杯,啤酒洒在裤
子上。我想找抹布,环顾一圈,看到大家醉后的眼神。他们冷
冷地望着我。我想到,如果是玻璃杯多好,掉在地上会发出清
脆的响声,它不会被无视。

　　我开始讲一个新的故事:我是个卧底。我记不清干这行多
久了,只记得一个夜里,一间小会议室,空气中有霉味,白炽
灯嘶嘶响,像是盘在我们头顶上的一条蛇。老领导抽着红万,
眼神缥缈。他说,他们罪大恶极。我点头。他又说,但没人知
道他们作了什么恶。我说,是的,他们作恶,但不够具体。老
领导说:去吧,去当卧底,年轻人不要担心。他们从不贩卖毒
品和枪支,也不走私,不组织卖淫,不收保护费,没有暴力倾
向。你是安全的,但你得找到他们作的恶。这是你的任务。我
离开了公安局,夜里有风,无雪,漆黑一片。我回望公安局,
它仿佛荒野里一座年久失修的庙宇。我穿过树林,夜鸟飞过我
的头顶。第二天,我进入了犯罪团伙。他们组织了两轮面试,
还查看了我的学位证、毕业证、英语六级证以及计算机二级
证。我进入了一家钢厂,成为一名技术员,先在天车车间,后
来又去了连铸车间。车间的空气里满是粉尘,噪声惊人。我口
袋里装着静音耳塞,却陷入两难。如果不戴耳塞,我的耳膜就

会受损，以致失聪。如果戴上耳塞，我就无法听到天车过来，有一定概率被重物砸中。或许是因为噪声的缘故，我对于白天的生活一片茫然，我只记得夜里。我在夜里仰望高炉，常常陷入一种茫然的情绪里……

"Stop！"小马喊着，比画出停止的手势。他脸色通红，眼里满是血丝。有人趴桌上睡着了。我听见窗外起了风。我讨厌这个地方，其中一个原因就是它总在夜里刮风。有人说："小马你干吗呢？让老黄接着讲嘛！"小马说："武侠不是武侠，玄幻不是玄幻！有什么意思！听来听去，这不又是钢厂的破事嘛！我讨厌钢厂，不想别人提钢厂！静音耳塞谁不知道啊，我口袋里还有四五对呢！我还有两双劳保鞋，你要不要？虚构，我们得听点虚构的！"那人说："你着什么急嘛？老黄你别生气，你是卧底嘛，要有城府！"

我冷笑。我该发火，但不知为什么，我总是忘这茬。我又喝了几杯。醒着的人都红着眼，沉默着。窗外漆黑一片。我听到脚步声，仔细辨认，才知是风拖着枯叶。我正听着枯叶的沙沙声，陌生感击中了我，就在一瞬间。就像是钢厂倒闭那夜，一瞬间我看到高炉静止，不再浮动。我看着酒桌上沉默的几个人，悚然心惊：我们为什么在这里，是在庆祝吗？庆祝什么呢？

窗外又刮起烈风，我害怕这种寂静，再次讲了起来：不管过去多久，我总记得老领导的指示。我要找出恶的证据。时间始于罪恶，正如耶稣被钉在十字架后，一个大陆的时间才真正开启。钢厂产能开始下降，一切变得寂静。高炉很久没有再吐过白烟了，它的脚下长满野草，野草越长越高。我在月夜蹲在野草里，希望发现罪恶。月下，我怀念祖父。他消失在夜里，他在酒后来到钢厂。有人看到他摇晃着走过连铸车间，有人看到他走过转炉，但没人再次见到他。我想起祖父，并非因为我对他感情多深厚。他消失时，我只有六岁。我只记得慌乱的人群，荒野上手电筒里射出的道道光柱。我只记得因为寻找他，好多个夜晚，我一个人在房间里面对寂静。窗帘没有拉上，我看到死亡的各种象征物：凶鸟立窗台上，爪子拨弄枯枝败叶；雪纷纷落下，情侣在接吻，拿着黑色的玫瑰；远处是黑暗的小树林……我在脑海里修改着他的结局，就像修改一篇小说。但是只是修改，没法撕了重写。祖父无声的消失让我惊惧，如坠深渊。我时常想，要是能见证他的死亡该多好，这样一切都确切无疑，如在白昼，没有隐喻。哪怕是惨烈的死，也是在时间的强力中，一切不会模糊，死亡会作为纪年。只要找到罪恶，我就可以重新回去。秋草渐渐枯黄，天上是阴沉的云，碎雪飘洒着，接着是鹅毛雪。钢厂倒闭了。我们几个同事相约在夜里为钢厂祭奠。我早到了两个小时，夜里有雾，或是霾。我一个人喝着酒，把酒瓶摔碎。我仍觉得不过瘾，我从荒草里捡起一把红色防火锹。我希望有一轮月亮，照着我。我愤怒地挖掘。我蹲守了这么久，我什么罪恶都没有见识到。如果现在远处有人看到荒野上的我，他一定以为自己正见证一项恶行。我听到当当的声响。我从微醉中清醒了过来。我蹲下身，扔出了坑里的石头。我继续向下挖，铁锹又遇到阻碍，我扔出了一块锈蚀的铁块。然后，我看到了白骨。我静静地望着它。我哭泣着，将白骨掩埋。我希望夜里没有雾，或者霾，而是一轮惨白的月，我们白骨相认。让白骨告诉我，它是我的祖父，一切都有确切的时间。朋友们带着酒过来了。我们举着酒瓶，仰望高炉。高炉飘浮在夜色上。我们喝一口酒，骂一句娘。我们醉了，有人唱歌，有人点火。我们围着火堆，大声说话，砸碎酒瓶，生怕寂静包围。当他们醉倒时，我走向远方。我走出城区，走过黑暗森林，夜鸟飞过头顶。但我没有找到公安局。我甚至怀疑我是不是有过那么一位老领导，在一个深夜里坐在小会议室里，抽着红万，头顶白炽灯嘶嘶响着，如一条蛇盘在我们头顶……

我讲完时，他们都趴在了桌上，没人听我讲。当然，我不在乎。我站起来，椅子发出声响。小马抬起头，嘴巴含着核桃一样："讲完了？"我说："完了。"他趴在了桌子上。窗外寒风吹彻，寂寥极了。我站在窗前，抽完了一根烟，离开了。

小马的出租屋在郊区，出门不见车影，稀疏的灯火远处亮着。我扶着槐树吐了几回。我穿过一片树林，几只黑鸟尖叫着，风雪中起飞，仿佛盘旋的落叶，仿佛灰烬。风掠过林梢，鸣镝般射向远方。我回味刚才的故事，得出了结论：很糟糕。但我很快忘了这个结论，又一次回味故事，再次得出"很糟"的结论。风雪越来越大，我怀疑自己永远回不去了。穿过了树林，透过风雪，我看到一处院落：不是农家院落，是一家单位，门口有电动道闸，门柱上挂着一长木牌，白底黑字，保卫室的灯亮着。我想起我的《修改练习》，决定把小院落当作公安局。对，我是卧底，在故事中，在玩笑中。我站直身子，向那盏灯火敬了军礼，手掌外翻，指抵眉尖，标准的英式敬礼，我在模仿《无间道》里的梁朝伟。

一进市区，风雪就小了，我也清醒了些，能觉出浑身肌肉的酸痛。街上几乎没人。我想看看时间，手表和手机不知什么时候丢了。红色的人影出现在前面。我要忠于卧底的角色，忠实于斯坦尼斯拉夫斯基的表演体系。我没有读过斯坦尼斯拉夫斯基的作品，我只看过周星驰的《喜剧之王》，因此知道这个名字，还知道他是体验派。我是卧底，要去发现罪恶，重启时间。因此，我要跟踪前面的人。

女孩脚步越来越紧，但节奏仍在，可见还未完全慌乱，雪落在逼仄的巷道里。我心想，她应该是庄严的，因为有人在注视她。我望着女孩的背影，想起了高中时读过的一篇散文，题

目叫《脚印》，还想起了朱自清的《背影》。那会儿的我可算
过目不忘，但记忆力仿佛就好了那么一个夏天。我在巷子里跟
踪一个女孩，寒风吹着我，我决定默背《脚印》。除了玩笑，
跟随一个背影，拾捡一个人的脚印，这也是和世界发生联系的
一种方式。胃里又开始翻腾，我压抑着恶心，眼里憋出了泪。
女孩掏出了手机，她要报警吗？警察来了，我该说什么呢？阿
Sir，误会，自己人。

女孩走出了巷口，主干道上一片光亮，潮湿的路面反映着
霓虹，更显凄清。她站在街边，急切地挥舞双手，仿佛挣扎的
溺水者。积雪团团落下，没一点声响。你应该庄严，你在被人
注视！我想大声对她喊道。她的几缕头发在风中飘扬，发梢有
雪化后的水珠。几辆出租车开过，但都亮着"有客"的牌子。
我肩膀撞在电线杆上，疼得叫出声来。女孩猛地转身，惊惧的
眼神在夜里迅速化开，她说："怎么是你？"我没认出她，我有
点儿脸盲，何况是在酒后，但我听出了她的声音。我说："我
看到了你的背影，但不敢确定，就跟着走了一段路，实在冒
昧。"赵小枝说："我以为是变态呢，之前吓坏了！是不是你
想起我上次跟着你，所以想报复我？"我说："哪有的事，我
送你回家吧。"她笑了。我心里涌出了一种幻梦的感觉，心跳
有些加速。她出现在了黑夜里，她被我注视。"看着我，就是
治疗我。"我忽然想起这句来自中亚的古歌谣，人人都需要被
注视。我提出打车，她拒绝了。她说，想再走走。她问：你怎
么在这里？我说，我去执行任务了。她说：你喝酒了。我说：
是的，特殊任务。我得早点儿回去，回到时间里去，不是吗？

我尽量想让自己庄严一些，但步伐仍摇晃，胳膊和肩膀
不时碰到她，别有用心一般。我问她，这么晚了，怎么一个
人走？她说，心里闷，散散心。我又问，找到工作了吗？她
没有理我。我想起上次遇到她时，她唧唧喳喳说个不停，现

在却冷着脸，沉默着。过了好一会儿，她忽然问："你家住哪儿？"我说："城北，钢厂那边。"话一出口，我就后悔，卧底不该住那儿。她挽起我的胳膊，说："不回家了，去钢厂吧。"我想起调酒师对她的评价，开始有绮丽的幻想，嘴角展露微笑。她说："别想歪，我只是去看高炉。"我俩走进一家小商铺，拉开推拉门，机器音在昏暗中响起："欢迎光临！欢迎光临！"门口一张小床上爬起来一个人，打开了所有的灯。赵小枝打量着货架。老板望着我俩，指指后边一排避孕套："要哪种？"赵小枝问："白酒有吗？就要那种便宜的，度数高的。"

我俩到钢厂时，雪停了，雪地上没有一个脚印。赵小枝注视着高炉，伸手从我口袋里掏出二锅头。她一拧瓶盖，然后用大拇指一挑，瓶盖画出一道抛物线，如一枚枪膛里弹跳出的空弹壳。她喝了一大口。我看了她一眼，她生气地说："你不能喝！"我说："我没想喝，我喝得够多了。你得慢点喝，稍微压一下。不然冷风吹进胃，特别容易吐。"她说："我没事。"她又喝了两口，转身，步态已踉跄。她不是想喝酒，她是想醉。她说："我记得，你说你家不远。"我转身，指指后边一排红砖楼，说："就那儿。"她用力拉着我的胳膊，说："带我去。"到了房间，我打开灯，弯腰去给她找拖鞋。她皱着鼻子，说："臭的，像狗窝！"说完，她瘫倒在沙发上，眼里满是怒气。我喊了声："赵小枝！"她说："喊我干吗？"我开始怀疑，这个赵小枝和上次我见的是否同一个人。她又喝了一口酒，这次是抿了口。我极其疲惫，对她有些失望。但我知道我永远都是失望的，上次见她就觉得失望，这次却又失望她和上次不一样。

她大着舌头，说："这是钢厂家属院，你才不是什么卧底。在你们这些人眼里，我是不是就是个年轻的傻帽？"我没说话。她哈哈笑了几声，然后皱着眉，压抑着恶心。缓了一会

儿，她接着说："上次我就知道，你不是什么卧底。钢厂倒闭
了。那会儿大街上的醉汉，十个里面有九个是你们钢厂的，个
顶个爱吹牛。我见过醉汉挺个大肚子，衣襟上全是自己的呕吐
物，他说自己是战狼，去过非洲，救过一千多人，还上过新闻
联播。还有个酒鬼穿着你们钢厂的工装，对着一面墙，说自
己是联合国教科文组织的专家，专门来咱们这儿学牛肉拉面、
美容美发，还有汽车维修！哈哈！"我伸手拿酒瓶，她狠狠拍
了下我手背："我的酒，你他妈别动！你知道为什么我当时假
装当你是警察吗？因为我希望遇到个警察，真的！那晚我有
点装，装纯，你知道吗？"我说："你为什么希望碰到警察？"
她说："我不想说。不过，那晚你表现挺好，尤其是什么陀螺
啊时间啊，说得我一愣一愣的。"她伸手指了指桌上的电脑，
说："你那篇小说，叫什么来着？"我说："《修改练习》。"她
说："能看看不？"我说："你喝醉了。"她忽然笑了起来，说：
"其实我不叫赵小枝。"我有点吃惊，问："那你叫什么？"她
把玩着酒瓶，说："不重要，你就叫我赵小枝吧。"她不再说
话。我渐渐觉得酒醒了，一种破败的孤独感弥漫，我开始烦
躁。她说："这里能看到高炉吗？"我说："房间里看不到，得
去楼道，有个小窗户可以看到。"她从口袋里掏出个东西，是
陀螺。她得意地看着我："上次你说得挺好，陀螺什么的，我
还专门买了个。这样吧，如果你真是卧底，我就给你讲个真
事。你要不是卧底，我就给你讲个故事。"我说："那你讲个
故事吧。"

　　我看到窗外的黑暗在褪去，夜晚快要结束了。她又喝了一
口酒，一斤装的酒她已经喝下去一半了。她说："讲故事还挺
难的。比如主人公叫什么呢？王晓莉，李爱花？"我说："还
叫赵小枝吧，反正都是假的。我把你讲的故事写在《修改练
习》里，小说里人名不该出现太多，因为篇幅不会太长。"她

说："好吧，可我讲不好。"我说："没关系，还可以修改。"她说："那主题是什么呢？"我说："时间吧。"她说："不会，太高端。"我说："那你就瞎讲吧。"

她想了会儿，又喝了口酒，说："两句话能说清的事，怎么讲。而且一个人待着的时候，就觉得挺有趣的，当你要给别人讲时，你发现其实它挺无聊。故事可以无聊吗？"我说："可以，但不能用无聊来讲无聊。要不，你先简单点讲。"她说："赵小枝和一个有妇之夫搞在了一起，后来她怀孕了，再然后打胎了。就这么简单。但你说的时间主题在哪儿呢？加不进去嘛。"我苦笑，说："打胎是为了让时间重新开始，赵小枝觉得这样能在时间中回头是岸。"她用力磕了下酒瓶，泡桐木茶几被磕掉了一块漆，像是夜里睁开了一只眼。她说："扯淡！孩子生下来，时间才能重新开始！"我说："也有道理，你可以加入些细节，还有象征。再详细一点。"她摇摇头："我不喜欢这样。故事不会详细起来的，讲的时候自己反而会变得详细，不是吗？搞清楚，你我是陌生人，我可不想变得详细，被你评价，被你分析。你上次说，你写东西，但还在修改。那你究竟想要隐藏什么？"我点上一支烟，没有搭话。她继续说："但是，我给这个故事想了个结局，我觉得还行。"我说："说说看。"她说："赵小枝打了胎，但她很快后悔了。她觉得，嗯，用你的话说，她觉得时间没法重新开始了。于是，她想弄死那个渣男。最后在一个黑夜，杀了男人。"我说："这没什么特别的。"她有些生气："你别那么高高在上！你觉得你可以指导我吗？我觉得震撼，这就够了！"她掏出陀螺，在茶几上用力转了下，陀螺急速转动，"嗡嗡"响着。窗外夜色淡了，能看到远处的山影，高悬的白炽灯变得虚弱。赵小枝红着眼，鼻翼一张一合，满是酒气。

等陀螺停下，她又说："赵小枝杀了男人，把他草草埋葬，埋在高炉下面的荒地里，至今算来也有一年了。"我掐掉了烟，觉得嘴巴特别干，心脏咚咚咚敲着胸膛，像铁锤砸着墙壁："赵小枝为什么把男人埋在高炉下？"她笑了，说："就是讲故事嘛，想到哪儿算哪儿。当然赵小枝也可以埋到别的地方去，这不重要。"我问："埋得深不深？""特别浅。赵小枝毕竟没力气。她不敢打车，深夜来到了这里。钢厂以前三班倒，后来不行了，长年也不开工，开工反而亏得更多。风险是家属院离高炉太近，但她没办法，想不周全，也做不周全；毕竟这种事没有经验可循，她想着全看运气了，因此尸体埋得浅。她为这事挺后悔的，怕大雨把骨头冲出来，但是这座城市年均降水量不到四百，不会有冲出白骨的大雨的。怎么样？故事合理吗？对了，你这儿看不到高炉吗？"我取过酒瓶，猛地灌了自己几口。她开始喊："这是我的酒，你不能喝！"我又一次感到眩晕，一瞬间我感到了陌生。我为什么在这里？我为什么和一个自称"赵小枝"的女孩讲故事？我站起来，从电脑上拔下U盘，走到洗手间，把U盘扔进马桶，然后撒了泡尿。滚蛋吧，《修改练习》。等我出来，看到她从茶几下摸出一盒烟，红盒万宝路。我不常抽万宝路，有时候看港片，发现港片里不论警匪，都抽这烟。我买了几盒，专供看港片时模仿主人公。我把打火机扔给她。她说："我倒觉得，你最好还是卧底。你是卧底，该给你什么样的任务呢？让你潜伏在这家钢厂，去发现赵小枝的罪行？"她抽着红万，眼神缥缈，白炽灯在她头顶嘶嘶作响，仿佛一条蛇盘在我们头顶。

　　我打开门，走到楼道里，推开小窗户，半截高炉入眼。夜色渐淡。我忽然看到高炉动了起来，在一瞬间。时间启动了。我转过身，想喊赵小枝过来，小枝坐在沙发上，玩着陀螺。陀螺从桌子上掉了下来，在白色瓷砖上继续旋转，发出嗡嗡的声响。我看到楼下有人，是个捡垃圾的老头，夜色越来越清浅。四面高墙围着钢厂和家属院，仿佛一个巨大的泳池，盛着越来越浅的夜色，老人在泳池里奋力向前，游向高炉。太阳快出来了，白昼没有隐喻，夜里的一切不必再修改。

原载于《广州文艺》2020 年第 1 期

夜色苍茫

一

　　小红帽坐在沙发上抽烟，窗外夜色苍茫。手机在黑暗中播放肖邦。小红帽取出一根火柴，嘟囔道："呀，比手掌还长呢。"火柴划过火柴皮，青烟和微光从红磷的孔隙中冒了出来。短暂的安静，然后"刺啦"一声整个儿着了起来。小红帽举着火柴快步走到玄关处，镜子里出现了她的样子：平庸的五官，暗红色毛衫，廉价牛仔裤，蓝色李宁牌运动鞋。镜子里的小红帽举着火柴笑了。火烫到了手指。小红帽手一挥，房间又陷入了黑暗中。镜子里似乎还有她的笑，仿佛灯关后残存的辉光。肖邦将尽，音乐渐低渐远，如梦之初醒。在一曲肖邦和另一曲肖邦之间，她忽然有落泪的冲动。

　　小红帽坐回沙发，关掉音乐，又点上了一根烟。窗外起了风。小红帽心想，风声像是遥远的海浪拍打在悬崖上一般拍打着这座屋子呢。她又笑了笑，哼唱了起来。她掐灭烟头，悄悄走出房门。走廊里没有服务员。一间客房的门大开着，里面传来电视的声音，一个矮胖男人躺在床上一手拿着遥控器，一手拿着手机。小红帽说："你好！"

男人忙坐了起来，说："你谁啊？我认识你吗？"

"想聊聊天吗？"

男人端坐在床上，说："不需要服务，谢谢！"

小红帽哈哈笑了起来："好遗憾哦。"她蹦蹦跳跳走开，哼着不成调的肖邦。她下了楼，吧台上的服务员正拿着手机看电视剧。又没有人发现自己，小红帽开心极了。她出了宾馆大门，回头看了眼：大森林宾馆。她掏出手机给宾馆拍照。

大森林宾馆地处郊外半山腰上，四周黑灯瞎火。远处是城区，灯火密集，仿佛一片灯的沙漠。小红帽心想，这会儿早没有公交了，等到天亮估计也不会遇到一辆出租车，这可怎么办？她想了想，打通了李波的电话。过了半个小时，李波的那辆二手捷达出现在了路口。

一上车，李波就说："你大晚上来这里做什么？"

"玩呗。"

"这破地儿有什么好玩的，又破又乱，又乱又破！"李波气呼呼地说，"喏，看到前面那个桥洞没？上个礼拜桥洞里死了一个女人，被乱刀捅死，左乳房都被割下来啦！"

"什么样的女人？"小红帽好奇地问。

"新闻上全是马赛克，就能看到红色的一大坨，我怎么知道是什么样的女人。报道上说是穿了一身红，红裙子，红包，红鞋子。"李波一手抓着方向盘，一手在夹克口袋里摸索。

小红帽掏出自己的烟，给李波点上。她说："一身红的女人？哈哈，那死去的不就是我嘛！"

"神经病！"李波的话和白烟同时喷了出来。

小红帽高兴地说："喏，你记不记得，我们第一次参加聚会，我不是告诉你，我得了乳腺癌了吗？你问哪一只，我说是左乳房。喏，现在生病的乳房被切除了嘛。"

"神经病！真是神经病！我看你被切除的不是乳房，是脑子！"李波生气地说，"你说，你大晚上来这种鬼地方来干什么嘛。"

小红帽说："走着逛着，就到这里来了呗。我刚出来的那家宾馆里还是有客人的。你说这地方一无是处，怎么会有客人呢？"

李波冷笑，说："有的人就是奔着乱去的。"

小红帽想起在宾馆中那个躺在床上的男人，那男人几乎是大喊着说：不需要服务！她拉下副驾驶位上的化妆镜，看着自己乏善可陈的五官，有些生气。她努着嘴说："哼，才不是呢。"她不再说话。

车子进入了市区，窗外是明亮而温暖的人造光。李波的心情瞬间好了不少。他打开音乐，摇滚响了起来，脑袋也跟着晃起来。

小红帽说："我今天想到了一个特别好的词儿。"

"你说什么？"

小红帽关小了音乐，又说了一遍："我今天想到了一个特别好的词儿。"

"什么词儿？"

小红帽停顿了下，说："Rewriting！"

李波说："靠，我要是能听得懂英文，我还会开两万块钱的二手捷达？"

小红帽说："Rewriting 就是'重写'的意思。"

李波没好气地说："这有什么意思？作业写不好才要重写呢。我小的时候，经常重写作业，数学还好，错就是错，对就是对，顶多全错，挨上几竹板子。可语文老师讨厌，作文写不好要重写，检查没写好也要重写！我最怕的就是重写，我觉得简直是小学校园里的法西斯暴行。我第一次知道原来世上还有比肉体折磨更可怕的事情，那就是重写！"

小红帽说："我说的不是这个'重写'。"

李波说："那你要重写什么？"

"哎，算了，不说了。算我没说。"

李波说："你这人就是这样，说话怪怪的。重写有什么意思嘛。"

"那你觉得什么有意思？"她反问。

李波想了想，说："我觉得'不写'有意思。"这时车里的音乐已经换了一首，一个甜腻腻的女声唱道："啊，啊，啊，今夜我做了你的女人……"李波一笑，说："嗯，我觉得这也有意思。"

二

"重写。"小红帽小声说着，她抓起身边的烟，又点上了一支。

李波翻了个身，迷迷糊糊地问："几点了？"

"快八点了，"小红帽站了起来，拉开窗帘，大声喊道，"Rewriting！"

李波骂道："神经病！"他坐了起来，也点上了一支烟。狭小的房间里弥漫着烟气，窗外照进来的晨光也跟着变得朦胧了。

"你今天什么时候出摊？"小红帽问。

"今天不出摊了。嗯，最近不是市里要开文化博览会嘛，到处是城管。妈的，我也算是繁荣文化市场，这帮孙子。现在都是互联网时代了，谁还卖盗版碟片呢，我这是文化的怀旧。外地来开会的人万一看到我在卖碟片，躁动的青春记忆猛然唤醒，古老的荷尔蒙再次冲顶！这一切多美好！这些执法者什么都不懂，自己没有爱也不懂得别人的爱。无情者无趣！"李波唱了起来，"法海你不懂爱，雷峰塔它倒下来……"

小红帽咯咯地笑了起来。

李波说："我打小就喜欢文化事业，喏，今晚我还和文化圈子里的几个朋友要碰头呢。"

"文化圈的朋友？卖盗版书的还是卖海报？"小红帽喷出一大口香烟问。

李波掐灭了烟说："晚上一起去吧。"

"好啊。"小红帽拉开了冰箱，刺鼻的腐臭味冲了出来，"靠，你这冰箱多久没收拾了，就算是用来藏尸块也不至于这么臭吧。"

李波说："里面有啤酒，你找找看。"

小红帽从烂梨和烂香蕉中间找到了两罐啤酒。她用纸巾擦干净啤酒上沾着的脏东西，递给李波一罐。她问："我给你讲过我的过去没？"

李波说："讲没讲过，你不知道啊？别给我扮失忆啊。"

"我就问你，我讲没讲过？"小红帽忽然脸拉了下来，一字一顿地说，"一句话，讲没讲过？"

"好，好，"李波说，"你啊，翻脸无情，我服了。讲过啊，喏，那天我们喝酒到午夜，然后在宾馆里，你就开始讲，一直讲到第二天早上六点。你本来在床上讲，后来就站在了窗前。晨光熹微，照在你裸露的肩头上，外边传来了犬吠和人声。嗯，那种感觉就像待在桃花源中。"李波说完，嘻嘻地笑了起来，得意于自己文艺范的措辞。

小红帽点了点头，说："你把我那晚的话复述一遍，我要重写！"

"喏，改天吧，我先回忆回忆。"李波心想，那晚小红帽说了什么自己早忘了嘛。

"我要重写!"小红帽倒在了床上,她举着手机,播放起肖邦。

到了中午,李波饿得受不了,说,一起去吃饭。我哪儿也不去。小红帽躺着说。李波在房间里找了半天,找到一块硬得和石头一样的面包,两人各分一半,没有人烧开水,于是就着自来水吃了下去。然后,两人一直躺在床上。小红帽有一搭没一搭地和李波聊天,时而心情愉悦,时而心绪又很坏。

傍晚时分,忽然起了沙尘暴,天地昏黄一片。李波的电话响了。小红帽就听见李波不断地说:"好的,好的,一定到,一定!"

小红帽和李波一同出了门,走出小区的一瞬间,路灯亮了。小红帽说:"路灯重写黑夜的到来。"

李波说:"别发神经了。"

小红帽又说:"只有对开端的重写才是真正的重写。"

两人前面走过几十个广场舞大妈,她们穿着统一的绿色 T恤,戴着白手套,一言不发,向前走去。仿佛整齐的队伍,向着夜晚行军。

三

小红帽和李波到了指定的包厢。文化圈的那几位已经喝得天昏地暗。李波和小红帽站在门口,半天没人搭理他们。小红帽小声问:"是这儿吗?"

李波说:"喏,这几个哥们儿看来从下午就开喝了。文化人嘛,随性。"

这时,一个大胖子站了起来,一手还端着酒杯,向李波和小红帽挥了挥手,大胖子给大家介绍说:"来,来,我给大家介绍下哈，这是李老板和他女友。"

几个人停下了谈话，眼睛向门口瞄了过来。李波尴尬地点了点头。还有几个人在那里高谈阔论。大胖子说："李波，坐过来嘛。"

李波和小红帽搬了两把椅子过去。大胖子又给他俩一一介绍。其中不是老板就是文学家，头衔大得不得了。其中有个黑瘦男子，据胖子介绍，是个文学教授，姓苟。小红帽和李波忙起身伸出右手："幸会！幸会！"

苟教授没有搭理他俩，只顾和旁边一位姓马的小说家聊天。大胖子说："来，来，你俩吃东西嘛，还有菜的。"小红帽举起筷子，无从下箸，盘里只剩些汤汤水水。

"还有菜嘛，随便夹点。"大胖子热情地说。

小红帽只好夹了片生姜。

苟教授忽然一拍桌子，吓得小红帽的生姜掉在了桌子上。苟教授对着旁边的人说："现在他妈的这帮八〇后九〇后没几个好东西！我对这个群体集体不信任！"

小红帽侧头看了看李波，李波正襟危坐在听苟教授高论。小红帽笑着低声说："你也是九〇后。"

李波笑了笑，没说话。

小说家说："是的，我见过的八〇后九〇后也确实都不行。整天嘻嘻哈哈，没有责任，不懂得敬仰崇高嘛。他们一天看的都是什么嘛，卡通！看卡通的电视，看卡通的书。我看他们简直就是个卡通人嘛！"

苟教授又拍了下桌子："他妈的，可不是！就是卡通人嘛！"苟教授喝了口酒，自言自语地说道，"卡通，卡通，C、A、R、D，Card，卡通！"

小红帽又看了眼李波，李波还在认真听。小红帽心想，苟教授的英文真是让人吃惊。

苟教授和小说家又聊起别的事情，小红帽还在想他那神奇的英语造诣。她端起一杯酒，站了起来，说："苟老师，我敬您一杯。"

苟教授也举起了杯子。

小红帽说："听说您是文学教授。"

苟教授说："嗯，我是教文学的。但他妈的中国就没文学，让我教什么！"

小红帽说："那您喜欢英美文学吗？您英语一定特别好！"

苟教授说："他妈的，英美文学算个屁！我不喜欢！我英语还行吧，主要是读一些英文的原著。但英语是什么？是大工业时代改造过的语言，满身工业污染臭味的语言！它的语法就是资本的结构，这样资本的语言能言说诗吗？"苟教授说到最后的时候，缩着肩膀，干瘦的脖子向前水平伸出，泛着血丝的小眼睛生气地盯着小红帽，像是愤怒的乌龟。

小红帽又问："那您喜欢哪种外语呢？法语？"

苟教授说："法语太俗了。法国人的世界就是个世俗世界！没有神性！我擅长的是德语、拉丁语和希腊语。希腊语指的是古希腊语！"

"赞！"小红帽竖起大拇指，一口喝干了杯中酒。

苟教授说："嘿，小李的女朋友还挺豪爽！"他也喝干了酒。他"啪"一声放下杯子，酒桌上响起了一片掌声。

苟教授指了指小红帽说："我觉得你不错，眼睛有灵气！"

大胖子笑着对李波说："苟老师夸你女朋友呢，你眼光不错。"

李波嘻嘻一笑，也端起了酒杯，敬苟教授。苟教授不理他，和左边的一位评论家聊了起来。李波只好尴尬地坐下。评论家说："苟老师的诗歌是很精妙的，远接屈子、荷马，近得荷尔德林之神韵，是很难得的。苟老师今年招生不如招我当你的学生嘛。"

苟教授"咯咯"怪笑起来，靠在椅背上，指着评论家说："你还不够格，你说我写的是诗歌，这就不对！格局有问题！诗是诗，歌是歌，诗歌是什么？读的还是唱的？这不是瞎整嘛。诗歌是诗的下降，是神性的沦丧！"

酒桌上再次响起掌声。一旁有人起哄，让苟教授朗诵自己的诗，让大家开开眼界。苟教授也不谦虚，掏出手机，翻找了一会儿，起身念起来：

　　　"我是蛔虫，我在思想的肠道里咀嚼
　　　我闻得到思想之芬芳之思想
　　　肠道将一切揉碎、分解
　　　给食物最后的塑形
　　　女人？
　　　可笑的东西
　　　尼采要拿皮鞭抽打的玩意！
　　　蛆虫在女人的肌肤上沉沦
　　　我在思想的肠道里前行
　　　我是蛔虫，不是蛆虫！
　　　他妈的！"

苟教授念完，大家一时安静了下来。苟教授看大家都不说话，一脸不悦，站在那儿，眼睛扫视大家，然后又开始念了起来。小红帽安静地看着苟教授。苟教授的每一首诗都以"他妈的"三字作结。这时有人敲门。姓马的小说家喊了声："请进！"

几个穿着粉红色短裙T恤，扎着马尾，头上戴着兔子耳朵造型发箍的女人走了进来。其中一个说："各位领导、老板晚上好！我们是隔壁会所公关部的，我代表姐妹给大家敬个酒。"女人端起酒杯，向在座每一个点头示意，一饮而尽。

评论家说："你们是隔壁的，来这边做什么？"

女人笑说："我们两家是同一个老板，你们是老板的朋友，所以过来给大家问个好。您看，要不要我们陪各位一会儿。"

苟教授说："要是你们能听诗，就留下来。"

"苟教授喝多了。"大胖子忙对那女人说，"你替我们谢谢你们老板，我们几个文友聚聚，说说知心话，今天就不玩儿了。"

女人脸上挂着假笑，双手搭一起，并在左侧腰间，微微一躬身，说："好的，谢谢各位领导、老板，欢迎下次光临我们会所。"说完，手伸进衣领，从胸罩里掏出一张名片，放在了饭桌上。"我们等各位光临哦。"说着便开了包厢门，一队人有序地退了出去。

"靠！"小红帽轻声说道。

大胖子说："什么嘛，乌烟瘴气的。"

苟教授说："风尘之中，或有巨眼英雄！你也不能一概而论嘛！"

评论家说："苟老师，名片在我这儿，要不我帮你喊过来？"

苟教授忙挥了挥手。

小红帽站起来，李波轻轻拉了拉她的袖子，低声问："干什么？"

小红帽说："去洗手间。"

小红帽从洗手间出来，见之前那女人正在洗手。女人一边洗手一边旁若无人地唱歌："重谈笑语人重悲，无尽岁月风里吹……"女人的嗓音粗粝，是那种老烟嗓。歌是粤语歌，女人卷着舌头用普通话唱，倒也一派沧桑。在女人的歌声中，小红帽忽然听到窗外是有风的。

女人出了饭馆，小红帽跟在后面。夜风不小，带着一股土腥味扑面而来，女人的红唇间叼着烟，掏出打火机，一手挡风。小红帽只听见"哒哒哒"地响了几十下，然后女人才喷出一口白烟。女人的姐妹们都不见了，只剩她在街头抽着烟，她看着来往的车辆，若有所思。小红帽抬头，浮尘的夜空是浑浊的。

小红帽跟在女人后面。女人走走停停，似乎满怀心事。女人的高跟鞋踩在地面上的声响显得空洞，仿佛脚下是一个空荡荡的世界，只有薄壳似的道路支撑着人间灯火。小红帽心想这个遍历红尘的女人心里在想什么呢。这时，小红帽手机响了。李波在电话那头问道："你人呢？"

"外边透透风。"

李波说："你是不是生气了？"

小红帽说："没啊。我觉得挺有意思的，跟听了一晚上郭德纲的相声似的。"

李波在电话那头嘿嘿地笑："我最近搞了几张新碟片，不好搞到。今晚回去后，我们欣赏下。"

小红帽说："好啊。"说完，她挂了电话，将手机调成静音。她想了想，又将手机关机。

前面的女人不见了。小红帽转过头，四下寻找，也都不见女人的踪影，仿佛从未出现过一般。路灯昏黄的光照了下来，尘土颗粒在灯光中盘旋。一辆出租车从远处的昏黄中开了过来，鸣笛减速，靠近了小红帽。司机摇下车窗，问："姑娘，去哪儿啊。"

小红帽上了车："你随便开吧。"她伸手掏口袋里的香烟，结果掏出一盒火柴来。火柴盒上印着"大森林宾馆"。小红帽把火柴盒递给司机，说："去这儿吧。"

车子经过那个桥洞时，小红帽忙说："停这儿吧。"下了车，小红帽走进黑乎乎的桥洞。忽然一阵"轰隆隆"的声响从头顶传来。小红帽知道正有火车从上面经过。小红帽以前租的房子就在火车道旁，她常到铁轨附近坐着直到午夜，看长长的列车经过。她知道晚上这个时间经过的应该是那列从乌鲁木齐开往北京的班列。小红帽觉得自己的心一下子安静了下来。她划亮一根火柴，闪烁的光亮中，她看到混凝土墙壁上斑驳的痕迹。她心想，这大概是那死去女人的血吧。她还看到地面上一朵白色的玫瑰。她挥挥手，火柴熄灭了。一切又陷入黑暗中。

为什么自己忽然觉得安静了呢？小红帽忽然又一次想到了那个词语。是的，或许是那个抽烟的女人的出现，重写了这个无趣浮躁的夜晚。想到这里，她又哼起了不成调的肖邦。

四

怪癖，是人性的天窗。黑暗中的小红帽忽然想到。她有些得意，掏出手机将这句话记在了便签本上。好的怪癖应该完完全全属于一个人，黑夜中出现又消失，永不被看见。好的怪癖像是完美的罪行，是无人知晓的挑战。目击者，自然不能有，最好犯罪与伤害都属于一个人，施刑与受刑也是一个人。绝对的私人行为。这么说来，性怪癖一般说来不能算是好的怪癖。小红帽继续写道：如果将所有人的一生都记录下来，这个记录越是详细，人生与人生就越是相似。如此，怪癖弥足珍贵。怪癖可以看作是对人生某个章节重写的企图。小红帽将"重写"两字调成了红色字体。

小红帽写到这里，更是得意。她想到了李波。李波的怪癖是不断地参加各种聚会，越是离他生活遥远的聚会就越是对他有吸引力。李波参加过的流浪艺术家聚会、无线电爱好者聚会、鹿晗粉丝团北城区聚会、IGBT 应用兴趣小组聚会、《金瓶梅》民间研究协会聚会、中东问题民间协会聚会、90 后恋爱交友 QQ 群线下聚会、槐树路水泵行业聚会、槐树路小学一年级四班家长聚会……她和李波是在一个绝症患者们的聚会上认识的。

那会儿，她还在医院里当护士。有天，她忽然想到了一个词："纯洁"。她连着好多天嘴里都念叨这个词语。什么才是真正纯洁的呢？火是纯洁的。因为你从火里面不可能分离出其他的东西来。暴力，也是纯洁的。她还想到了绝望。她在QQ上找到了这个绝望的群。她说自己得了乳腺癌，可她拒绝治疗，现在正等着死神拿着镰刀收割自个儿呢。大家都安慰她，邀请她参加他们的线下聚会。

说实话，她可爱参加这样的聚会了。聚会的第一项是分享感动。大家都纷纷发言，无非是家里的兰花开了呀，每晚拿着剩饭去喂流浪狗啦，孩子期中考试名次又进步了呀……都是些平庸琐碎的事情。她觉得无聊，但很快又发现了里面的趣味。因为，她发现这些人执拗地叙述这些时，他们内心深处其实是想从琐事中讲出不同的东西来。他们努力而又无力，他们想告诉别人：看啊，这是不一样的，只有我能发现，生活并不是完全按照往常的那个轨道走的，是有神迹的。我能发现，是因为它最终会发生在我身上。轮到小红帽分享时，她编造了一个奇幻得不可思议的故事。没想到，所有的人都相信了，并为她鼓掌。

小红帽发现，这些被世界抛弃的人忽然变得轻信了。

后来的一次聚会上，她看到了李波。两人几乎只交流了一个眼神，就确信对方和自己一样。犹大一眼认出了犹大。

聚会后，她问李波，下次还来吗？李波说，不来了，不同的聚会他只参加一次。她说：我也不来了。

小红帽想起和李波的初次见面，她在黑暗中笑了。但她觉得李波参加各种聚会的怪癖远不及自己的怪癖。因为，他的怪癖必须有别人参加。不存在一个人的聚会。但自己的怪癖就不一样。她站了起来，打量着这间黑暗的房间。多好，乘人不备溜进一家廉价宾馆，寻找一间服务员忘记关门的空房子。然后，坐在沙发上，抽一根香烟，看窗外夜色苍茫。再听一曲肖邦。多好。

五

有天，小红帽在路上闲逛，看到了李波的盗版碟摊位。李波低着头，仔细打量着手里的一张碟片，半天一动不动，石像一般，仿佛他有一种特异功能，可以通过眼睛读取碟片里的画面。小红帽蹲坐在李波面前，问："老板，你手里的碟片多少钱？"

李波抬起头来，眼睛亮了起来："哟，稀客啊！"

"最近有没有参加什么有意思的聚会，给我讲讲。"

李波把屁股下的小马扎让给了小红帽，说："嗒，最近还真没再参加什么聚会。我现在对聚会不感兴趣了。"

"为什么？"

李波说："没意思了。感觉也就那样吧。前几天，那个苟教授还挺关心你，向章明问起你。"

小红帽拿起一张碟片打量，问："章明是谁？"

李波说："就那晚那个大胖子。苟教授问章明有没有你的联系方式，还告诉章明千万别让我知道。章明给我打电话说，他以前也没接触过这个姓苟的，感觉真是个大傻帽。"

小红帽哈哈笑了起来，拿着碟片问："这是什么片子，上面是全是日语，看不懂嘛。"

李波说："嗒，成人电影，有没有翻译都一样。"

小红帽举起碟片，喊了起来："成人电影啊，卖成人电影！"

李波赶紧捂住小红帽的嘴巴，几个路人都停下脚步，转过了头来。李波说:"忘了你脑子里的病还没有好。"

他松开手,问道:"你现在工作了没?"

小红帽说:"没呢,以前当护士时攒的钱还没花完。什么时候花完,什么时候工作。"

"还没花完,真有钱。"李波说。他忽然站了起来,跳到旁边的一个台子上,向远处眺望。"走,今天收摊了。"

李波迅速将碟片装箱,又将箱子抱到旁边捷达的后备箱里。果然,城管的执法车开了过来。

小红帽跟着李波去了出租屋。晚上,两人躺在床上,抽着烟聊天。小红帽问:"你现在不去凑各种聚会了,那你有什么新的爱好没?"

李波说:"嗐,有天晚上,我经过广场,大屏幕上正在播本市新闻。一个人站在台上讲,一群人在下面听。镜头扫过时,有个人已经睡着啦。等到台上那人讲完,会场上响起了雷鸣般的掌声。我看着那画面,心里忽然涌起了一种强烈的空虚感,像人在旷野上。"

"哦。"小红帽问,"再讲讲看。"

李波说:"我也不知道。一下子就觉得那个画面充满了神秘的味道。那么大一个会场,像是荒野。台下听众像是一棵棵树,树上长满了手掌。风吹过去,树就发出'哗哗'的掌声。又寂寞又有意思。"

小红帽坐了起来,哈哈笑了起来,说:"那你准备去混会场吗?"

李波说:"对啊。我决定去混会场,不但有自助餐可以吃,还可以做一棵会鼓掌的树。但这和参加聚会不一样,参加聚会可以在网上联系,只要给自己虚构一个身份就行。开会不一样啊,QQ上可没有参会群。所以,我决定先弄几个假证件:记者证、代表证、参会证什么的,试一试。你觉得我这个想法怎么样？"

小红帽点上了一根烟，然后塞进了李波的嘴巴里。楼下的夜市开始喧闹起来，小红帽似乎能闻到从窗户缝隙中透进来的油烟味。"会鼓掌的树，"小红帽看着李波的眼睛，说，"我好像有点喜欢上你了，树先生。"

李波嘻嘻一笑，说："那你告诉我你的名字。"

小红帽翻过身，看着天花板说："我不会告诉你我的名字的。"

"喏，那你的喜欢可一点儿都不真诚。"李波抱着小红帽。

小红帽说："本来就不真诚，你莫要得寸进尺。"

李波说："你这人真怪！好好的，又生气。"

小红帽不说话。两人静静地躺在床上，几只飞蛾绕着发黑的灯管飞舞。小红帽抓起枕头，扔向灯管。枕头落下砸在桌上，一只玻璃杯盏掉地上，碎了。小红帽爬起来，捡起地上的枕头，拍打几下尘土。李波说："喏，碎玻璃不用管，明早再收拾。下床时小心。"

小红帽抬头。几只飞蛾重又聚在了灯下，翅膀的阴影在墙壁上晃来晃去。小红帽说："看，飞蛾又聚在了一起。你还记不记得，你参加绝症患者聚会那次，其间老赵和老谢吵了起来。"

"喏，有这么回事。我记得老赵气坏了，杯中的茶都泼在了窗户上。"李波笑着转过身，抱着小红帽，"只要是和你在一起的点点滴滴，我都记得呢。"

"是啊，老赵让老谢滚蛋。"小红帽忽然叹了口气，"你还劝老赵莫要生气。老谢刚出门一会儿，老赵忽然冲了出去。两人一块儿回到小包厢。你看多像啊！"

李波说："没头没脑的，像什么？"

小红帽盯着灯管："像飞蛾啊。我们也像这飞蛾。"

李波拉过被子盖住了两人。黑暗中李波说："小飞蛾啊，你现在看不到光了吧。"李波伸出手来，开始解小红帽的扣子。

小红帽推开李波，拉下被子，呼了一口气："这被子多久没洗了，一股馊味。"李波尴尬地笑了笑。小红帽接着说："你记不记得，老赵把茶泼在了窗户上，茶叶缓缓向下滑落。老赵伸出手指，摁住了一片茶叶。"

"喏，这种细节，我怎么能不记得嘛。"

小红帽说："老赵贫血得厉害，嘴唇是惨白的，脸色又黑又绿，像是镉污染的泥土。老赵认定自己患病是因为他家附近的镉污染。"

李波说："镉污染，我知道。北区那边是有污染，好多年了。有个北京的企业一直在那里搞什么环境恢复工程。"

"嗯嗯。那天老谢掏出来一朵花，所以老赵生气了。"小红帽说。

李波一拍脑袋说："喏，你这么一说，我也想起来了。是一朵蓝盈盈的小花。"

小红帽说："老谢拿出的那朵花是蔓田芥。"

"蔓田芥?"

小红帽说："蔓田芥长在长白山，在日本的北海道也有很多。蔓田芥对镉有着很强的吸附能力。北区治理镉污染就种了很多蔓田芥。老赵看老谢拿出了蔓田芥，想起了镉污染，所以生气。"

"原来是这样。"李波的手消停了下来。他爬过去，从床头柜上取过香烟。"靠，就剩一支了。"他点上烟，猛吸了一口，又递给了小红帽。小红帽也吸了一口。

"老赵摁住了茶叶，他的样子也映在了窗玻璃上。那晚外边刮着大风。大家都安静了下来，看着老赵，听着风声。玻璃上老赵手指的倒影是半透明的白，仿佛是一截白骨，从外面黑暗中伸了出来，指着我们大家。不知道为什么，每次我回忆起这个画面的时候，总觉得自己是站在窗外看着老赵看着大家的。"

李波又拿过烟，抽了一口，说："喏，你怎么不说'重写'了？哈哈，你又忘了这个词了吧。"

小红帽盯着灯管，说："今晚看到绕灯的飞蛾，我就想到了这一幕，想到老赵手指仿佛一截埋在黑暗中的白骨。所以啊，是飞蛾重写了那个夜晚。"

李波说："好了，你够了！一个词念叨好多天。什么事都能绕到上面，小学生造句似的。"

小红帽说："我们也是飞蛾。"

李波说："那你别叫小红帽了，就叫小飞蛾吧。"小红帽转过身，盯着李波的眼睛。李波问："喏，看我做什么？"

小红帽说："我忽然想起一种说法，说只要你紧紧盯着一个人的眼睛，盯够十七秒，那你这辈子都不会忘了他的眼神。"

"无稽之谈。"李波转过身子，"我不愿意记住任何人的眼神。你也最好什么都不要记住。"

六

小红帽去了一家医药超市工作，身穿护士装，头顶小白帽。每月工资只有两千，好在医药超市提供食宿。超市每天早上九点开门。八点四十五的时候，小红帽和别的员工一起站在医药超市门口，大声喊着企业口号。然后，经理走到前面大声提问，大家大声回答：

"顾客是我们的什么？"

"顾客是亲人，感恩亲人赐我衣食！"

"马总是我们的什么？"

"马总是父母，感恩马总赐我事业！"

　　然后大家围成了一个圈，手拉着手，开始唱《明天会更好》。小红帽心想，一个药店搞得跟传销似的，这个马总真逗。

　　工作倒是轻松，尤其是工作日。超市门口附近放着一台电视，循环播放企业的宣传片。等到下午，几乎没有客人的时候，几人围着电视看韩剧。有天，小红帽拿着遥控器，忽然看到市台正在直播什么会议。她定定地看着电视。她的一个同事过来争抢遥控器，她伸出食指做了一个噤声的手势。

　　胖乎乎的市长站在台上在作报告，眯着眼睛盯着稿子。镜头扫过台下，一位老同志手握着中性笔，刻意瞪大着眼睛，和困意做最后的斗争，笔尖在面前的稿子上漫划着，仿佛在玩一个叫作"笔仙"的游戏。镜头抬升，像一个超然的目光俯视着台下的每一位，也俯视着电视前的小红帽。会场真大，镜头直拉伸到人群的地平线。小红帽认真地辨认镜头里出现的每一颗脑袋。她的同事小米说："哎，脸都贴上去了，有你熟人啊。"小红帽没有理会她。市长放下手中的稿子，眼睛忽然变大，高喊："圆满成功！"

　　一时间，所有人都站起来鼓掌。小红帽想起了李波的比喻：长满手的树，风吹过便会发出掌声。她站了起来，叹了口气，想起了李波的孤独。

　　下班后，她一人待宿舍里。同事们都出去了，她们都有男朋友。她躺床上，看着灯管，看着天花板。心绪是枯寂的，窗外的风声呼啸而过。她心想：我不能太早睡着，这样早上我就会自然醒。醒来后，我又得长时间盯着天花板，我不喜欢盯着天花板的感觉，我喜欢被吵醒。

　　小红帽忽然爬起来，取过桌子上的一本破旧不堪的《格林童话》。她赤脚站在地板上，望着灯管。桌上的闹钟嘀嗒嘀嗒地响着。她侧头看到了窗玻璃上自己的身影，她忽然觉得自己抱着书的形象充满圣洁的味道。她怀里抱的是某个神秘流派的宗教典籍，脚下是炽热的沙漠，头顶的灯管是查拉图斯特拉正午的太阳。

站在地板上，她再次想到了"Rewriting"。真的可以重写吗？她颓然想到。

她记得自己小学二年级的那个夏夜，空气热而黏稠，如同熔化了的沥青。她记得窗外有蝉在叫。黏稠的夜空里，蝉鸣声反而洪亮清晰，仿佛缓慢流动的沥青里的一颗颗小石子。父母在争吵，吵得很凶。刚刚下岗的父亲手里攥着一根铁钎，对着母亲说：你莫要逼我，我会把这玩意儿捅进你的身体。婴儿床上的弟弟也在哭号。她难受坏了，不愿意这么待着。她希望这是个梦，梦醒来，一切回到之前。她把自己锁在了阳台上。她很害怕，觉得自己无所倚靠。慌忙中她找到了一本童话书，随便翻到一页，大声念起来。父母都停下，看着她。她一边擦泪一边读，仿佛书里神迹会因为她此时的虔诚而发生在阳台上。忽然，铁钎砸碎了玻璃，父亲的手伸了进来。她泪眼蒙眬，灯光在她的泪光中折射。她赶紧将注意力集中在了那变形的斑斓的光上。她又看到斑斓的光里出现了各种奇异景象。她含着泪，微笑着。

小红帽站在地板上，心里想，怎么会"重写"呢？相比二年级时，她根本就没发生什么变化嘛，还把期望放在书上，放在从书上得来的词语上。什么会重写呢？那个夜晚就是那样了嘛。发生过的事情就像是铅字印在书本上一样不可更改。重写是非法的。小红帽抱着书本，望着灯管。

第二天，小红帽被人摇醒来。室友小米一脸慌张地看着她，说："你怎么了？"

小红帽揉了揉眼睛，怀里的书掉在了地上，她说："没怎么呀。"

小米说："你怎么睡地上，吓死我了。"

小红帽笑了笑，坐了起来。她浑身肩膀酸疼，她咧着嘴说："有什么可怕的。"

小米放下了包，搬过凳子，坐在凳子上："我一开门就看到你躺在地上，披头散发，怀里抱着一本书。"

"给我倒杯水。"小红帽脑袋疼起来了，"我抱着书倒在地上，像不像溺死在晨光里的圣女？"

小米递给她杯子，说："像个屁！我昨晚和男朋友看了一场电影，里面有个情景就是主人公回到宿舍，发现自己室友全被杀了！"

小红帽弯腰捡起书本，说："来，我给你念一段吧。"

小米说："别念了，幼稚死了。你现在这个状况就是缺个男朋友，有了男朋友，你就正常了。"

小红帽说："你的意思是新的男人是对女人的重写？不可能的，过去是你的影子。影子是不能重写的。原罪也是不能重写的。没有人能对开端进行重写。"

小米伸出了手，摸了摸小红帽的额头："哎呀，还真发烧了。"

七

"重写"这个词语带给小红帽很长一段时间的苦恼，让她成为了一个宿命论者。她有时候会想起李波，想起李波说的话，想起他的身体。但她不能想起他的眼睛。她想起那个夜晚，她要盯着李波的眼睛十七秒，被李波拒绝了。如果当时看了，是不是真的这辈子就忘不了。她对李波的过去所知甚少，她没问过李波在哪儿读过书，父母是做什么的，家境如何，也没有问过他和多少个女人上过床。她没问过，因为她知道，既然没有未来，何必问过去。她有时候会想起李波，但她没有联系过他。李波也没给她打过电话。她知道李波和自己太像了。就像第一次聚会上见面，犹大一眼认出了犹大。

小米拿着遥控器。电视上几个金发碧眼活蹦乱跳的女人唱着：

"Gimme gimme gimme a man after midnight
Won't somebody help me chase shadows away
Gimme gimme gimme a man after midnight
Take me through the darkness to the break of the
day"

（给我给我给我一个午夜后的男人
就没有人帮我驱散阴霾吗
给我给我给我一个午夜后的男人
带我穿过黑夜走到黎明）

小红帽觉得这歌是热的，是咸腥的，是深海火山里翻滚的味道，同时也是孤独的。小米听着歌扭起了身子，小米说："这歌真带劲，等我老了就听着这首歌跳广场舞！"这时来了一男一女，小米赶紧关掉了电视。

"您好，请问您需要买什么药？"小米问。

"铝碳酸片。他妈的！"

小红帽听这人声音熟悉，转过身发现来人果然是苟教授。苟教授身边站着一个三十岁左右的女人。

小米说："您是胃不舒服吗？是反酸吧。我们这里新进了一种进口药，效果特别好！要不，您买一盒铝碳酸片再配上一盒这个药。"

苟教授皱着眉说："到处都是诱导消费！消费主义的全面胜利嘛。"

小米转过脸，向着小红帽吐了吐舌头。

苟教授旁边的女人说："苟老师不要这么愤愤不平，买盒药而已。"

小红帽把药递给苟教授："七块五。"

苟教授看了她一眼，眼神有些茫然，似乎在搜索着什么。"我像是见过你。"

小红帽笑了笑，说："您大概记错了。"

苟教授拿过药，在手里掂了掂，忽然说："你知道海子吗？"

小红帽说："知道。"

苟教授说："你不简单，居然知道海子！"

小红帽说："课本里有。"

苟教授说："不简单，真不简单。你有微信吗？"

小红帽说："没有。"

苟教授说："怎么能没有微信呢。"

苟教授旁边的女人有些不高兴了，说："赶紧走吧，你不是还有个演讲嘛。"

"去他妈的演讲！"苟教授忽然大声说，女人努着嘴不说话。苟教授又对小红帽说："海子有次去小饭馆，喝了两瓶啤酒，他给老板说：我给你朗诵我写的诗，你不要收我钱好不好？现在呢，我给你朗诵……"

"不好！"小红帽赶紧打断。她可不想再听什么蛆虫、蛔虫的诗了。

苟教授说："我绝对见过你。但是现在脱离了上下文，我想不起来了。我是一个脱离了上下文的人。"

"不用找了！"女人扔了十块钱在桌子上，然后给苟教授说："赶紧走吧，回去喝药。"

苟教授见女人付了钱，也不再和小红帽搭讪，高高兴兴地和女人出了门。两人出了门，小红帽还能听见女人的声音：

"苟老师，你和那些没文化的人说什么嘛。她们不会懂你的诗的。我看是我太好了，你就觉得所有女人都和我一样有灵性！"

小米等两人走远，哈哈大笑了起来，说："想不通，这种脑残还有女朋友。"

小红帽说："估计不止一个。"

当天晚上，小红帽买了一张去海拉尔的硬座车票。她没有去过海拉尔，她只是在地图上看到了这个地名，然后就买了车票。坐上火车，小红帽心想，苟教授虽然是个大傻帽，不过"脱离上下文"这个词，还真是不错，比"重写"好多了。火车慢慢启动，她看到站台慢慢后移。火车驶出站台，两边的灯火逐渐稀疏。小红帽看到离火车道不远的那家大森林宾馆。"哐当、哐当、哐当"，火车开过了那个桥洞。小红帽心里想：再见啦，大森林宾馆，再见啦，被割去了左乳房的女人，再见啦，李波。我要去过一种脱离了上下文的生活。小红帽哼起歌来，这次她没有哼肖邦，她哼道：

"Gimme gimme gimme a man after midnight
Won't somebody help me chase shadows away！"

她只记住了这一句，她反复哼唱着。旁边坐着的小女孩转过头，说："小点声，我直播呢。"

脱离上下文。小红帽高兴地嘟囔道：这个词儿真棒，比重写棒！比"Rewriting"棒！

八

小红帽靠着窗户睡着了，梦里是无尽的草原和蒙古包，是善歌的男子和娇媚的女人，是白云，是雄鹰，是冰泉。是海拉尔。

火车要走二十多个小时才能到海拉尔，在火车上，小红帽不断地醒来睡着，梦里的总是海拉尔。有一次，她梦到了一个蒙古包，里面飘着奶茶的香气，她高兴地走进蒙古包。蒙古包的主人躺在床上呼呼大睡，她端起奶茶咕嘟咕嘟就喝了一气。她心里正高兴，那人忽然从床上翻了下来，大声呵斥："喂，你在干什么？"小红帽吓了一跳，转过身来，发现原来是李波。她笑着说："你怎么来海拉尔了？"李波不说话，还在生气。这时门外又进来了一个人，手里拿着铁钎，小红帽发现来的人原来是自己的爸爸。她醒了过来。旁边的小姑娘正在吃泡面，她觉得又饿又渴，她站起来，走到两节车厢交接的地方，点燃了一根香烟。也不知道到了什么地方，风景迥异于她生活过的地方，一条大河在远处闪着波光，无尽的青纱帐。

小红帽坐回座位，靠着窗户，很快又睡着了。

到了海拉尔，小红帽有些失望。这里没有草原也没有蒙古包和骏马。不过是一座小点的城市而已。空气湿冷，她和一群疲惫的人一起走出了车站。虽然是初秋，天却凉了，阳光灿烂而冰凉。她走在街道上，茫然地看着周围。

小红帽在一家小旅馆住了几天。除了吃饭睡觉，她就在街道上晃荡，偶然点上一根烟，坐在一家小酒吧里，听蒙古汉子拉着马头琴唱长调。

有天，她坐在沙发上抽烟，窗外夜色苍茫。她听了一曲肖邦，觉得极度寂寞。她拨打了李波的电话。

李波第一句就问："干吗呢？"

小红帽笑着说："闲坐，抽烟。准备看电视，看你有没有去开会。"

李波哈哈笑了起来，说："嗐，参会这事可真比我想象的难多了。我使尽了浑身解数，都不好使。"

小红帽顿了一下，说："来找我吧。"

"你在哪？"

"海拉尔。"

"你出国了？"

小红帽笑了笑说："什么呀？我在内蒙古。"

"你去那儿干吗？"李波说，"哦哦，我知道，你是为了'重写'，哈哈哈！"

小红帽听着李波的笑声，竟更觉寂寞。她半天没有说话。两人都沉默着。李波首先打破了沉默，说："你重写得怎么样啊？"

小红帽说："我不关心重写了。我想到了一个更好的词语，不对，我听到了一个更好的词儿：'脱离上下文。'"

"你听谁说的？"李波说，"我就知道，你过两天就得换个词。"

小红帽说："听那个苟教授。"

"你又见他啦？"李波的声音里有些不高兴。

"没有，偶遇而已。他来我们药店买药。"

"哦哦。"

小红帽沉默下来，她听见李波的呼吸声，她忽然有种委屈的感觉，她低声说："你来看我，好不好？"

"神经病！"李波挂断了电话。

九

小红帽很是生气了两天。但是海拉尔空荡的街道和干净的夜色不断吸收她的愤怒，让她的思绪缥缈起来。后来她想：这样最好，我要过脱离上下文的生活。

她坐在一间黑暗的房间里，掏出手机，在便签本上写道：

1. 脱离上下文。

2. 上帝或者是个小说家。

2.1. 发生的都是他写下的，重写怎么可能。重写是对神的冒犯。命运的惩罚就是回到命运。

2.2. 脱离上下文，是脱离一种场，是走到了故事之外。

3. 脱离上下文的人，应该沉默地生活。

小红帽在黑暗中高兴地笑了，她点上了烟。她觉得自己简直就是个民间哲学家。她把"脱离上下文"几个字标红。她又哼起了歌。

第二天，小红帽开始找工作。吃完早饭，走出早餐店，她慢慢走着，看着路两边是否有招聘广告。走尽了大路，她便换一条小道。暮色快要停靠在这条街道时，她终于找到了工作。她到了一家青年旅社做前台服务员。老板交代了工作，又给她安排了住宿。她疲惫地笑了笑，点上了一根烟。女老板生气地指着一块牌子说："抽烟罚款五十到二百！"小红帽只好倚着旅馆门口，吞吐白烟。她有时候会想起李波，想他这会儿在做什么。她渐渐不生李波的气了，想起李波时，她还会微笑。

天气越来越凉，旅客也越来越少。小红帽倚着门抽烟，看黄叶渐渐铺满街道。北方秋日的风并不如小红帽想象中那么凌厉。她看到地上的黄叶被风丝慢慢拖动着，发出沙沙的声响，高大的杨树上，枯叶落下。

一日早上，忽然刮起了大风，漫天黄叶浩浩荡荡朝着一个方向飞去。气温骤然冷了下来，小红帽裹着薄外套，在旅馆外抽烟，看风，看树叶。她想，这些树叶都到哪儿去了呢，是不是全都去了呼伦贝尔草原？到了下午，风渐渐停了，临街的树木都光秃秃了，只有零星的叶子还挂在上面。天上涌着厚厚的铅云，不一会儿，竟然飘飘洒洒地落下了雪花。

一个穿蓝色狼爪冲锋衣的男子走过了街头。小红帽倚着门，点上了一根烟。男子站住了看着小红帽，又抬头看了看招牌。男子走了进来，问："多少钱？"

小红帽说："一个房间四个床位，一个床位四十九。开空调的话，另加二十。房间没有洗手间，没有插座。"

男子点了点头，开始掏钱掏身份证。

晚上的时候，忽然断了电。小红帽坐在门口的小桌前，看着门外。这时那个男子也坐了过来。两人低头玩着手机。男子忽然问："草原怎么样？"

"什么？"

"呼伦贝尔草原怎么样？美吗？"

小红帽抬起头，手机荧荧的光亮照在男子的脸上。男子的脸瘦削刚毅，像是北欧的山石。"不知道，没去过。"

"这么近，你怎么不去呢？"男子问。

小红帽问："你从哪儿来？"

"北京。"

小红帽说："你是想过一种脱离上下文的生活吗？"

男子哈哈笑了起来，说："你说话很有意思。"

一阵冷风从门外吹了进来，小红帽抱紧肩头，瑟瑟发抖。男子说："穿这么少，我的外套你先披着吧。"说着就开始拉拉链。

"别这样！"小红帽赶紧制止了他，"黑暗中拉拉链的声音听起来太猥琐。"

男子又哈哈笑了起来，笑声十分爽朗。在小红帽听来，这笑声像是 TVB 古装剧中男一号的笑声，爽朗而虚假。男子说："你给我讲讲，什么叫脱离上下文。"

小红帽点上一根烟，说："讲起来很麻烦的。首先我还得给你讲讲什么是'重写'。"

"那什么是重写？"

小红帽说："我也不知道。"

两人不再说话，只听外边寒风呼啸而过。几片枯叶被风吹进了房子里，枯叶打着转停在了小红帽脚下。小红帽把树叶捡起来，放在了桌子上。

男子忽然说："你觉不觉得现在的情景有些像古装剧里的场景。"

"TVB 的古装剧吗？"小红帽笑了：他居然也想到了古装剧，因此他爽朗的笑是在表演。在北京的写字楼里，在那一格格划分得整整齐齐的办公区域里，他是绝不会发出这样的笑声的。他在小格子里伸着懒腰，手机短信一响，看到一月的工资又到手了，他会笑。在领导面前汇报完自己的计划后，他也会笑。男同事之间说几句俏皮话，讲两个段子，他也会笑。但他绝不会像个古代英雄一般在北京的高楼里放声大笑。

"你在想什么？"男子问。

小红帽说："你为什么想到古装剧呢？"

男子朗声道："北方小城，风寒夜冷。窗外落雪，屋内无灯。两人枯坐，各展姓字。萍水相逢……"

小红帽哈哈大笑："你做什么工作？怎么说话四个字四个字的。我又不和你玩成语接龙。"

男子说："我在一家游戏公司做文案。"

小红帽说："怪不得，说话文绉绉的，念诗一样。我认识一个人，自称诗人。你这诗比他的还是要好一些。"

男子说："我不是念诗。我们公司最近做一款中国风的游戏，我负责世界观和种族史部分的写作，所以有些受影响。"

小红帽点头。

男子说："你我算是陌生人，能相遇一起也算缘分。今天我路过这里，看到你在纷纷落叶中抽着烟，我忽然想了解你。你能不能给我讲讲你的过去？"

小红帽想了想，说："脱离了上下文的人，应该保持沉默。"

十

男子在旅馆住了好几天，每天早上到隔壁早餐馆喝碗牛骨头汤，回来就坐在门口的小桌子前玩手机，发呆。到了中午，他到对面包子馆吃包子和稀饭，然后回到房间。傍晚时分，他从楼上下来，趴在吧台上，问小红帽，能否共进晚餐？小红帽说，不能。

有天，男子坐在小桌子前，说："我叫张海，你叫什么？"

小红帽说："叫我小红帽就好。"

张海说："我不愿叫女人外号。我知道一些有外号的女人，像什么小黑鞋、小梦露之类。我觉得不论外号叫什么，外号总是野的。女人不该是野的。"

小红帽笑笑，没说话。

"我本来是要去看草原的，"张海说到一半忽然停了下来。

"为什么不去？"小红帽好奇地问。

张海嘴角忽然露出一丝笑。小红帽知道，张海故意说话说一半，就是为了让自己问他。这是和女生聊天的小技巧。果然，张海向后一靠，斜眼看她。停了半天，他声音忽然低沉："愿意和我一起去草原吗？"

小红帽说："给个理由。"

"我毕业之后就一直在北京工作，十年了。我没请过年假，请也白请。我每天挤地铁。北京地铁的平均负荷率是百分之一百六，真的和罐头一样。你去过北京吗？"张海递给她一根烟，自己也抽了起来。

　　小红帽点燃烟，搬了个凳子坐在了门口。"没有。"

　　张海点点头，接着说："办公室也全是人，大家低着头，看着电脑，像是一大片整齐的灌木丛。我与人合租，两居室，住着四个人。一对情侣住一间，我和大学的室友住在一间。早上起床第一件事，就是抢洗手间。生活中到处是人。我们梦里都塞满了各种人。人太多了。所以我向往草原，天高云阔，纵马驰骋。"

　　小红帽说："挺好。"

　　张海说："我刚结了一个项目，趁着领导心情好，就请了假。除了北京和河北老家，别的地方我都没去过。我想清静，想孤独。但是我一来海拉尔，就发现我高估了自己。草原对我来说，可能太空旷了。你与我同去看草原吧，这样草原不至于太寂寥。"

　　小红帽说："你是想过一种脱离上下文的生活吗？"

　　张海说："你说话真的很有意思。那天你说，脱离上下文的人应该保持沉默。我觉得你说的太棒了。真的。是时候脱离上下文了。"

　　小红帽说："起风了。"

　　张海的眼睛里是破碎的光，是疑惑。过了半天，他几乎是恳求地说："跟我去草原吧。"

　　小红帽掐灭烟头，把烟蒂扔进了门外随风翻滚着的落叶中。她咬着嘴唇，看着外边，叹了口气说："好吧。"

　　"太好了！"张海高兴地搓着手。

　　小红帽苦笑。她想自己真是贱骨头，她从没有拒绝过男人。

<h1 style="text-align:center">十一</h1>

　　草原上游人寥寥，风比海拉尔更大。枯黄的草叶被风卷

起，吹向了远方。小红帽冷得瑟瑟发抖。张海抱着她，两人坐在草原上，像是两只孤苦的羔羊。清澈的河水从草原上流过，一群牛正站在河边侧着脑袋看着他俩。天上是黑云，惨白的太阳偶尔从云的缝隙中露出一角。张海看了看手机，说："一个小时了。"

小红帽说："再待半个小时吧。大老远来看草原，起码得待一个半小时吧。"

过了十五分钟，两人就上了车，让师傅回海拉尔。

回到海拉尔，两人坐在了一家酒吧里，看着对方的狼狈样，都哈哈笑了起来。小红帽伸手摘去张海头发里的碎草。张海说："没想到草原这么冷。这是对浪漫主义城市青年的有力回击！"

两人要了一瓶以这个草原命名的烈酒，抽着以草原命名的香烟。喝了两杯后，两人都暖和了起来。张海站了起来，拉上了卡座前面的帘子。两人喝着酒，互相看着对方不说话。帘子上出现了一个人影，一个粗糙的女声说："要玫瑰吗？"

张海拉开帘子，问："多少钱？"

一个穿着寒酸的臃肿女人抱着一捧玫瑰，咧了咧嘴，露出一口黄牙："一支十块。"

张海掏出了十块钱，拿过玫瑰，又放下帘子。张海把花递给小红帽，说："送你！"

小红帽笑着说："谢谢，这是我第一次收到花。"

张海说："是吗？这么荣幸！"

小红帽低下头，认真地闻着花朵的香味。两人喝酒直到深夜。张海说，别喝了，走吧。两人到了一家宾馆里。张海先去洗澡，小红帽坐在洁白的床上，看着窗外，听水流哗哗的声音。玻璃上反映着她的影子。她忽然想起老赵惨白的手指，像是埋在黑暗中的半截白骨似的手指。老赵还在这个世界上吗？

她忽然想。

张海裹着浴巾出来，他的肌肉还算不错。他好像也知道自己身材是不错的，站在玄关的射灯下，左臂撑着墙，笑眼看她。

小红帽站了起来，拿起两罐啤酒。她递给张海一罐。张海笑着说："不，给我一罐红牛，今晚我喝红牛。"

小红帽洗完澡出来。张海躺在床上抽烟，除了床头灯，别的灯都被他关掉了。张海揭开被子，拍了拍床铺，说："小红帽过来！我是赤那！"

"什么？"

张海说："今天听司机师傅讲的，蒙古语里'狼'就是'赤那'。你是小红帽，我就是赤那。"

小红帽说："赤那，我们聊聊天吧。"

"聊什么？你说过，脱离上下文的人应该保持沉默。"张海微笑着看着她。

小红帽半天没有说话，站在那里，听洗手间里的积水汩汩地流进地漏。她低声说："我们聊过去吧。"

张海说："好啊，你先说。"

小红帽拉开窗帘，坐在床沿上，注视玻璃上自己的影子。她说："我最近确实一直在想那个词组：'脱离上下文'，在这之前，我天天琢磨的是另一个词：'重写'，我以前还想过的词语有：'他者''纯洁''轨迹''空白''散点透视'……"

"你是个标准的文艺女青年。"

"我不在乎我是什么样的青年，反正不是好青年。"她从张海的烟盒里抽出一根"呼伦贝尔"。她点燃香烟："今晚，我忽然想到了过去，忽然想说过去。"

张海笑着说："嗯，那就讲讲吧。像歌里唱的：你点燃了烟，说起了从前。你不是个没有故事的女同学。"

小红帽问："你的父母杀过人吗？"

　　张海脸上依旧是笑，不过那笑容已经不再自然。他说："你接着讲。"

　　小红帽对着玻璃，语气平静地开始讲述：我的父母杀过人。杀了三个，或者四个。我是幸存者。我出生在一个工业小城里，那座城市曾因一桩连环杀人案而闻名全国。我小的时候，凶手的传说在小城的每个角落里传播。人们说，凶手喜欢红色。一时间，小城所有的女性都不敢再穿红衣服。只有小学六年级的我每天都戴着母亲亲手给我编织的一顶红色的帽子。我的父母杀过人。我的父亲是个工人，母亲当过一阵小学老师。父亲喜欢男孩。母亲怀孕之后，他就托了医院里的关系，给母亲做了 B 超。得知是个女孩，父母就将孩子做掉。后来连着又做掉了两个。大夫给我母亲说，刮宫手术做得太多了，以后怕是生不了小孩了。但母亲还是怀孕了。父亲不敢再让母亲堕胎了。

　　张海半靠在墙上，又点上了一根烟，听小红帽接着讲。

　　小红帽继续用平静的语调讲道：后来，母亲生下了一个女孩，那就是我。后来，我又有了一个弟弟。当我上高中的时候，有天父亲不在家。母亲告诉了我这一切。她还说，其实我还有一个妹妹。生下来之后就被父亲抱了出去。她再也没有见过这个孩子。死了，还是送人了？她没有问。当时没有问，事后多少年也没有问。母亲说，没有意义。母亲说的时候，没有流泪，只是愤愤不平这些年生活的艰辛。母亲觉得一切苦难都应该算作她的勋章，但这个家里没有人重视她。没有人重视。我当时觉得震惊，我流着眼泪，想着这个世界上或许还有一个妹妹在。但他们忘了。我的父母杀了人，我是幸存者，也是多余者。

　　张海说："累了吧？今天也算是奔波了一整天了。累了，就别讲了。"

小红帽没有回头，依旧盯着那块玻璃，继续讲述：如我所愿，弟弟十分不争气，一切恶习占尽。我觉得这就是报应。父亲有一次来我们学校找我，在校门口哭起来，一手拍着自己的大腿，一面干号。他说，他就这么一个女儿，女儿一定要养父亲。他号着，瘫倒在地上。我拉他起来，和他在小饭馆吃了午饭，又给他买了票。送他到车站。我再也没有见过他。他说，他觉得生活很辛苦。我知道他也是把所有的苦难都当作自己的勋章，他和母亲一样都不会反思自己。很快我就实习去了，实习之后就留在了那里当护士。我换了电话号码。他们根本没法联系到我。我一直逃啊，逃啊。现在我到了海拉尔。他们做梦都不会想到的一个地方。可是生活，那些我还没有记忆的生活在折磨着我。那些过错和我无关，可是它们折磨着我。所以我不断地想，怎么重新开始生活。我拿自己的生活做实验。生活的章节怎么重写？

小红帽看到玻璃上的自己流着眼泪。她低下头，擦掉了泪水。她回过头，张海一脸厌烦地看着自己。

十二

张海和小红帽又待了三天。临别前，张海对小红帽说："其实，我已经结婚了。我妻子在老家。"

小红帽说："不必，不必特意来找个理由。你结不结婚对我来说，都不重要。不会再见了。对吗？"

张海有些尴尬。两人站在车站的小广场上，天上飞着落叶。张海忽然转过脸，对小红帽说："我在网上看到过一种说法。嗯，当然了，你可能觉得比较幼稚。"

小红帽说："说来听听。"

张海说："如果你盯着一个人的眼睛看十七秒，你这辈子就会忘不了她的眼睛。"

小红帽笑笑，低下头。

张海说："抬起头来，让我看着你的眼睛。"

小红帽说："不需要。你最好不要记住我。"

张海说："你可以尝试来北京发展。北京很不错的，有很多机会。"

"算了吧。"小红帽看了看时间，说，"差不多了，进站吧。"

张海抱了抱小红帽，然后就走进了车站。小红帽心里想，张海把握着并不长的假期来过一种真正的脱离上下文的生活。自己呢，却傻乎乎地给人家讲自己的过去。就像曾经自己也给李波讲自己的过去一样。好像自己的父母长辈才能代表大多数人，他们拥有忘掉过去的能力。明天属于老人。

小红帽回到青年旅馆。她本来以为老板会开除她，没想到女老板只是用指头戳了戳她的额头，说："下次可别一声不响就不见了。"

小红帽坐在门口，抽着烟。女老板坐了过来，问："有心事？"

小红帽说："我在想，这个世界上欢乐那么多，为什么我总是求之不得。我想过一种正常的生活。"

女老板笑着说："你能这么想，说明你也不再年轻了。"

小红帽说："我知道我说话有些怪，别人肯定不爱听。但是我还是在想那些词语。"

"什么词语？"

小红帽说："重写、脱离上下文什么的。"

"果然有些怪。"女老板拿起遥控器，打开了电视，"看会儿电视吧。生活嘛，别想太多。有时候等你什么事情都想清楚了，什么也都来不及了。比如说爱情。谁能说清楚爱情的真意？但确实有些幸运儿是拥有了爱情。如果大家都是想清楚了爱情的方方面面，再去寻找的话，恐怕什么都来不及了。"

小红帽看着女老板，心中恍惚，心想：女老板的话究竟是不是真有道理？还是女老板是父母一样的人，不过装作对过去视而不见而用以自欺。成为父母那样的人真的好吗？自己想要重写的是什么？需要脱离的上下文究竟是什么呢？

女老板看着电视，说："你是不是还在想我说的有没有道理。哈哈，你啊，就是想太多。"

小红帽笑了。她说："把遥控器给我吧，我看看有什么有趣的节目。"

女老板递给她遥控器，又掏出一把瓜子给她。

小红帽忽然在一个地方台看到了李波。李波穿着一件风衣站在寒风中，一脸严肃地对着镜头，讲述自己对这次会议的理解。小红帽忽然笑了，站了起来靠近了电视。

女记者问道："李委员，请问您对我们城市建设的建议是什么？"

李波说："我的建议的关键词是'重写'。这个想法来自我的一个朋友。我觉得我们城市需要'重写'，我们的生活需要重写。尤其是现在的一些年轻的朋友，精神萎靡，整天无所事事，虚度人生。我觉得归根结底是因为，他们觉得我们城市的叙事和他们没有关系。那就请他们参与进来，一起重写！"

女记者说："李委员，您的看法真的是很新颖，能不能给我再详细地谈谈。"

李波忽然转过了头，看着另一边，说："不好意思啊，我今天时间比较紧张。"说完，他拨开了镜头，匆匆离开。这时镜头里出现了一个保安，保安大声喊："就是他，站住！"

女老板惊奇地看着电视，说："这里直播呢，发生什么事了？"

小红帽哈哈笑了起来："这个人我认识，他不是什么委员，肯定是伪造了证件混进会场。"

女老板说："这人还真有意思。"

小红帽站了起来，走出了门外。女老板忙问："天都黑了，你去哪？"

小红帽说："我随便街上走走。"

走在路上，小红帽又想起了李波。她微笑着，抬起头看到两边高大的树。树上已经没有叶子了。小红帽心想，就算是风来了，它们也不会再鼓掌了。她想，李波终于混进了一场会议。他如愿以偿。李波和自己是一类人。张海不是，张海是大部分男人该有的样子。他们会说甜言蜜语，渴望刺激和新鲜，来者不拒。但是归根结底，他们还是孩子。不管白天玩得多疯，夜色降临，他们还是会乖乖回家。这就是他们脱离上下文的生活。他们的脱离其实是为了不脱离。

小红帽忽然看到一家宾馆还在亮着灯。她知道，现在是旅游的淡季，几乎没有什么客人的。自己偷偷溜进去被询问的概率很大。但她想了想还是走进了宾馆。吧台前的服务员拿着手机正玩游戏。她放轻脚步，走了进去，果然有没有关门的空房子。

小红帽躺在床上，长长地呼出一口气。心想，生活还是得找个关键词。之前是"重写"，后来是"脱离上下文"。下面该找个什么词语呢？她想不起来。

于是，她拉开了窗帘，哼着不成调的肖邦，坐在沙发上抽烟，看窗外夜色苍茫。

原载于《青海湖》2019 年第 8 期 "本期推荐" 栏目，

作品原名《暮色下的小红帽》

图书在版编目（CIP）数据

兰若寺 / 牛利利著. -- 北京：作家出版社，2020.8
（21世纪文学之星丛书·2019年卷）
ISBN 978-7-5212-0931-0

Ⅰ. ①兰… Ⅱ. ①牛… Ⅲ. ①中篇小说 – 小说集 – 中国 –
当代 ②短篇小说 – 小说集 – 中国 – 当代 Ⅳ. ①I247.7

中国版本图书馆CIP数据核字（2020）第068850号

兰若寺

作　　者：牛利利
责任编辑：史佳丽　李亚梓
特约编辑：赵　蓉　王锦方
装帧设计：守义盛创·段领君
封面摄影：闫振霖
出版发行：作家出版社有限公司
社　　址：北京农展馆南里10号　　　邮　　编：100125
电话传真：86-10-65067186（发行中心及邮购部）
　　　　　86-10-65004079（总编室）
E-mail:zuojia@zuojia.net.cn
http://www.zuojiachubanshe.com
印　　刷：北京玺诚印务有限公司
成品尺寸：142×210
字　　数：198千
印　　张：8.25
版　　次：2020年8月第1版
印　　次：2020年8月第1次印刷
ISBN　978-7-5212-0931-0
定　　价：42.00元